Michele † 14 ans

La proie pour l'ombre

DU MÊME AUTEUR

La Proie pour l'ombre (An Unsuitable Job for a Woman), Mazarine, 1984, Fayard, 1989.

La Meurtrière (Innocent Blood), Mazarine, 1984, Fayard, 1991.

L'Île des morts (The Skull Beneath the Skin), Mazarine, 1985, Fayard, 1989.

Sans les mains (Unnatural Causes), Mazarine, 1987, Fayard, 1989.

Meurtre dans un fauteuil (The Black Tower), Mazarine, 1987, Fayard, 1990.

Un certain goût pour la mort (A Taste for Death), Mazarine, 1987, Fayard, 1990.

Une folie meurtrière (A Mind to Murder), Fayard, 1988.

Meurtres en blouse blanche (Shroud for a Nightingale), Fayard, 1988.

À visage couvert (Cover Her Face), Fayard, 1989.

Mort d'un expert (Death of an Expert Witness), Fayard, 1989.

Par action et par omission (Devices and Desires), Fayard, 1990.

Les Fils de l'homme (The Children of Men), Fayard, 1993.

Les Meurtres de la Tamise (The Maul and the Pear Tree), Fayard, 1994.

Péché originel (Original Sin), Fayard, 1995.

Une certaine justice (A Certain Justice), Fayard, 1998.

Il serait temps d'être sérieuse… (Time to Be in Earnest), Fayard, 2000.

Meurtres en soutane (Death in Holy Orders), Fayard, 2001.

La Salle des meurtres (The Murder Room), Fayard, 2004.

P. D. JAMES

La proie pour l'ombre

traduit de l'anglais par
LISA ROSENBAUM

FAYARD

L'édition originale de cet ouvrage est parue chez
Faber and Faber sous le titre :
AN UNSUITABLE JOB FOR A WOMAN

A Jane et à Peter
qui ont aimablement permis à deux de mes personnages
d'habiter au 57 Norwich Street.

NOTE

En vertu de son déplaisant métier, un auteur de romans policiers se doit de créer au moins un personnage hautement condamnable dans chacun de ses livres. Or il ne peut sans doute éviter que les méfaits sanguinaires du scélérat débordent parfois sur la demeure du juste. Un écrivain qui a décidé que ses personnages joueraient leur tragi-comédie dans une vieille ville universitaire s'est mis dans une situation particulièrement délicate. Il peut évidemment appeler le lieu Oxbridge, inventer des collèges aux noms de saints improbables et envoyer ses créatures canoter sur la Camsis. Mais ce timide compromis ne fait que déconcerter les personnages, le lecteur et même l'auteur : pour finir, personne ne sait plus très bien où il est. De plus, deux villes, au lieu d'une, pourraient se sentir offensées.

La plus grande partie de cette histoire se déroule sans vergogne à Cambridge, endroit où vivent indéniablement des policiers, des coroners, des médecins, des étudiants, des appariteurs, des fleuristes, des professeurs, des savants et même, c'est certain, des majors à la retraite. Aucun d'eux, à ma connaissance, ne présente la moindre ressemblance avec son homologue, dans ce livre. Tous les personnages, même les plus antipathiques, sont imaginaires; la ville, heureusement pour nous, ne l'est pas.

P. D. J.

1.

Le matin de la mort de Bernie Pryde – à moins que ce ne fût le lendemain, Bernie ayant choisi de mourir au moment qui lui convenait et jugé inutile de noter l'heure approximative de son départ –, Cordélia se trouva coincée par une panne de la Bakerloo Line peu avant la station Lambeth North, ce qui la mit en retard d'une demi-heure. Des profondeurs d'Oxford Circus, elle monta vers la brillante lumière d'une journée de juin et passa rapidement à côté des acheteurs matinaux en train de regarder les vitrines de *Dickins & Jones*. Elle plongea dans la cacophonie de Kingly Street et se faufila entre le trottoir bondé et la masse étincelante de voitures et de camions qui encombraient la rue étroite. Elle le savait parfaitement : sa hâte d'arriver au bureau était tout à fait irrationnelle, un symptôme de son obsession de l'ordre et de la ponctualité. Il n'y avait aucun rendez-vous de pris, aucun client à aller voir, aucune affaire pendante, pas même un rapport final à rédiger. Miss Sparshott, la dactylo intérimaire, et elle-même – ç'avait été son idée – envoyaient des renseignements sur l'agence à tous les avocats de Londres dans l'espoir d'attirer des clients. A cet instant, miss Sparshott devait travailler à cette tâche, portant parfois son regard sur sa montre et défoulant sur sa machine l'irritation croissante que lui causait le retard de Cordélia. C'était une femme peu avenante, aux lèvres constamment pincées comme pour empêcher ses dents, qui avançaient, de sauter hors de sa bouche, au menton fuyant sur lequel un gros poil repoussait aussi vite qu'on l'épilait, aux cheveux blondasses figés en de petites ondulations. Pour Cordélia, ce menton et cette bouche réfutaient de manière éclatante la théorie selon laquelle tous les hommes sont nés égaux. Et, de temps en temps, elle essayait d'aimer miss Sparshott, de s'apitoyer sur elle, sur sa vie passée dans des chambres meublées, mesurée en pièces de cinq pennies glissées dans le radiateur à gaz et circonscrite par des plis cireux et des ourlets faits à la main. Car miss Sparshott était une habile couturière, une étudiante assidue des cours du soir de la municipalité. Admirablement finis, ses vêtements étaient trop classiques pour être jamais véritablement à la mode : des jupes noires ou grises, exercices pour apprendre à coudre un pli ou à insérer une fermeture Éclair; des chemisiers pourvus de cols et de poignets masculins, aux couleurs pastel insipides, qu'elle couvrait de bijoux fantaisie; des robes de coupe compliquée juste assez courtes, ou assez longues, pour attirer l'attention sur ses jambes informes et ses chevilles épaisses.

Sans soupçonner la moindre tragédie, Cordélia poussa la porte de la maison qu'on gardait ouverte pour la commodité de furtifs et mystérieux locataires et celle de leurs tout aussi mystérieux visiteurs. A gauche de la porte, contrastant d'une façon bizarre avec la façade sale et délavée, la nouvelle plaque de bronze étincelait au soleil. Cordélia lui lança un rapide coup d'œil approbateur.

AGENCE DE DÉTECTIVE PRYDE
(Bernard G. Pryde – Cordélia Gray)

Il avait fallu à Cordélia des semaines de patients efforts diplomatiques pour convaincre Bernie qu'il serait inopportun d'ajouter les mots « ancien détective de la police métropolitaine » à son nom ou d'ajouter le préfixe « Miss » au sien. La plaque n'avait pas soulevé d'autres objections, étant donné que Cordélia n'avait apporté à la société ni qualification ni expérience valables, ni même du capital, à part son corps mince mais résistant, une intelligence considérable que son associé, comme elle le suspectait, avait parfois trouvée plus déconcertante qu'admirable et enfin une affection faite d'un mélange d'exaspération et de pitié pour ledit Bernie. Très vite, Cordélia avait compris que d'une façon peu spectaculaire, mais néanmoins certaine, la vie s'était retournée contre lui. Elle le voyait à bien des signes. Dans le bus, il n'obtenait jamais le siège enviable situé à l'avant, du côté gauche; il ne pouvait regarder un beau paysage par la fenêtre d'un train sans qu'un autre train ne vînt le lui cacher; et quand il faisait tomber son pain, c'était invariablement du côté beurré. Pour Cordélia, la mini fonctionnait plus ou moins normalement; pour Bernie, elle calait aux carrefours les plus animés, aux endroits les plus gênants. Elle se demandait parfois si, en acceptant son offre d'association dans une crise de dépression ou de masochisme pervers, elle n'avait pas volontairement embrassé sa malchance. En tout cas, elle ne se sentait pas de taille à changer cette guigne.

Comme d'habitude, l'escalier sentait la sueur rance, l'encaustique et le désinfectant. Les murs vert foncé suintaient toujours, quelle que fût la saison, comme s'ils sécrétaient des miasmes de défaite et de respectabilité désespérée. Agrémentées d'une rampe en fer forgé au dessin compliqué, les marches étaient couvertes d'un linoléum fissuré et taché. Le propriétaire le rapiéçait avec des morceaux disparates dont les couleurs juraient entre elles, mais il ne se donnait cette peine que lorsqu'un des locataires réclamait. L'agence se trouvait au troisième étage. A son entrée, Cordélia n'entendit pas le cliquetis de la machine à écrire. Miss Sparshott était en train de nettoyer son outil de travail : une antique Imperial dont elle se plaignait sans cesse, et avec raison. Elle leva les yeux, la figure empreinte de reproche, le dos aussi droit et raide que la barre d'espacement.

« Enfin vous voilà, miss Gray. Je suis inquiète au sujet de Mr. Pryde. Je le crois dans son bureau, mais il est très très silencieux et la porte est fermée à clé. »

Avec un frisson de crainte, Cordélia tourna la poignée dans tous les sens.

« Pourquoi n'avez-vous rien fait?

– Fait quoi, miss Gray? J'ai frappé et appelé. Ce n'est pas mon rôle. Je ne suis qu'une intérimaire ici. Je n'ai aucun pouvoir. Si Mr. Pryde m'avait répondu, j'aurais été fort embarrassée : après tout, il a le droit d'utiliser son propre bureau. De plus, je ne suis même pas sûre qu'il y soit.

– Bien sûr qu'il y est. La porte est fermée à clé et son chapeau est là. »

Le feutre de Bernie, un chapeau de comédien au bord taché et relevé sur tout le pourtour, pendait au portemanteau à volutes, symbole de délaissement et de décrépitude. Cordélia farfouillait dans son sac, cherchant sa clé personnelle. Comme d'habitude, l'objet dont elle avait le plus besoin était tombé au fond. Comme pour se dissocier d'un drame imminent, miss Sparshott se mit à taper à la machine. Par-dessus le cliquetis, elle dit, d'un ton défensif :

« Il y a un mot sur votre bureau. »

Cordélia déchira l'enveloppe. Le message était bref et explicite. Bernie avait toujours su s'exprimer laconiquement.

« Désolé, chère amie, ils m'ont dit que c'était un cancer et j'ai choisi la solution la plus facile. J'ai vu les effets du traitement chez d'autres personnes. Non, merci! Très peu pour moi. J'ai fait un testament. Il est chez mon avocat dont vous trouverez le nom dans mon bureau. Je vous lègue l'affaire. Tout, y compris la totalité de l'équipement. Bonne chance et merci. »

Au-dessous, avec le manque de considération des condamnés, Bernie avait griffonné une dernière et cruelle prière :

« Pour l'amour du ciel, si vous me trouvez vivant, attendez avant d'appeler du secours. Je compte sur vous, ma chère associée. Bernie. »

Elle ouvrit la porte du bureau intérieur, entra et referma soigneusement le battant derrière elle.

A son soulagement, elle constata qu'il ne serait pas nécessaire d'attendre. Bernie était mort. Comme terrassé par une extrême fatigue, il était affalé sur son bureau, le poing droit entrouvert. Un rasoir coupe-gorge avait glissé sur la table, laissant une traînée de sang pareille à une trace d'escargot, puis s'était arrêté au bord du meuble. Le poignet gauche, marqué de deux entailles parallèles, reposait, paume à l'air, dans une bassine émaillée dont Cordélia se servait pour la vaisselle. Bernie y avait mis de l'eau, mais elle était maintenant pleine à ras bord d'un liquide rose pâle à l'odeur douceâtre. Dans ce mélange, les doigts, recourbés comme en un geste de supplication, paraissaient aussi blancs et délicats que ceux d'un enfant. Ils luisaient, lisses comme de la cire. Le sang et l'eau avaient débordé sur le bureau et sur le plancher, trempant un tapis rectangulaire de couleur criarde que Bernie avait récemment acheté dans l'espoir d'impressionner les visiteurs, mais qui, selon l'avis intime de Cordélia, n'avait fait qu'attirer l'attention sur l'aspect miteux du reste. L'une des coupures était imprécise et superficielle, mais l'autre avait atteint l'os. Les bords de la plaie, vidée de son sang, béaient avec la netteté d'une planche anatomique. Cordélia se rappela que Bernie lui avait un jour parlé d'un suicidé qu'il avait découvert à l'époque où il faisait ses premières rondes comme jeune agent de police : un vieil homme blotti sous la porte d'un entrepôt qui s'était ouvert les veines avec une bouteille cassée. Plus tard, le type avait été ramené à une semi-vie, un gros caillot ayant bloqué les vaisseaux tranchés. Bernie, lui non plus, n'avait pas oublié son exemple : il avait pris ses précautions pour empêcher la coagulation. Et ce n'était pas tout : sur le bureau, à droite, une tasse vide, celle dans laquelle Cordélia lui servait son thé l'après-midi, montrait sur le bord et les côtés des traces d'une poudre blanche. De l'aspirine ou un barbiturique. Un filet de mucus séché, pareillement taché de blanc, pendait au coin de la bouche du cadavre. Les lèvres entrouvertes en une moue, Bernie avait l'air boudeur et vulnérable d'un enfant qui dort. Cordélia passa la tête par la porte et dit à voix basse :

« Mr. Pryde est mort. N'entrez pas. J'appellerai la police d'ici. »

Son message téléphonique fut accueilli avec calme. On allait lui envoyer quelqu'un. S'asseyant près du corps pour attendre, Cordélia se sentit obligée de faire quelque geste de compassion ou de réconfort. Elle caressa doucement la tête de Bernie. La mort n'avait pas encore attaqué ces cellules froides et dépourvues de nerfs : au toucher, les cheveux étaient durs et désagréablement vivants, comme les poils d'un animal. Elle retira vivement sa main et, avec hésitation, effleura la tempe de l'homme : moite et glaciale. La mort. Le cadavre de son père lui avait procuré la même sensation. Maintenant comme alors, les gestes de pitié n'avaient aucun sens. On ne communiquait pas mieux dans la mort qu'on ne l'avait fait dans la vie.

Elle se demanda à quelle heure, exactement, Bernie était mort. Personne ne le saurait jamais. Peut-être que Bernie lui-même n'en avait rien su. Il devait y avoir eu une seconde de temps mesurable où il avait cessé d'être Bernie pour devenir cette masse insignifiante, mais horriblement lourde, de chair et d'os. Et dire qu'il n'avait pas eu connaissance d'un instant aussi capital! Mrs. Wilkes, la seconde nourrice de Cordélia, aurait affirmé le contraire : que Bernie avait connu un moment de gloire indescriptible plein de tours brillantes, de chants sans fin, de cieux triomphaux. Pauvre Mrs. Wilkes! Veuve, ayant perdu son fils unique à la guerre, la maison toujours pleine des cris de ses enfants nourriciers – son gagne-pain – elle avait bien besoin de rêver. Toute sa vie, elle avait vécu selon des maximes réconfortantes mises en réserve comme on stocke du charbon pour l'hiver. Cordélia pensa à elle pour la première fois depuis des années; elle entendit de nouveau sa voix lasse, mais résolument gaie : « Si le Seigneur ne vous visite pas sur le chemin de l'aller, Il vous visitera sur le chemin du retour. » Eh bien, partant ou revenant, Il n'avait jamais visité Bernie.

Une chose était bizarre, mais, d'une certaine façon, caractéristique : Bernie avait toujours gardé un optimisme inébranlable au sujet de leur affaire, même quand il ne restait plus en caisse que quelques pièces de monnaie pour le compteur à gaz; pourtant, il avait renoncé à vivre sans même essayer de lutter. Était-ce parce qu'il avait inconsciemment reconnu que ni lui ni l'agence n'avait de véritable avenir? Et que, de cette façon, il avait pensé pouvoir abandonner l'existence et son moyen d'existence avec un peu d'honneur? Il l'avait fait efficacement, mais salement – ce qui était surprenant pour un ex-policier versé dans les choses de la mort. Puis elle comprit pourquoi il avait choisi le rasoir et les drogues. Le revolver. Il n'avait pas vraiment choisi la solution la plus facile. Il aurait pu se servir du pistolet, mais il avait voulu qu'elle en hérite. Il le lui avait légué avec les classeurs branlants, l'antique machine à écrire, la trousse à relever les empreintes, la mini, sa montre-bracelet étanche et résistante aux chocs, le tapis imbibé de sang, l'énorme et ridicule stock de papier à lettres à l'en-tête tarabiscoté. La *totalité* de l'équipement, comme l'avait souligné Bernie. Sans doute avait-il voulu lui rappeler le revolver.

Cordélia ouvrit le tiroir inférieur du bureau, dont seuls Bernie et elle avaient la clé, et sortit l'arme. Celle-ci était encore dans la bourse en daim qu'elle avait elle-même cousue, avec trois cartouches emballées séparément. C'était un 38 semi-automatique. Elle n'avait jamais su comment Bernie se l'était procuré, mais elle était persuadée qu'il n'avait pas de permis. Elle n'avait jamais considéré ce pistolet comme une arme mortelle. C'était sans doute parce que l'attachement puéril et naïf de Bernie à cet objet l'avait transformé à ses yeux en un inoffensif jouet d'enfant. Bernie avait fait d'elle – du moins en théorie – une tireuse passable. Pour l'entraînement, ils s'étaient rendus dans les profondeurs de la forêt d'Epping et, pour elle, le revolver était associé à des jeux d'ombre et de lumière, à une intense odeur d'humus. Bernie fixait la cible à un arbre bien situé; le pistolet était chargé de cartouches à blanc. Elle pouvait encore l'entendre lancer des ordres d'une voix excitée, saccadée : « Pliez légèrement les genoux. Les pieds écartés. Le bras tendu. Placez la main gauche contre le canon et tenez-le délicatement. Gardez les yeux sur la cible. Le bras tendu, Cordélia, le bras tendu! Bien. Pas mal, pas mal du tout! »

« Mais, Bernie, avait-elle objecté, nous ne pourrons jamais nous en servir : nous n'avons pas de permis. »

Il avait souri du sourire satisfait et supérieur de celui qui sait.

« S'il nous arrive jamais de tirer, ce sera pour sauver nos vies. Or, en pareille éventualité, la question du permis ne joue pas. »

Content de sa phrase ronflante, il l'avait répétée, sa grosse figure levée vers le soleil comme un chien. Qu'avait-il vu en imagination? se demanda-t-elle. Lui et elle accroupis derrière un rocher, dans quelque lande désolée, des balles ricochant sur le granit et eux se passant le pistolet fumant?

Il avait ajouté :

« Il faudra y aller mollo avec les munitions. Bien entendu, je pourrai m'en procurer... »

Son sourire s'était durci comme s'il pensait à ces mystérieux contacts, à ces relations complaisantes et douées d'ubiquité qu'il lui suffisait d'évoquer pour les faire sortir du monde des ombres.

Il lui avait donc légué le 38, son bien le plus précieux. Elle glissa l'arme encore emmaillotée dans les profondeurs de son sac bandoulière. Dans un cas évident de suicide comme celui-ci, la police ne fouillerait sans doute pas les tiroirs, mais il valait mieux prendre ses précautions. Bernie avait voulu qu'elle eût le pistolet; elle n'allait pas y renoncer. Le sac à ses pieds, elle se rassit à côté du cadavre. Elle adressa une brève prière apprise au couvent à Dieu, dont elle n'était pas sûre qu'il existât, pour l'âme que Bernie n'avait jamais cru posséder, puis elle attendit tranquillement la police.

Le premier agent qui arriva était compétent, mais jeune. Il n'avait pas encore assez d'expérience pour cacher l'horreur et le dégoût que lui inspirait une mort violente ni sa désapprobation devant le calme de Cordélia. Il ne resta pas longtemps dans le bureau intérieur. Quand il en sortit, il examina soigneusement le message de Bernie comme si une étude approfondie de son contenu avait pu arracher quelque sens secret à la froide sentence de la mort. Ensuite, il replia le papier.

« Il va falloir que je garde provisoirement cette lettre, miss. Qu'est-ce que cet homme faisait ici?

– Faisait? Ceci est son bureau. Il était détective privé.

– Et vous travailliez pour ce monsieur? Vous étiez sa secrétaire?

– Son associée. Comme il l'a indiqué dans sa lettre. J'ai vingt-deux ans. Bernie était l'associé le plus ancien, c'est lui qui a créé l'affaire. Autrefois, il travaillait pour la police métropolitaine, comme détective, avec le commissaire Dalgliesh. »

Elle regretta aussitôt ses paroles. Elles étaient trop propitiatoires, trop naïves pour disculper ce pauvre Bernie. Et elle s'aperçut également que le nom de Dalgliesh ne disait rien au jeune agent. Normal. Il n'était qu'un flic local en uniforme. Comment pouvait-il savoir le nombre de fois où, avec une impatience poliment dissimulée, elle avait écouté Bernie évoquer nostalgiquement l'époque où il était à Scotland Yard avant d'être réformé, ou faire le panégyrique des vertus et de la sagesse d'Adam Dalgliesh?

« Le patron – en ce temps-là il n'était encore qu'inspecteur – nous disait toujours que... Le patron nous a un jour parlé d'une affaire... S'il y avait une chose que le patron ne supportait pas... »

Elle s'était parfois demandé si ce parangon avait vraiment existé ou bien s'il avait jailli, impeccable et omnipotent, du cerveau de Bernie – indispensable héros et mentor. Elle avait été surprise, plus tard, en voyant une photo dans la presse du commissaire Dalgliesh : une figure sombre, sardonique, qui, examinée de plus près, s'était désintégrée en une série de micro-points indéchiffrables. Toute la sagesse dont Bernie se souvenait avec tant d'aisance n'était pas la Parole reçue. Elle devait représenter en grande partie sa philosophie personnelle. Cordélia, de son côté, avait inventé une litanie secrète et pleine de dédain : commissaire m'as-tu-vu, commissaire je-sais-tout, commissaire-vache; quelle sagesse aurait-il à dispenser pour réconforter Bernie maintenant?

Le policier avait donné quelques discrets coups de fil. Ensuite, il se mit à errer dans le bureau extérieur en dissimulant à peine le mépris étonné que lui inspiraient le mobilier d'occasion minable, le classeur délabré dont l'un des tiroirs, entrouvert, révélait une théière et des tasses, le linoléum usé. Droite comme un i devant sa vieille machine, miss Sparshott le regardait avec un dégoût mêlé de fascination. Finalement, l'agent dit :

« Et si vous nous prépariez une bonne tasse de thé pendant que j'attends le médecin de la police? Y a-t-il un endroit pour en faire?

– Oui, il y a un petit office au bout du couloir. Nous le partageons avec d'autres locataires de l'étage. Mais qu'avez-vous besoin d'un médecin? Bernie est mort!

– Il ne le sera officiellement qu'à partir du moment où un expert aura émis son avis. » Le policier fit une pause. « Il s'agit d'une simple précaution. »

Contre quoi? se demanda Cordélia. Le jugement, la damnation, la décomposition? L'agent retourna dans le bureau intérieur. Cordélia le suivit et demanda à voix basse :

« Ne pourriez-vous pas laisser partir miss Sparshott? Elle nous est envoyée par une agence de secrétariat intérimaire et nous la payons à l'heure. Elle n'a rien fait depuis mon arrivée et je doute qu'elle commence à travailler maintenant. »

Le jeune policier, constata-t-elle, était un peu choqué par l'apparente insensibilité qu'elle manifestait en se préoccupant d'un détail aussi sordide, à quelques pas seulement du cadavre de Bernie. Il répondit toutefois avec spontanéité :

« Je voudrais simplement lui dire un mot, puis elle pourra partir. Cet endroit n'est pas agréable pour une femme. »

Et ne l'avait jamais été, impliquait son ton de voix.

Un peu plus tard, alors qu'elle attendait dans le premier bureau, Cordélia répondit aux inévitables questions.

« Non, je ne sais pas s'il était marié. J'ai l'impression qu'il était divorcé; il ne parlait jamais d'une quelconque épouse. Il habitait au 15, Cremona Road S.E.2. Il m'avait loué une chambre dans sa maison, mais nous ne nous voyions que rarement.

– Je connais Cremona Road. Ma tante y habitait quand j'étais gosse. C'est une rue qui se trouve près du musée de la Guerre. »

Le fait de connaître la rue semblait le rassurer et le rendre plus humain. Tout content, il rumina un moment.

« Quand avez-vous vu Mr. Pryde vivant pour la dernière fois?

– Hier vers dix-sept heures. J'ai quitté mon travail un peu plus tôt pour faire des courses.

– Il n'est pas rentré chez lui hier soir?

– Je l'ai entendu marcher, mais je ne l'ai pas vu. J'ai un petit réchaud à gaz dans ma chambre. Généralement, c'est là que je prépare mes repas, sauf quand je sais qu'il n'est pas là. Je ne l'ai pas entendu ce matin, ce qui est inhabituel, mais j'ai cru qu'il était resté au lit. C'est ce qu'il fait parfois quand c'est son jour d'hôpital.

– Était-ce un jour d'hôpital aujourd'hui?

– Non, il avait eu un rendez-vous mercredi, mais je me suis dit qu'on lui avait peut-être demandé de revenir. Il doit avoir quitté la maison très tard la nuit dernière ou avant mon réveil ce matin. Je ne l'ai pas entendu. »

Impossible de décrire la délicatesse presque maniaque avec laquelle ils s'évitaient, essayant de ne pas s'imposer l'un à l'autre, de préserver leur intimité respective, écoutant le son de la chasse d'eau, allant s'assurer sur la pointe des pieds que la cuisine ou la salle de bains était vide. Ils s'étaient donné un mal fou pour ne pas se gêner. Bien que vivant dans la même petite maison, ils s'étaient rarement vus en dehors de leur lieu de travail. Cordélia se demanda si Bernie avait décidé de se tuer dans son bureau pour ne pas souiller, ne pas bouleverser leur logis.

Enfin elle se retrouva seule dans le bureau. Le médecin de la police avait fermé sa trousse et était parti. Le corps de Bernie avait été descendu à grand-peine dans l'étroite cage d'escalier, sous l'œil curieux des locataires des autres bureaux. Le dernier policier était parti également. Miss Sparshott avait quitté définitivement les lieux : pour elle, la mort violente était une insulte encore plus grave qu'une machine indigne d'une dactylo expérimentée ou que des toilettes non conformes à son standing. Seule dans le vide et le silence, Cordélia éprouva le besoin de se dépenser physiquement. Elle se mit à nettoyer vigoureusement le bureau intérieur. Elle frotta les taches de sang sur le bureau et sur la chaise, épongea le tapis trempé.

A treize heures, elle se dirigea d'un pas rapide vers leur pub habituel. Elle se dit soudain que rien ne l'obligeait à continuer à aller au *Golden Pheasant,* pourtant elle continua à marcher, incapable de commettre déjà une infidélité. Elle n'avait jamais aimé ce pub ni sa patronne. Elle avait souvent souhaité que Bernie trouvât un bar plus proche, de préférence un bar doté d'une serveuse à la poitrine généreuse et au cœur d'or. Mais ce genre de personnage, soupçonnait-elle, se rencontrait plus souvent dans les romans que dans la réalité. Les habitués de l'heure du déjeuner se pressaient au comptoir et, comme à l'accoutumée, Mavis présidait, arborant son sourire légèrement menaçant et son air d'extrême respectabilité. Mavis changeait de robe trois fois par jour, de coiffure une fois l'an. Son sourire était immuable. Les deux femmes n'avaient jamais éprouvé de sympathie l'une pour l'autre, bien que Bernie eut gambadé de l'une à l'autre comme un vieux chien affectueux : cela l'avait arrangé de croire qu'elles étaient amies; il n'avait pas vu ou voulu voir leur antagonisme presque palpable. Mavis rappelait à Cordélia une bibliothécaire qu'elle avait connue dans son enfance et qui cachait les livres neufs sous le comptoir pour que personne ne puisse les emprunter et les salir. La contrariété à peine réprimée de Mavis était peut-être due au fait qu'elle était forcée d'étaler ouvertement sa marchandise, obligée de distribuer ses denrées sous des yeux attentifs. En réponse à la commande de Cordélia, elle poussa un panaché et un œuf dur sur le bar.

« Alors, il paraît que vous avez eu la visite de la police? » demanda-t-elle.

Regardant les figures avides, Cordélia pensa : ils sont au courant, évidemment. Ce qu'ils veulent, ce sont des détails. Eh bien, je vais leur en donner.

« Bernie s'est tailladé deux fois les poignets. La première fois, il n'a pas atteint la veine, la deuxième fois, oui. Il a plongé sa main dans de l'eau pour faciliter l'hémorragie. On lui avait dit qu'il avait le cancer et il n'a pas eu le courage de suivre le traitement. »

Ça, c'était une autre paire de manches, constata Cordélia. Les personnes groupées autour de Mavis échangèrent des regards, puis détournèrent les yeux. Les verres restèrent un moment en suspens dans leurs mains. S'ouvrir les veines était une chose que faisaient les autres, mais le sinistre petit crabe semait la terreur dans tous les esprits. Même Mavis avait l'air de voir ses pinces luisantes surgir d'entre les bouteilles. Elle dit :

« Je suppose que vous allez chercher un autre travail. Vous auriez du mal à diriger l'agence toute seule. Ce n'est pas un métier pour une femme.

– Oh, il n'est pas tellement différent du vôtre : on rencontre toutes sortes de gens. »

Les deux femmes se toisèrent. Un bref dialogue muet s'établit entre elles; toutes deux l'entendaient et le comprenaient parfaitement :

« Et ne croyez pas, maintenant que Bernie est mort, que les gens peuvent continuer à laisser des messages ici pour l'agence.

– Je ne vous demande rien. »

Mavis se mit à essuyer énergiquement un verre, ses yeux toujours fixés sur le visage de Cordélia.

« Je parie que votre mère ne serait pas très heureuse si vous continuiez toute seule.

– Ma mère est morte une heure après ma naissance. Voilà donc un souci que je n'ai pas. »

Cordélia s'aperçut tout de suite que sa remarque avait profondément choqué les autres. Une fois de plus, elle s'étonna de la capacité des personnes âgées de s'indigner de simples faits alors qu'ils semblaient pouvoir accepter toutes sortes d'opinions tordues ou révoltantes. Mais au moins, leur silence, lourd de réprobation, lui donnait un peu de tranquillité. Elle porta son panaché et son œuf à une banquette contre le mur et se mit à penser sans sentimentalité à sa mère. D'une enfance remplie de privations, elle avait graduellement tiré une philosophie de compensation. Dans son imagination, elle avait reçu en une heure, sans déceptions ni regrets, l'amour de toute une vie. Son père n'avait jamais parlé de la mort de sa femme et Cordélia avait évité de le questionner à ce sujet, craignant d'apprendre que sa mère ne l'avait jamais tenue dans ses bras, n'avait jamais repris connaissance, n'avait peut-être même jamais su qu'elle avait une fille. Cette croyance en l'amour de sa mère était le seul fantasme qu'elle ne pouvait pas encore risquer de perdre complètement, bien qu'il devînt de moins en moins nécessaire et réel avec les années. Maintenant, en imagination, elle consultait sa mère. Comme elle s'y attendait, celle-ci trouvait que le métier de détective convenait parfaitement à une femme.

Le petit groupe, au bar, s'était remis à boire. Entre leurs épaules, Cordélia pouvait voir son reflet dans la glace au-dessus du bar. Sa figure d'aujourd'hui était la même que celle d'hier. D'épais cheveux châtains qui encadraient un visage un peu spécial : on aurait dit qu'un géant avait placé une de ses mains sur le crâne, l'autre, sous le menton et avait pressé doucement. De grands yeux d'un brun-vert sous une longue frange; de larges pommettes; une bouche douce, enfantine. Une tête de chat, pensa-t-elle, calme et décorative au milieu du reflet des bouteilles colorées et de tous les objets brillants du bar. Malgré son apparence trompeusement jeune, cette figure pouvait être secrète, fermée. Très tôt, Cordélia avait appris le stoïcisme. Ses parents nourriciers, chacun à sa manière, gentiment et avec les meilleures intentions du monde, lui avaient tous demandé une chose : être heureuse. Elle avait vite appris qu'en montrant de l'insatisfaction, elle risquait de perdre l'amour. Comparés à cette discipline précoce de dissimulation, tous les mensonges ultérieurs avaient été faciles.

Le Cafard se frayait un chemin vers elle. Il s'installa sur la banquette, son gros postérieur, recouvert d'un tweed horrible, tout près du sien. Bien qu'il eût été le seul ami de Bernie, Cordélia ne l'aimait pas. Bernie lui avait expliqué que le Cafard gagnait bien sa vie comme indicateur de police. Et il avait également d'autres sources de revenu. Parfois ses amis volaient des tableaux célèbres ou des bijoux de valeur. Alors, après avoir reçu les instructions adéquates, le Cafard aiguillait la police vers l'endroit où ils pourraient trouver le butin. Le Cafard touchait une récompense que, bien entendu, il partageait par la suite avec les voleurs; le détective en recevait une également car c'était lui qui avait fait la plus grande partie du boulot, après tout. Comme Bernie l'avait souligné, la compagnie d'assurances s'en tirait à bon compte, les propriétaires récupéraient leurs biens intacts; les voleurs n'étaient pas inquiétés par la police et le Cafard et le détective palpaient leur pot-de-vin. Tel était le système. Choquée, Cordélia n'avait pas osé protester trop vivement. Elle soupçonnait Bernie d'avoir joué au même jeu à une certaine époque, bien que jamais avec autant d'adresse ni de résultats aussi lucratifs.

Le Cafard avait les yeux chassieux. Sa main qui tenait le verre tremblait.

« Pauvre vieux Bernie! Je voyais bien qu'il filait un mauvais coton. Il avait beaucoup maigri depuis un an et il avait ce teint terreux – le teint du cancer, comme l'appelait mon père. »

Au moins, le Cafard avait remarqué ces choses. Pas elle. Pour elle, Bernie avait toujours eu le teint terreux et l'air malsain. Une grosse cuisse chaude s'approcha de la sienne.

« Il n'a jamais eu beaucoup de chance, le pauvre couillon. Il a été viré de Scotland Yard, il vous l'avait dit? A l'instigation du commissaire Dalgliesh – qui n'était encore qu'inspecteur à l'époque. Bon Dieu, quelle peau de vache! C'était pas lui qui vous aurait donné une autre chance!

– Oui, Bernie me l'avait dit », mentit Cordélia. Elle ajouta : « Cela n'avait pas l'air de le rendre particulièrement amer.

– A quoi ça sert, d'être amer? Faut prendre les choses comme elles viennent, voilà ma devise. Vous allez probablement chercher un autre boulot? »

Le Cafard avait posé cette question d'un air rêveur, comme si la défection de Cordélia lui offrirait la possibilité de diriger l'agence.

« Non, pas tout de suite. Je ne chercherai pas un autre boulot tout de suite. »

Elle venait de prendre deux résolutions : elle maintiendrait l'agence ouverte jusqu'à ce qu'il n'y eût plus d'argent pour le loyer, et elle ne mettrait plus jamais les pieds au *Golden Pheasant*.

La résolution de maintenir l'agence ouverte résista aux quatre jours suivants – résista à la découverte du livret et du contrat de location qui révéla qu'après tout Bernie n'était pas propriétaire de la petite maison de Cremona Road, qu'elle y était une sous-locataire illégale et que l'argent que Bernie avait à son compte couvrait à peine les frais d'enterrement; résista à cette nouvelle, que lui annonça le directeur de la banque, et aussi à celle que lui annonça le garagiste, à savoir, que la mini devait bientôt être soumise à une révision; résista à la mise en ordre de la maison. Partout elle ne trouva que les tristes détritus d'une vie solitaire et mal organisée.

Des boîtes d'*Irish stew* et de haricots à la tomate – Bernie n'avait-il jamais rien mangé d'autre? – empilées soigneusement en pyramide, comme à la devanture d'un épicier; de grosses boîtes, entamées, de produits d'entretien pour les métaux et d'encaustique, au contenu séché ou figé; un tiroir plein de vieux morceaux d'étoffe utilisés comme chiffons à poussière, mais durcis par un amalgame de cire et de crasse; un panier à linge sale non vidé : d'épais caleçons longs de laine feutrés par des lavages en machine et tachés de brun à l'entrejambe – comment Bernie avait-il pu supporter l'idée que quelqu'un les découvrirait?

Cordélia se rendait tous les jours au bureau pour nettoyer, ranger et refaire le classement. Il n'y avait ni appels téléphoniques, ni clients et pourtant elle semblait toujours occupée. Elle dut assister à l'enquête judiciaire dont les formalités presque ennuyeuses et l'inévitable verdict la déprimèrent. Elle rendit visite à l'avocat de Bernie. C'était un homme morne et âgé dont le cabinet se trouvait dans un quartier peu pratique, près de Mile End. Il prit la nouvelle de la mort de son client avec une résignation lugubre, presque comme un affront personnel. Après de brèves recherches, il trouva le testament de Bernie et se mit à l'étudier avec une méfiance étonnée, comme si ce n'était pas lui qui l'avait rédigé récemment. Il réussit à faire entendre à Cordélia qu'il comprenait qu'elle avait été la maîtresse de Bernie – sinon pour quelle autre raison lui aurait-il légué son affaire? – mais qu'en homme du monde, il ne la condamnait pas. Sa seule contribution à l'organisation de l'enterrement fut d'indiquer à Cordélia le nom d'une entreprise de pompes funèbres. Celle-ci devait lui verser une commission, se dit la jeune femme. Après toute une semaine de solennités déprimantes, elle constata avec soulagement que l'entrepreneur était un type à la fois gai et compétent. Voyant que Cordélia n'allait pas éclater en sanglots ni se livrer à d'autres démonstrations de chagrin, il se fit un plaisir de lui parler, avec une franchise complice, des prix et des mérites comparés de l'enterrement et de l'incinération.

« Moi je choisirais l'incinération. Pas d'assurance privée, dites-vous? Alors terminez-en aussi vite, facilement et avantageusement que possible. C'est ce que le défunt lui-même choisirait neuf fois sur dix, croyez-moi. De nos jours, une tombe représente un luxe, un luxe dont ni lui ni vous ne profitez. La poussière retourne à la poussière, les cendres aux cendres. Et par quel processus? Il n'est pas très agréable d'y penser, n'est-ce pas? Alors pourquoi ne pas en finir le plus rapidement possible au moyen des méthodes modernes les plus éprouvées? Permettez-moi de vous faire remarquer, mademoiselle, que mon conseil va à l'encontre de mes intérêts. »

Cordélia répondit :

« C'est très gentil de votre part. Faudra-t-il mettre une couronne?

– Pourquoi pas? Cela donnera un peu de cachet à la cérémonie. Je m'en occupe. »

Ç'avait donc été l'incinération et une couronne. Celle-ci – un assemblage vulgaire et inapproprié d'œillets et de lys à moitié fanés – sentait déjà la décomposition. Un prêtre avait dit l'office à une allure soigneusement contrôlée et presque sur un ton d'excuse comme pour assurer à ses auditeurs que, même si, personnellement, il jouissait d'une dispense spéciale, il ne leur demandait pas de croire à l'incroyable. Bernie était parti dans le four au son d'une musique synthétique et juste à temps, à en juger par le bruissement impatient que faisait entendre le convoi suivant qui attendait son tour devant la chapelle.

Ensuite, Cordélia se retrouva seule sous un soleil éclatant. A travers ses semelles, elle sentait la chaleur du gravier. L'air embaumait les fleurs. Submergée soudain de tristesse et d'une colère défensive au souvenir de la vie ratée de Bernie, elle chercha un coupable et le trouva en la personne d'un certain commissaire de Scotland Yard. Il avait chassé Bernie du seul boulot qu'il avait jamais eu envie de faire, ne s'était même pas donné la peine de découvrir ce qu'il était devenu et – accusation encore plus irrationnelle que les autres – n'était même pas venu à son enterrement. Bernie avait eu besoin d'être détective comme d'autres ont besoin de peindre, d'écrire, de boire ou de forniquer. Scotland Yard était certainement un corps assez grand pour se permettre de garder en son sein un homme inefficace mais plein de bonne volonté. Pour la première fois, Cordélia pleura Bernie. Ses larmes brûlantes brouillaient et multipliaient la longue file d'attente des fourgons mortuaires avec leurs couronnes aux couleurs vives, de sorte qu'ils semblaient s'étendre en une infinité de chromes étincelants et de fleurs tremblantes. Dénouant le foulard de tulle noir – sa seule concession au deuil – qu'elle s'était mis sur la tête, Cordélia commença à marcher en direction de la station de métro.

En descendant à Oxford Circus, elle se rendit compte qu'elle avait soif et décida de prendre un thé au restaurant de *Dickins & Jones*. C'était pour elle une douceur inhabituelle, une petite folie, mais la journée aussi avait été inhabituelle et folle. Voulant en avoir pour son argent, elle traîna un moment dans la salle et n'arriva à son bureau qu'à seize heures quinze.

Quelqu'un l'attendait. Une femme, adossée à la porte. Avec son air pimpant, elle paraissait insolite sur le fond de peinture sale et de murs graisseux. Cordélia réprima un cri de surprise et ralentit. Ses chaussures légères n'ayant fait aucun bruit sur les marches, elle put, pendant une seconde, regarder sa visiteuse, sans être vue. Elle en retira une impression immédiate et très vive : compétence et autorité; époustouflante justesse vestimentaire. L'inconnue portait un tailleur gris à petit col rabattu qui révélait une étroite bande de coton blanc à la gorge. De toute évidence, ses escarpins en vernis noirs étaient coûteux; un grand sac noir à poches rapportées pendait de son épaule gauche. Elle était de haute stature. Ses cheveux, prématurément blanchis et coupés court, moulaient sa tête comme un bonnet. Elle avait un visage pâle et long. Elle lisait le *Times*, le journal plié de telle façon qu'elle pouvait le tenir dans sa main droite. Au bout d'un instant, elle remarqua la présence de Cordélia. Leurs regards se croisèrent. La femme consulta sa montre-bracelet.

« Si vous êtes Cordélia Gray, je vous signale que vous avez dix-huit minutes de retard. D'après ce mot, ici, vous deviez revenir à seize heures.

– Je sais. Je m'excuse. »

Cordélia monta rapidement les dernières marches et introduisit la clé Yale dans le verrou. Elle ouvrit la porte.

« Voulez-vous entrer? »

L'inconnue la précéda dans le premier bureau et se tourna vers elle, sans même un regard à la pièce.

« J'espérais voir Mr. Pryde. Viendra-t-il bientôt?

– Je suis désolée. Je reviens de son incinération. Je veux dire : Bernie est mort.

– Manifestement. Selon les renseignements que nous avons eus, il était encore vivant il y a dix jours. Il doit être mort très vite et discrètement.

– Non, pas discrètement. Bernie s'est suicidé.

– Comme c'est étrange! »

La visiteuse semblait frappée par cette nouvelle. Elle pressa ses mains l'une contre l'autre et pendant quelques secondes déambula dans la pièce, mimant une sorte de curieuse détresse.

« Comme c'est étrange! » répéta-t-elle.

Elle eut un petit rire bref. Cordélia ne dit rien, mais les deux femmes se regardèrent d'un air grave. Puis l'inconnue déclara :

« Eh bien, je suis donc venue pour rien. »

Cordélia émit un « Mais pas du tout! » presque inaudible et résista à l'absurde tentation de bloquer la porte de son corps.

« Je vous en prie, ne partez pas si vite. J'étais l'associée de Mr. Pryde et cette affaire m'appartient maintenant. Je pourrais certainement vous aider. Asseyez-vous, s'il vous plaît. »

La visiteuse ne prêta aucune attention à la chaise offerte.

« Personne ne peut aider personne au monde. Mais là n'est pas la question. Mon employeur désire avoir certains renseignements et, d'après lui, Mr. Pryde était l'homme capable de les lui procurer. J'ignore s'il vous accepterait comme un substitut valable. Avez-vous un téléphone privé?

– Oui, là-dedans. »

La femme pénétra dans le bureau intérieur, de nouveau sans se montrer impressionnée par son aspect miteux. Elle se tourna vers Cordélia.

« Excusez-moi, je ne me suis pas présentée. Je m'appelle Elizabeth Leaming et je travaille pour sir Ronald Callender.

– L'écologiste?

– Surtout ne prononcez pas ce mot devant lui. Il préfère se faire appeler microbiologiste, ce qu'il est. Veuillez m'excuser un instant. »

Miss Leaming ferma la porte. Prise d'une faiblesse soudaine, Cordélia s'assit devant la machine à écrire. Les touches, symboles étrangement familiers sertis dans des médaillons noirs, changèrent de dessin sous ses yeux fatigués, puis, après un battement de paupière, reprirent leur place normale. Elle agrippa les côtés de la machine, froide au toucher, et s'exhorta au calme. Son cœur battait à grands coups.

« Je dois garder mon sang-froid, lui montrer que je suis une dure. C'est l'enterrement de Bernie qui m'a mise dans cet état stupide. Et parce que je suis restée trop longtemps au soleil. »

Mais l'espoir avait quelque chose de traumatisant. Cordélia s'en voulut de s'y accrocher avec autant de force.

La conversation téléphonique dura deux ou trois minutes. La porte du bureau intérieur se rouvrit; miss Leaming enfilait ses gants.

« Sir Ronald voudrait vous voir. Pourriez-vous venir tout de suite? »

Où ça? pensa Cordélia, mais elle ne posa pas la question.

« Oui. Aurai-je besoin de mon attirail? »

« L'attirail », c'était sa trousse de détective soigneusement conçue et garnie par Bernie : des pinces, des ciseaux, un équipement pour relever les empreintes, des bocaux pour ramasser des spécimens. Cordélia n'avait encore jamais eu l'occasion de s'en servir.

« Cela dépend de ce que vous appelez votre " attirail ", mais je ne crois pas. Avant de décider s'il vous engage, sir Ronald désire vous voir. Cela implique un voyage en train jusqu'à Cambridge, mais vous devriez pouvoir rentrer ce soir. Avez-vous quelqu'un à prévenir?

– Non, je vis seule.

– Je devrais peut-être vous prouver mon identité. » Miss Leaming ouvrit son sac. « Voici une enveloppe adressée. Je ne fais pas la traite des Blanches, si cela existe et au cas où vous auriez peur.

– J'ai peur de pas mal de choses, mais pas de la traite des Blanches. Et, si j'étais inquiète, ce ne serait pas une enveloppe portant votre nom et adresse qui me rassurerait. J'exigerais de téléphoner à sir Ronald Callender pour vérifier.

– Si vous voulez le faire... suggéra miss Leaming sans rancune.

– Non.

– Alors partons. »

Miss Leaming se dirigea vers la porte. Quand les femmes sortirent sur le palier et que Cordélia se tourna pour fermer à clé, sa visiteuse désigna le bloc et le crayon qui pendaient d'un clou au mur.

« Ne devriez-vous pas changer de mot? »

Cordélia arracha le précédent avis et, après un moment de réflexion, écrivit :

« Je m'absente pour une affaire urgente. Tout message glissé sous la porte sera soigneusement lu à mon retour. »

« Voilà qui devrait rassurer vos clients », déclara miss Leaming.

Cordélia se demanda si cette remarque était sarcastique : le ton détaché qu'avait employé miss Leaming ne permettait pas de le savoir, mais elle n'avait pas l'impression que sa compagne se moquait d'elle. Elle s'étonna de ne pas lui en vouloir d'avoir simplement pris la direction des opérations. Docilement, elle la suivit au bas de l'escalier et dans Kingly Street.

Les deux femmes prirent la Central Line jusqu'à Liverpool Station et arrivèrent avec beaucoup d'avance au train de dix-sept heures trente-six pour Cambridge. Miss Leaming acheta le billet de Cordélia, récupéra une machine à écrire portative et un porte-documents à la consigne et mena sa compagne à une voiture de première classe.

« Il faudra que je travaille dans le train. Avez-vous quelque chose à lire?

– C'est parfait. Moi non plus, je n'aime pas parler en voyage. J'ai le *Trumpet Major* de Hardy. J'ai toujours un livre dans mon sac. »

Après la gare de Bishops Stortford, elles restèrent seules dans le compartiment, mais miss Leaming ne leva les yeux qu'une fois de ses papiers pour demander à Cordélia :

« Comment en êtes-vous venue à travailler pour Mr. Pryde?

– A la fin de mes études secondaires, je suis partie vivre avec mon père sur le continent. Nous avons beaucoup voyagé. Mon père est mort à Rome en mai dernier d'une crise cardiaque et je suis rentrée. J'avais appris toute seule un peu de sténo et de dactylographie et je me suis inscrite dans une agence de secrétaires, laquelle m'a envoyée chez Mr. Pryde. Au bout de quelques semaines, Bernie m'a permis de l'aider dans une ou deux affaires. Il a décidé de me donner une formation et j'ai accepté de rester. Il y a deux mois, il m'a promue au rang d'associée. »

Pour Cordélia, cet avancement avait représenté la perte d'un salaire régulier en échange des fruits incertains du succès : une part égale des bénéfices et une chambre gratuite dans la maison de Bernie. Son ami n'avait pas eu l'intention de l'escroquer. Il avait sincèrement cru qu'elle prendrait son offre d'association pour ce qu'elle était : non pas un prix de bonne conduite, mais une marque de confiance.

« Que faisait votre père?

– Mon père était un poète marxiste itinérant et un révolutionnaire amateur.

– Vous avez dû avoir une enfance intéressante. »

Cordélia se rappela la succession de nourrices, de déménagements inexpliqués et incompréhensibles, les changements d'écoles, les figures soucieuses des assistantes sociales et des professeurs qui se demandaient ce qu'ils allaient bien pouvoir faire d'elle pendant les vacances. Comme toujours, quand on lui faisait cette remarque, elle répondit d'un ton grave, dénué d'ironie :

« Oui, très intéressante.

– Et en quoi consistait la formation que vous avez reçue de Mr. Pryde?

– Bernie m'a enseigné certaines des choses qu'il avait apprises à Scotland Yard : comment inspecter correctement le lieu du crime, comment rassembler des pièces à conviction, quelques rudiments de judo pour se défendre, comment détecter et relever des empreintes... ce genre de choses.

– Dans cette affaire, il est peu probable que vous ayez à vous servir de ces talents. »

Miss Leaming baissa le nez sur ses papiers et ne

desserra plus les dents jusqu'à leur arrivée à Cambridge.

Devant la gare, miss Leaming jeta un coup d'œil au parking et conduisit Cordélia vers une petite fourgonnette noire. Debout à côté du véhicule, raide comme un chauffeur en uniforme, se tenait un jeune homme trapu vêtu d'une chemise blanche au col ouvert, d'une culotte de cheval et de hautes bottes. Avec désinvolture, et sans explication, miss Leaming le présenta comme Lunn. En guise de salutation, le garçon inclina rapidement la tête, mais il ne sourit pas. Cordélia lui tendit la main. Il la serra brièvement, avec une force remarquable, écrasant ses doigts. Réprimant une grimace de douleur, Cordélia surprit une lueur dans ses grands yeux couleur de boue et se demanda s'il lui avait fait mal délibérément. Ses yeux étaient certainement mémorables : des yeux humides aux cils touffus pareils à ceux d'un veau et exprimant comme eux une douloureuse inquiétude. Mais leur beauté accentuait, plutôt qu'elle ne le rachetait, le manque de charme du reste de sa personne. Avec son cou épais et court, ses puissantes épaules qui tendaient la chemise, on aurait dit une sinistre étude en noir et blanc, songea Cordélia. Il avait un casque de cheveux noirs et drus, une figure ronde à la peau légèrement grêlée, une bouche boudeuse et humide : la figure d'un chérubin paillard. C'était un homme qui transpirait abondamment : de la sueur tachait ses aisselles et sa chemise en coton lui collait à la peau, soulignant la forte courbure de son dos et ses biceps impressionnants.

Cordélia s'aperçut qu'ils devaient s'asseoir tous les trois, serrés les uns contre les autres, à l'avant de la fourgonnette. Lunn tint la portière ouverte, disant pour toute excuse :

« La Rover est en réparation. »

Miss Leaming attendit, de sorte que Cordélia fut obligée de monter la première et de s'installer à côté du jeune homme. Elle se dit : « Ils ne peuvent pas se sentir, ces deux-là, et lui, il m'en veut d'être ici. »

Elle se demanda quelle était la position de Lunn dans la maison de sir Ronald Callender. Celle de miss Leaming n'était pas difficile à deviner : aucune secrétaire ordinaire, aussi ancienne et aussi indispensable fût-elle, ne pouvait tout à fait avoir cet air d'autorité ou parler de « mon employeur » sur ce ton d'ironie possessive. Mais Lunn était un mystère. Il ne se comportait pas en subordonné. Par ailleurs, elle ne le voyait pas en savant. Il était vrai qu'elle en avait fort peu connu, des savants, à part sœur Mary Magdalena, la religieuse qui lui avait enseigné ce que le programme appelait pompeusement « sciences naturelles » : un pot-pourri de rudiments de physique, de chimie et de biologie réunis sans plus de façons. Les sciences jouissaient d'une considération restreinte au couvent de l'Immaculée-Conception; les arts, par contre, y étaient fort bien enseignés. Sœur Mary Magdalena avait été une femme d'un certain âge, timide, aux yeux étonnés derrière des lunettes à monture d'acier, aux doigts malhabiles toujours tachés par les produits chimiques. Apparemment, elle était aussi surprise que ses élèves par les extraordinaires explosions et les vapeurs qu'elle produisait parfois en manipulant ses éprouvettes et ses ballons. Elle trouvait plus intéressant de démontrer l'incompréhensibilité de l'Univers et l'impénétrabilité des lois divines que de révéler des principes scientifiques. En la première matière, elle avait pleinement réussi. Mais, se dit Cordélia, sœur Mary Magdalena ne lui serait d'aucun secours dans sa prise de contact avec sir Ronald Callender. Sir Ronald, qui avait fait campagne pour la défense de l'environnement bien avant que ce problème ne touchât l'opinion publique, qui avait représenté son pays à des conférences internationales sur l'écologie et qui avait été anobli pour services rendus dans ce domaine. Comme les autres Anglais, Cordélia avait appris tout cela par la télévision et les suppléments en couleurs des journaux du dimanche. Sir Ronald était l'exemple parfait du savant officiel, soigneusement neutre en politique. A la satisfaction générale, il personnifiait le garçon pauvre qui avait réussi et était resté intègre. Comment diable avait-il eu l'idée d'engager Bernie Pryde?

Ingorant jusqu'à quel point Lunn était dans la confidence, Cordélia demanda prudemment :

« Comment sir Ronald a-t-il entendu parler de Bernie?

– C'est John Bellinger qui lui a donné son nom. »

Ainsi la « prime Bellinger » était enfin arrivée! Bernie l'avait toujours attendue. L'affaire Bellinger avait été sa grande réussite, peut-être la seule, en tout cas la plus lucrative. John Bellinger dirigeait une petite usine familiale d'instruments scientifiques spécialisés. L'année précédente, un flot de lettres obscènes avait inondé son bureau. Ne voulant pas alerter la police, il avait téléphoné à Bernie. Engagé, sur sa proposition, comme coursier, le détective avait résolu rapidement une énigme assez simple. L'auteur des lettres n'était autre que la secrétaire personnelle du patron, une femme d'âge mûr hautement considérée. L'industriel s'était montré très reconnaissant. Bernie, après d'anxieuses cogitations et de longues consultations avec Cordélia, avait envoyé une note d'honoraires dont le montant les avait laissés tous deux pantois. Et la note avait été promptement réglée. Cet argent avait permis à l'agence de subsister pendant un mois. Bernie avait dit : « Cette affaire nous rapportera une prime, vous verrez. Tout peut arriver dans ce métier. Bellinger avait choisi notre nom au hasard dans l'annuaire, mais maintenant il nous recommandera à ses amis. C'est peut-être pour nous le commencement de la gloire. »

Et la prime était vraiment tombée. Le jour de son enterrement!

Cordélia ne posa pas d'autres questions et le trajet, qui prit moins de trente minutes, se déroula en silence. Le conducteur et les passagères étaient assis cuisse contre cuisse, mais en gardant leurs distances. Cordélia ne vit rien de la ville. Au bout de l'avenue de la gare, près du monument aux morts, la fourgonnette tourna à gauche et bientôt ils roulèrent dans la campagne. Cordélia aperçut de vastes champs de blé en herbe, des villages de chaumières épars, de grosses villas rouges et carrées disséminées le long de la route, des éminences d'où l'on voyait les tours et les clochers de la ville briller avec une proximité trompeuse dans le soleil du soir. Finalement, ils parvinrent à un autre village, longèrent une mince ceinture d'ormes, un mur incurvé de briques rouges et franchirent une grille en fer forgé ouverte. Ils étaient arrivés.

De style anglais du XVIIIe siècle, quoique peut-être pas du meilleur, la maison était solidement bâtie et de proportions agréables. Comme toute bonne architecture, elle donnait l'impression d'avoir poussé naturellement sur son site. Festonnée de glycines, la brique patinée luisait intensément au soleil couchant, faisant rutiler le feuillage de la plante grimpante; du coup, toute la demeure paraissait aussi artificielle et précaire qu'un décor de cinéma. C'était avant tout une maison familiale, une maison accueillante. Mais à présent un lourd silence pesait sur elle et les rangées d'élégantes fenêtres ressemblaient à des orbites vides.

Lunn, qui avait conduit vite mais avec adresse, freina devant le porche. Pendant que les femmes descendaient, il resta assis, puis il conduisit la fourgonnette de l'autre côté du bâtiment. Alors qu'elle glissait au bas de son haut siège, Cordélia aperçut une série de constructions peu élevées et surmontées de petites tourelles ornementales. Ce devaient être des écuries ou des garages. A travers la grande arche de l'entrée, elle pouvait voir le terrain s'incliner doucement et offrir une vue panoramique du paysage plat du Cambridgeshire tacheté des verts tendres et des fauves du début de l'été. Miss Leaming dit :

« Les écuries ont été transformées en laboratoires. Presque tout le côté est vitré maintenant. C'est l'œuvre d'un excellent architecte suédois. Fonctionnel mais joli. »

Pour la première fois depuis leur rencontre, elle parlait avec animation, presque avec enthousiasme.

La porte était ouverte. Cordélia pénétra dans un vaste vestibule lambrissé, pourvu d'un escalier qui tournait vers la gauche et d'une cheminée de pierre sculptée à droite. Elle perçut un parfum de roses et de lavande. Des tapis aux couleurs lumineuses couvraient le parquet ciré et l'on entendait le tic-tac discret d'une horloge.

Miss Leaming conduisit la visiteuse à une porte située à l'autre extrémité du vestibule. Elle menait à un bureau, une pièce élégante tapissée de bibliothèques avec vue sur des pelouses et un écran d'arbres. Devant les baies vitrées se dressait un bureau de l'époque des rois George et, derrière le meuble, un homme était assis.

Ayant souvent vu sa photo dans les journaux, Cordélia ne fut pas surprise. Mais sir Ronald Callender était à la fois plus petit et plus impressionnant qu'elle ne l'avait imaginé. Elle savait qu'elle avait en face d'elle un homme d'une intelligence remarquable qui jouissait d'une grande autorité; la force qui émanait de lui était pareille à une force physique. Mais quand il se leva et lui fit signe de s'asseoir dans un fauteuil, elle vit qu'il était plus frêle que ne le suggéraient les photos, les épaules carrées et la tête imposante alourdissait considérablement son buste. Il avait un visage sensible et marqué, un nez busqué, des yeux très enfoncés surmontés de lourdes paupières et une bouche sculpturale et mobile. D'épais cheveux noirs, sans une trace de gris, lui barraient le front. Sa figure était empreinte de lassitude. Quand elle approcha, Cordélia vit un nerf tressaillir sur sa tempe gauche et distingua des taches rouges presque imperceptibles dans les iris. Toutefois, ce corps d'homme ramassé, gonflé d'énergie et de vigueur latente ne cédait pas à la fatigue. Sir Ronald tenait sa tête arrogante; sous les lourdes paupières, ses yeux étaient perçants et circonspects. Avant toute chose, il avait l'air d'un homme qui a réussi. Cordélia avait déjà vu cet air-là quand, à l'arrière d'une foule, elle avait regardé passer des célébrités : cette aura presque palpable, proche de la sexualité, résistant à la fatigue et à la maladie, et propre aux hommes qui jouissent des réalités du pouvoir.

Miss Leaming dit :

« Voici tout ce qui reste de l'agence de détective Pryde : miss Cordélia Gray. »

Les yeux pénétrants plongèrent dans ceux de Cordélia.

« D'assez jolis restes, ma foi. »

Fatiguée par le voyage à la fin d'une journée mémorable, Cordélia n'était pas d'humeur à badiner.

« Sir Ronald, je suis venue parce que, selon votre secrétaire, vous avez besoin de mes services. Si elle s'est trompée, veuillez me le dire pour que je puisse retourner à Londres.

– Miss Leaming n'est pas ma secrétaire et elle ne se trompe jamais. Veuillez excuser mon incivilité, mais avouez qu'il y a de quoi être troublé : j'attends un grand gaillard d'ex-policier et c'est vous qui arrivez. Je ne m'en plains pas, miss Gray. Peut-être ferez-vous parfaitement l'affaire. Quels sont vos tarifs? »

La question aurait pu paraître offensante, mais elle ne l'était pas. Sir Ronald avait simplement l'esprit pratique. Un peu trop vite, avec un tout petit peu trop d'empressement, Cordélia le renseigna :

« Cinq livres par jour plus les frais, mais nous essayons de réduire ceux-ci le plus possible. Naturellement, ces honoraires vous donnent droit à mes services exclusifs. Je m'explique : je ne travaille pour aucun autre client tant que votre affaire n'est pas terminée.

– Et y a-t-il un autre client?

– Pas en ce moment, mais le cas pourrait se produire. » Cordélia se hâta de poursuivre : « Nous avons une clause de *fair play* : si à un stade quelconque de l'enquête, je décide de l'arrêter, je vous fournis tous les renseignements que j'ai rassemblés jusque-là. Si je décide de ne pas vous les communiquer, je ne vous prends rien pour le travail déjà accompli. »

Ç'avait été l'un des principes de Bernie. Il avait toujours été très fort en matière de principes. Même quand ils n'avaient pas eu la plus petite affaire de toute la semaine, Bernie pouvait se complaire à discuter de certains points : dans quelle mesure l'agence avait le droit de ne pas dire l'entière vérité à un client, à quel moment il fallait faire intervenir la police, l'éthique de la dissimulation et du mensonge au service de la vérité. « Mais pas d'installation de micros, disait-il. Je m'y oppose fermement. Et nous ne nous occupons pas de sabotage industriel. » La tentation de faire l'un ou l'autre n'était pas bien grande : ils n'avaient pas de matériel d'écoute, n'auraient d'ailleurs pas su s'en servir et, jamais encore, on n'avait proposé à Bernie d'enquêter sur un sabotage industriel.

« Cela me paraît raisonnable, reprit sir Ronald, mais je doute que cette affaire vous cause le moindre conflit de conscience. Elle est relativement simple. Il y a dix-huit jours, mon fils s'est pendu. Je veux que vous découvriez pourquoi. Pouvez-vous le faire?

– En tout cas, j'aimerais essayer.

– Vous aurez sûrement besoin de certains renseignements sur Mark. Miss Leaming vous les mettra par écrit. Ensuite vous pouvez les lire et nous faire savoir si vous en désirez d'autres.

– Je préférerais que vous me les donniez vous-même de vive voix.

– Est-ce vraiment nécessaire?

– Cela me serait fort utile. »

Sir Ronald se renversa dans son fauteuil et ramassa un bout de crayon qu'il tordit entre ses doigts. Au bout d'une minute, il le glissa distraitement dans sa poche. Sans regarder Cordélia, il se mit à parler.

« Mon fils Mark a eu vingt et un ans le 25 avril de cette année. Il était à Cambridge où il étudiait l'histoire dans mon ancien collège. C'était sa dernière année. Il y a cinq semaines, il a brusquement quitté l'université et s'est engagé comme jardinier chez un certain major Markland qui habite dans une maison appelée Summertrees, près de Duxford. Mark ne m'a jamais fourni la moindre explication, ni alors, ni plus tard. Il vivait seul dans un cottage, dans la propriété du major. Dix-huit jours plus tard, la sœur de son employeur l'a trouvé pendu par le cou, au bout d'une lanière, à un crochet fixé au plafond du salon. Selon le verdict qui terminait l'enquête, il s'est suicidé pendant une crise de déséquilibre mental. Je connais mal mon fils, mais je rejette cet euphémisme facile. Mark était quelqu'un de rationnel. Il avait une raison d'agir ainsi. Je veux savoir laquelle. »

Miss Leaming, qui, pendant ce temps, avait regardé le jardin par les baies vitrées, se tourna et dit avec une véhémence soudaine :

« Cette envie de savoir! Ce n'est pas que de la curiosité humaine. Si Mark avait voulu que nous sachions, il nous aurait mis au courant.

– Je ne supporte pas de rester dans cette incertitude. Mon fils est mort. *Mon* fils. Si j'en suis responsable d'une façon quelconque, je préfère le savoir. Si quelqu'un d'autre est responsable, je veux le savoir aussi. »

Cordélia regarda sir Ronald, puis miss Leaming.

« A-t-il laissé une lettre?

– Oui, quelques lignes, mais elles n'expliquent rien. On les a trouvées dans sa machine à écrire. »

Doucement, miss Leaming se mit à réciter :

« Le long de la sinueuse caverne nous cheminâmes à tâtons jusqu'à ce qu'un vide aussi vaste que le ciel s'ouvrît sous nos pas. Nous tenant à des racines d'arbre, nous pendîmes au-dessus de cette immensité. Mais je dis : si vous y consentez, nous nous confierons à ce vide et verrons si la providence est également ici. »

La voix rauque et curieusement grave se tut. Il y eut un silence. Puis sir Ronald demanda :

« Vous vous dites détective, miss Gray. Que déduisez-vous de cela?

– Que votre fils a lu William Blake. N'est-ce pas un passage du *Mariage du Ciel et de l'Enfer*? »

Sir Ronald et miss Leaming échangèrent un regard. Le savant déclara :

« Oui, à ce qu'il paraît. »

Dénuée de violence ou de désespoir, l'aimable exhortation de Blake convenait davantage à un suicide par noyade ou par empoisonnement – flottement solennel ou plongeon dans l'oubli – qu'au traumatisme de la pendaison. Et pourtant, se dit Cordélia, il y avait l'analogie de la chute, du saut dans le vide. Mais ce genre de spéculation était purement gratuite. Mark avait choisi Blake et il avait choisi la pendaison. Peut-être n'avait-il pas eu de moyen plus doux à sa disposition; peut-être avait-il agi sur une impulsion. Qu'est-ce que le commissaire avait donc coutume de dire? « Ne commencez jamais à théoriser avant d'avoir établi les faits. » Il faudrait qu'elle aille visiter le cottage.

Sir Ronald dit avec un soupçon d'impatience :

« Eh bien, vous n'en voulez pas, de ce travail? »

Cordélia se tourna vers miss Leaming, mais la femme ne la regarda pas.

« Mais si! Je me demandais si vous vouliez vraiment que je l'accepte.

– Je vous l'offre. Occupez-vous de vos propres responsabilités, miss Gray, je m'occupe des miennes.

– Pourriez-vous m'en dire un peu plus? Par exemple : votre fils était-il en bonne santé? Semblait-il préoccupé par son travail ou par sa vie amoureuse? Avait-il des problèmes d'argent?

– S'il avait atteint l'âge de vingt-cinq ans, Mark aurait hérité une fortune considérable de son grand-père maternel. Entre-temps, je lui versais des mensualités appropriées. Mais à partir du jour où il a quitté l'université, il a viré ce qui lui restait à mon compte et a donné ordre à sa banque de retourner tous mes autres versements. Pendant les deux dernières semaines de sa vie, il a dû vivre de son salaire. L'autopsie n'a révélé aucune maladie et son directeur d'études a certifié que son travail universitaire était satisfaisant. Bien entendu, je ne connais rien aux études d'histoire. Mark ne me parlait pas de ses aventures amoureuses – quel jeune homme se confie à son père? S'il en avait, je dirais qu'elles étaient hétérosexuelles. »

Sortant de sa contemplation du jardin, miss Leaming se tourna. Elle tendit les mains en un geste qui aurait pu exprimer la résignation aussi bien que le désespoir.

« Nous ne savions rien de lui! Alors pourquoi attendre qu'il soit mort pour commencer à nous renseigner?

– Et ses amis? demanda calmement Cordélia.

– Ils venaient rarement ici, mais j'en ai reconnu deux à l'enquête et à l'enterrement : Hugo Tilling qui allait au même collège et sa sœur, une étudiante de troisième cycle en philologie. Vous rappelez-vous son nom, Eliza?

– Sophie. Sophie Tilling. Mark l'a amenée dîner ici une ou deux fois.

– Pourriez-vous me donner quelques détails sur l'enfance de votre fils? Quelles écoles a-t-il fréquentées?

– Il est allé à la maternelle quand il avait cinq ans, puis je l'ai mis en pension dans une école élémentaire privée. Je ne pouvais pas le laisser courir ici sans surveillance : il aurait pu s'introduire dans les laboratoires. Plus tard, conformément au désir de sa mère – elle est morte quand Mark avait neuf mois – il est entré dans une fondation Woodard. Ma femme était ce qu'on appelle *high anglican* et souhaitait que son fils fût élevé dans cette tradition religieuse. Pour autant que je le sache, cela n'a pas eu d'effets néfastes sur lui.

– Était-il heureux à l'école élémentaire?

– Aussi heureux que le sont la plupart des enfants de huit ans, je suppose. En d'autres termes, il devait être le plus souvent malheureux, avec des périodes d'exubérance animale. Tout cela est-il vraiment utile?

– Tout peut le devenir. Il faut que j'essaie de connaître votre fils, voyez-vous. »

Que disait donc le commissaire je-sais-tout, le commissaire surhomme? « Tâchez de connaître le mort. Aucun détail n'est trop insignifiant. Les morts peuvent parler. Ils peuvent nous mener droit à l'assassin. » Sauf que, dans ce cas, il n'y avait pas d'assassin.

« J'aimerais que miss Leaming dactylographie tous les renseignements que vous venez de me donner et m'indique le nom du collège de votre fils ainsi que celui de son directeur. Et veuillez me remettre un mot, signé de votre main, qui m'autorise à entreprendre cette enquête. »

Sir Ronald ouvrit un tiroir de son bureau et en sortit une feuille de papier. Il y inscrivit quelques lignes, puis la passa à Cordélia. Sous l'en-tête imprimé – Sir Ronald Callender, Garforth House, Cambridgeshire – on lisait :

« J'autorise la porteuse de la présente, miss Cordélia Gray, à enquêter pour mon compte sur la mort de mon fils Mark Callender survenue le 26 mai. »

Le mot était signé et daté.

« Que vous faut-il d'autre? demanda Callender.

– Vous avez dit que quelqu'un d'autre portait peut-être la responsabilité de la mort de votre fils. Contestez-vous le verdict?

– Le verdict correspondait aux témoignages. C'est tout ce qu'on peut en attendre. Une cour de justice n'est pas faite pour établir la vérité. Moi je vous engage dans ce but. Avez-vous tout ce qu'il vous faut? Je ne pense pas que nous ayons d'autres renseignements à vous fournir.

– J'aimerais avoir une photo. »

Les deux autres se regardèrent, déconcertés.

« Une photo. En avons-nous une, Eliza?

– Il y a celle de son passeport, mais je ne sais trop où il est. Et puis celle que j'aie prise de lui dans le jardin, l'été dernier. Elle est assez bonne, je trouve. Je vais la chercher. »

Miss Leaming quitta la pièce.

« Et j'aimerais voir sa chambre, si c'est possible, dit Cordélia. Passait-il ses vacances ici?

– De temps en temps seulement. Mais, bien entendu, il avait sa chambre. Je vais vous la montrer. »

La chambre se trouvait au second étage, sur le

derrière. Une fois dedans, sir Ronald ne s'occupa plus de Cordélia. Il alla à la fenêtre et contempla les pelouses comme s'il se désintéressait de ce qui se passait autour de lui. La pièce ne donnait aucune indication sur le Mark adulte. Elle était meublée simplement – le sanctuaire d'un écolier. On n'avait pas dû y changer grand-chose depuis dix ans. Contre un des murs, Cordélia vit une armoire blanche assez basse qui contenait la collection habituelle de vieux jouets mis au rebut : un ours en peluche à la fourrure usée par trop de caresses et dont l'œil de verre se détachait; des trains et des camions en bois peint; une Arche de Noé au pont couvert d'animaux aux pattes raides et surmonté d'un Noé joufflu et de sa femme; un bateau à la voile triste et flasque; la cible d'un jeu de fléchettes. Au-dessus des jouets s'alignaient deux rangées de livres. Cordélia s'approcha pour les regarder. C'était la bibliothèque type d'un enfant bourgeois : classiques approuvés qu'on se transmettait d'une génération à l'autre, contes traditionnels de la mère et de la gouvernante. Cordélia, elle, était venue tard à ces ouvrages. Comme adulte. Ils n'avaient joué aucun rôle dans son enfance dominée par les bandes dessinées du samedi et la télévision.

« Et les livres de la dernière période?

– Ils sont dans des caisses, à la cave. Quand il a quitté l'université, Mark les a envoyés ici pour que nous les lui gardions. Nous n'avons pas eu le temps de les déballer. Je n'en vois d'ailleurs pas l'utilité. »

Sur une petite table de chevet, Cordélia aperçut une lampe et un galet rond de couleur vive troué par la mer. Sans doute un trésor rapporté de vacances passées sur une plage. D'un geste hésitant, sir Ronald toucha la pierre et la fit rouler sous sa paume. Puis, comme par distraction, il l'empocha.

« Redescendons », dit-il.

Miss Leaming les attendait au pied de l'escalier. Elle les regarda descendre lentement côte à côte. Ses yeux exprimaient une telle véhémence contenue que Cordélia attendit presque avec crainte ce qu'elle allait dire. Mais la femme se détourna, ses épaules s'affaissèrent comme sous le poids d'une brusque fatigue.

« J'ai trouvé la photo, annonça-t-elle simplement. Rendez-la-moi quand vous n'en aurez plus besoin. Je l'ai mise dans cette enveloppe avec la lettre d'autorisation de sir Callender. Il n'y a pas de train rapide pour Londres avant vingt et une heures trente-sept. Voulez-vous rester à dîner? »

La réunion qui suivit se révéla être une expérience intéressante bien qu'assez bizarre. Le dîner lui-même fut à la fois protocolaire et à la bonne franquette. Ce mélange devait être délibéré, se dit Cordélia. On avait voulu créer un certain effet, mais lequel? Celui d'une bande de collaborateurs enthousiastes se retrouvant à la fin d'une journée de travail pour un repas commun? Ou celui d'un ordre rituel imposé à une assemblée hétérogène? Ce n'était pas évident. Il y avait dix convives : sir Ronald Callender, miss Leaming, Chris Lunn, un professeur américain en visite dont Cordélia oublia le nom aussitôt les présentations terminées, et cinq des jeunes savants. Tous les hommes, y compris Lunn, étaient en smoking. Miss Leaming portait une longue jupe en patchwork de satin et un haut uni sans manches. Quand elle bougeait, les intenses bleus, verts et rouges de son vêtement luisaient et changeaient à la lueur des bougies, accentuant l'argent clair de sa chevelure et la pâleur de son teint. Cordélia s'était sentie assez embarrassée quand son hôtesse l'avait laissée au salon pour monter se changer dans sa chambre. Étant à un âge où l'on apprécie davantage l'élégance que la jeunesse, elle regretta de n'avoir rien de plus compétitif à se mettre que sa jupe beige et son chemisier vert.

On l'avait introduite dans la chambre à coucher de miss Leaming pour lui permettre de s'y laver les mains. Elle avait été frappée par l'élégance et la simplicité du mobilier qui contrastaient avec l'opulence de la salle de bains adjacente. Alors qu'elle maniait son rouge à lèvres en examinant son visage aux traits tirés dans la glace, elle avait regretté de ne pas avoir emporté un peu de fard à paupières. Instinctivement, et avec un sens de culpabilité, elle avait ouvert le tiroir d'une coiffeuse. Celui-ci était rempli de toutes sortes de produits de beauté : de vieux rouges à lèvres aux couleurs depuis longtemps démodées, des tubes de fond de teint à moitié vides, des crayons à sourcils, des crèmes hydratantes, des flacons de parfum entamés. En farfouillant, Cordélia avait fini par trouver un bâton de fard à paupières. Vu le gâchis d'articles dans le tiroir, elle n'avait guère hésité à l'employer. L'effet obtenu avait été bizarre, mais frappant. Elle ne pouvait pas rivaliser avec miss Leaming, mais au moins faisait-elle maintenant cinq ans de plus. Surprise par le désordre qui régnait dans la coiffeuse, elle avait dû résister à la tentation de vérifier si le placard et les autres tiroirs étaient dans le même état. Que les êtres humains étaient donc inconséquents, intéressants! Comment une femme aussi méticuleuse et compétente que miss Leaming pouvait-elle supporter une telle pagaille? C'était stupéfiant.

La salle à manger se trouvait sur le devant de la maison. Miss Leaming plaça Cordélia entre elle et Lunn, initiative qui excluait d'avance toute perspective de conversation agréable. Les autres convives s'assirent où ils voulaient. Le contraste entre la simplicité et l'élégance du dîner apparaissait dans la façon dont la table était mise. Il n'y avait pas de lumière artificielle, seulement trois candélabres d'argent posés à intervalles réguliers sur la nappe. Entre eux s'alignaient quatre carafes de vin d'un verre épais de couleur verte et au bec recourbé. Cordélia en avait vu de semblables dans des restaurants italiens bon marché. Les sets de table étaient en liège brut, mais les couverts en argent ancien. Au lieu d'être artistement arrangées, les fleurs, disposées dans des coupes basses, avaient l'air rescapées d'un orage – fleurs arrachées par le vent que quelqu'un avait eu la bonté de mettre dans l'eau. Dans leur smoking, les jeunes gens paraissaient accoutrés, non pas mal à l'aise, parce qu'ils étaient conscients de leur intelligence et de leur réussite, mais gauches comme s'ils avaient déniché leurs habits chez un fripier ou un costumier et participaient à une charade mimée. Leur jeunesse surprit Cordélia. Elle jugea qu'un seul d'entre eux avait plus de trente ans. Trois d'entre eux étaient des jeunes hommes nerveux à l'aspect négligé qui parlaient très vite, d'une voix haute et péremptoire. Aussitôt les présentations faites, ils cessèrent de s'intéresser à Cordélia. Les deux autres étaient plus calmes. L'un d'eux, un grand garçon brun aux traits irréguliers, lui sourit à travers la table comme s'il regrettait de n'être pas assez près d'elle pour pouvoir lui parler.

Un domestique italien et sa femme apportèrent le repas qu'ils posèrent sur les chauffe-plats d'une desserte. De l'abondante nourriture se dégageait une odeur presque intolérablement appétissante pour Cordélia : soudain, elle se rendit compte qu'elle mourait de faim. Il y avait un plat de riz luisant, un autre d'épinards et une cocotte de ragoût de veau aux champignons. A côté, sur le buffet froid, se trouvaient un grand jambon, du rosbif et un assortiment intéressant de salades et de fruits. Les dîneurs se servaient eux-mêmes, rapportant à la table les combinaisons de mets chauds ou froids de leur choix. Les jeunes savants remplirent généreusement leurs assiettes. Cordélia les imita.

Elle s'intéressa fort peu à la conversation, sauf pour noter que celle-ci portait essentiellement sur des sujets scientifiques et que Lunn, quoique moins bavard que les autres, parlait comme leur égal. Il aurait dû avoir l'air ridicule dans son smoking, pensa Cordélia, pourtant, chose étrange, c'était lui qui paraissait le plus à l'aise. En fait, il semblait être la plus forte personnalité dans la pièce, après sir Callender. Cordélia essaya vainement d'en analyser la raison. Lunn mangeait lentement. Avec une attention presque maniaque, il surveillait la disposition des aliments sur son assiette et, de temps en temps, souriait secrètement dans son verre de vin.

A l'autre bout de la table, sir Ronald épluchait une

pomme et parlait à son invité, la tête inclinée. La mince pelure verte glissait sur ses longs doigts et s'incurvait vers son assiette. Cordélia regarda son hôtesse. L'air préoccupé, celle-ci couvait sir Ronald des yeux. Cordélia eut la désagréable impression que toutes les têtes allaient se tourner vers ce masque pâle et dédaigneux. Puis miss Leaming se sentit observée. Elle se détendit et dit à sa voisine de table :

« Pendant le voyage, vous lisiez Hardy. Aimez-vous cet auteur?

– Beaucoup, mais je lui préfère Jane Austen.

– Alors ne manquez pas l'occasion de visiter le musée Fitzwilliam à Cambridge. Ils ont une lettre manuscrite de Jane Austen. »

Elle parlait avec la vivacité artificielle d'une hôtesse cherchant un sujet susceptible d'intéresser un invité difficile. Cordélia, la bouche pleine de veau aux champignons, se demanda comment elle allait y résister jusqu'à la fin du repas. Heureusement, le professeur américain avait capté le mot « Fitzwilliam ». De l'autre bout de la table, il interpella miss Leaming pour se renseigner sur la collection de majoliques du musée. La conversation devint générale.

Ce fut miss Leaming qui emmena Cordélia à la gare, à Audley End cette fois, au lieu de Cambridge, pour une raison qu'elle n'expliqua pas. Les deux femmes ne parlèrent pas de l'affaire pendant le trajet. Épuisée de fatigue, alourdie par la nourriture et le vin, Cordélia se laissa prendre en charge et mettre au train sans tenter d'obtenir d'autres indications. De toute façon, elle n'y aurait sans doute pas réussi. Quand le train partit, elle tripota d'un doigt las le rabat de la solide enveloppe que miss Leaming lui avait donnée. Elle en sortit les renseignements et les lut. Ils étaient fort bien dactylographiés et disposés, mais ils ne lui apprirent rien de plus que ce qu'elle savait déjà. Une photo y était jointe. Elle représentait un jeune homme qui riait, la tête à demi tournée vers l'appareil, une main en visière au-dessus des yeux. Il portait un jean et un débardeur. Il était à demi couché sur la pelouse, une pile de livres à côté de lui. Il devait être en train de travailler quand miss Leaming était sortie par la baie vitrée et lui avait ordonné de sourire. La photo non plus n'apprenait rien à Cordélia, sauf que, pendant une seconde fixée par l'objectif, le garçon avait su être heureux. Cordélia rangea l'instantané. Puis les mains croisées protectivement au-dessus de l'enveloppe, elle s'endormit.

2.

Le lendemain matin, Cordélia quitta Cremona Road avant sept heures. La nuit précédente, malgré sa fatigue, elle avait fait la plus grande partie de ses préparatifs avant d'aller se coucher. Cela lui avait pris peu de temps. Comme Bernie le lui avait enseigné, elle vérifia systématiquement son équipement de détective, précaution inutile vu qu'elle n'y avait pas touché depuis le jour où, pour célébrer leur association, son ami l'avait réuni pour elle. Elle sortit le Polaroïd, tria les cartes routières entassées pêle-mêle au fond du secrétaire du défunt, secoua et roula le sac de couchage, remplit un sac en plastique de rations de réserve puisées dans le stock de soupes et de haricots en boîte de Bernie, hésita et finalement se décida à prendre le manuel de médecine légale du professeur Simpson et son transistor personnel de la marque Hacker, passa sa trousse de premiers secours en revue. Enfin elle trouva un calepin neuf, l'intitula *Affaire Mark Callender* et divisa les quatre dernières pages en colonnes pour y noter ses frais. Ces préliminaires avaient toujours constitué la partie la plus satisfaisante d'une enquête, avant que ne s'installât l'ennui ou le dégoût, avant que l'excitation ne fît place à la désillusion et à l'échec. L'organisation de Bernie avait toujours été méticuleuse et sans défaut; c'était la réalité qui avait refusé d'y coller.

Pour finir, elle se demanda quels vêtements elle allait emporter. Si le beau temps d'été persistait, son ensemble de chez Jaeger, acheté, après mûre réflexion, avec ses économies pour lui permettre d'affronter n'importe quelle entrevue, serait beaucoup trop chaud. Par ailleurs, elle aurait peut-être rendez-vous avec un directeur de collège. Dans ce cas, un air de compétence professionnelle plein de dignité, attesté par un ensemble de chez Jaeger, serait l'effet à rechercher. Elle décida de porter sa jupe en daim fauve et un pull à manches courtes pour voyager et de prendre des jeans et des pulls plus épais pour tout travail sur le terrain. Cordélia aimait les vêtements, aimait les imaginer et les acheter – plaisir que limitait moins sa pauvreté que son besoin obsédant de pouvoir mettre toute sa garde-robe dans une seule valise de taille moyenne comme une réfugiée toujours prête à fuir.

Une fois délivrée des tentacules du nord de Londres, Cordélia fut contente de conduire. La mini ronronnait; elle semblait rouler mieux que jamais. Cordélia aimait le paysage plat de l'Est-Anglie, les larges rues des villes de marché, les champs qui s'étendaient sans haies jusqu'au bord de la route, l'ouverture et la liberté des horizons lointains et des vastes cieux. Cette campagne correspondait à son humeur. Elle avait pleuré Bernie et le pleurerait encore, regrettant sa camaraderie et son affection désintéressée, mais, dans un sens, le cas Mark Callender était sa première affaire et elle était contente de s'y attaquer seule. Elle pensait être capable de la résoudre. Elle ne lui inspirait ni peur ni dégoût. Roulant, pleine d'espoir, dans le paysage ensoleillé, le coffre de sa voiture soigneusement rempli de tout son matériel, elle se sentit euphorique.

Quand elle atteignit finalement Duxford, elle eut d'abord du mal à trouver Summertrees. De toute évidence, le major Markland se croyait assez important pour omettre le nom de la rue dans son adresse. Mais la deuxième personne – un villageois – qu'elle arrêta pour se renseigner put lui indiquer le chemin. Il lui expliqua les directions, fort simples, à prendre, se donnant une peine infinie comme si une réponse laconique eût paru discourtoise. Cordélia chercha un endroit pour tourner et refit trois kilomètres en sens inverse : elle avait déjà dépassé Summertrees.

Ceci, enfin, devait être la maison : un grand édifice victorien de briques rouges, bien en retrait, avec un large bord gazonné entre la route et le portail de bois ouvert qui menait à l'allée. Cordélia se demanda pourquoi quelqu'un avait éprouvé le désir de construire une demeure d'une laideur si impressionnante ou, ayant décidé de le faire, avait planté cette monstruosité banlieusarde en pleine campagne. Peut-être avait-elle remplacé un bâtiment plus ancien et plus agréable. Elle gara sa mini sur l'herbe, mais à une certaine distance du portail, et remonta l'allée à pied. Le jardin convenait à la maison : ordonné au point d'en paraître artificiel, et trop bien entretenu. Même les plantes de rocaille bourgeonnaient comme des excroissances morbides à intervalles réguliers entre les dalles de la terrasse. Deux plates-bandes rectangulaires se découpaient dans la pelouse, chacune plantée de rosiers rouges et bordée de rangées alternées de lobélies et d'alysses. On aurait dit une exposition patriotique dans un jardin public. Il ne manquait plus qu'un mât de drapeau, songea Cordélia.

La porte d'entrée ouverte révélait un vestibule sombre, peint en marron. Avant que Cordélia n'ait eu le temps de sonner, une femme assez âgée tourna le coin de la maison poussant une brouette pleine de plantes. Malgré la chaleur, elle portait des bottes en caoutchouc, un pull, une longue jupe de tweed et un foulard sur la tête. Apercevant Cordélia, elle lâcha les brancards et dit :

« Bonjour! Vous venez sans doute de l'église au sujet de la vente de charité, n'est-ce pas?

– Non. Je viens de la part de sir Ronald Callender. Il s'agit de son fils.

– Vous venez chercher ses affaires? Nous nous demandions si sir Ronald allait envoyer quelqu'un. Elles sont encore dans le cottage. Nous n'y avons pas été depuis la mort de Mark. Nous l'appelions Mark, vous savez. Il ne nous a jamais révélé son identité – ce qui n'était pas très gentil de sa part.

– Je ne viens pas pour les affaires de Mark. Je voudrais *parler* de Mark. Sir Ronald m'a engagée pour essayer de découvrir pourquoi son fils s'est suicidé. Je m'appelle Cordélia Gray. »

Mrs. Markland parut plus déconcertée que troublée par ces nouvelles. De ses yeux inquiets et plutôt stupides, elle regarda rapidement Cordélia et agrippa les brancards comme pour y trouver un appui.

« Cordélia Gray? Nous ne nous connaissons pas alors? Non, je ne crois pas connaître de Cordélia Gray. Il vaudrait peut-être mieux que vous entriez au salon et parliez à mon mari et à ma belle-sœur. »

Abandonnant la brouette en plein milieu du chemin, elle mena la jeune femme dans la maison. Tout en marchant, elle ôta son foulard et tapota ses cheveux sans la moindre efficacité. Cordélia la suivit à travers le vestibule chichement meublé, fleurant l'encaustique, encombré de cannes, de parapluies et d'imperméables drapés sur un gros portemanteau en chêne, jusqu'à une pièce à l'arrière de la maison.

C'était une pièce horrible, mal proportionnée, dépourvue de livres, meublée non pas avec mauvais goût, mais sans goût du tout. Un énorme canapé d'une forme affreuse et deux fauteuils entouraient la cheminée. Une lourde table d'acajou profusément sculptée et de guingois sur son socle occupait le centre du salon. Aux murs, il n'y avait que des photographies encadrées de groupes : de longs visages blafards, trop petits pour être identifiés, posaient en lignes droites, innomés, devant l'objectif. L'une était une photo de régiment; sur l'autre, on voyait une paire d'avirons croisés au-dessus de deux rangées d'adolescents costauds, tous en casquettes à visière et en blazers rayés. Un club scolaire d'avirons, supposa Cordélia.

Malgré le soleil dehors, la pièce était sombre et froide. Les portes-fenêtres étaient ouvertes. Sur la pelouse, on avait rassemblé une grande balancelle surmontée d'un dais à franges, trois fauteuils en rotin somptueusement garnis de coussins en cretonne d'un bleu criard, chacun pourvu d'un tabouret pour les pieds, et une table à lattes de bois. Ces meubles semblaient appartenir à une pièce de théâtre dont le décorateur aurait mal compris l'esprit. Tous avaient l'air neufs et inutilisés. Cordélia se demanda pourquoi la famille Markland restait assise dans la maison par un beau matin d'été alors qu'elle aurait été beaucoup plus confortablement installée sur la pelouse.

Mrs. Markland présenta la visiteuse. Elle eut un grand geste d'abandon et dit faiblement, comme à la cantonade :

« Miss Cordélia Gray. Elle ne vient pas pour la vente de charité. »

Cordélia constata avec étonnement que le mari, la femme et miss Markland se ressemblaient. Tous trois lui rappelèrent des chevaux. Ils avaient de longues figures osseuses, des lèvres minces au-dessus de mentons carrés, des yeux désagréablement rapprochés et de gros cheveux gris que les femmes portaient en d'épaisses franges qui leur descendaient presque sur les paupières. Le major buvait du café dans une énorme tasse blanche au bord et aux côtés fortement tachés et posée sur un petit plateau rond en métal. Il tenait le *Times*. Miss Markland tricotait – occupation que Cordélia trouva vaguement insolite pour une chaude matinée d'été.

Les deux visages, revêches et ne manifestant qu'une curiosité modérée, l'examinèrent avec une très légère aversion. Miss Markland pouvait tricoter sans regarder ses aiguilles, exploit qui lui permit de scruter Cordélia d'un œil inquisiteur. Invitée par le major Markland à s'asseoir, la jeune femme se percha au bord du canapé, s'attendant presque à entendre le coussin émettre un bruit indécent alors qu'il s'aplatissait sous elle. Mais, à sa grande surprise, elle le trouva fort dur. Elle se composa un visage de circonstance – du sérieux combiné à de l'efficacité plus une pointe d'humilité propitiatoire, voilà plus ou moins ce qu'il fallait mais elle douta d'avoir obtenu le résultat désiré. Assise là, les genoux modestement serrés, son sac-bandoulière à ses pieds, elle prit douloureusement conscience qu'en toute probabilité elle ressemblait davantage à une gamine de dix-sept ans affrontant sa première entrevue de travail qu'à une femme d'affaires mûre, propriétaire en titre de l'agence de détective Pryde.

Elle tendit l'autorisation de sir Ronald et dit :

« Sir Ronald était navré pour vous. Que cet événement se soit produit dans votre propriété a dû vous bouleverser. D'autant plus que vous aviez eu la bonté de trouver à Mark un job qui lui plaisait. Son père espère que vous accepterez d'en parler. Il veut simplement savoir pour quelle raison son fils s'est tué.

– Et c'est vous qu'il envoie pour le découvrir? »

La voix de miss Markland exprimait un mélange d'incrédulité, d'amusement et de mépris. L'impolitesse ne froissait pas Cordélia. Elle sentait que, dans une certaine mesure, miss Markland n'avait pas tort. Elle fournit ce qu'elle espéra être une explication plausible. C'était probablement la vérité.

« Sir Ronald croit que le suicide doit avoir un rapport avec la vie estudiantine de Mark. Comme vous le savez peut-être, le garçon a brusquement quitté l'université et son père n'a jamais su pourquoi. Sir Ronald a jugé que j'aurais plus de chances d'obtenir des renseignements auprès des amis de Mark qu'un type plus courant de détective privé. Selon lui, il ne pouvait pas en charger la police. Après tout, cette sorte d'enquête n'est pas vraiment leur boulot. »

Miss Markland prit un air pincé.

« J'aurais dit exactement le contraire – du moins si sir Ronald pense que la mort de son fils présente quelque chose de suspect...

– Oh! pas du tout! Il ne s'agit pas de ça! Sir Ronald s'estime satisfait du verdict. Simplement, il tient à savoir ce qui a poussé son fils à cet acte de désespoir. »

Avec une férocité soudaine, miss Markland répondit :

« Mark était un marginal. Il s'est évadé de l'université, il semble s'être évadé de sa famille et, finalement, il s'est évadé de la vie. Littéralement. »

Sa belle-sœur fit entendre un petit bêlement de protestation.

« Oh, Eléanor! Tu es injuste! Ce garçon a vraiment bien travaillé ici. Je l'aimais beaucoup. Je ne crois pas qu'il...

– Il méritait son salaire, je vous l'accorde. N'empêche qu'il n'était pas né et n'avait pas été éduqué pour devenir jardinier. C'était par conséquent un déclassé. J'en ignore la raison et je n'ai pas la moindre envie de la connaître.

– Comment en êtes-vous venus à l'engager? » demanda Cordélia.

Ce fut le major Markland qui répondit.

« Il a lu mon offre d'emploi dans le *Cambridge Evening News*, et il est arrivé ici un soir, à bicyclette. C'était il y a cinq semaines environ, un mardi, je crois. »

Miss Markland intervint de nouveau :

« C'était le mardi 9 mai. »

Comme s'il regrettait de ne pas pouvoir la contredire, le major lui lança un regard irrité.

« Soit, le mardi 9. Il m'a dit qu'il avait décidé de quitter l'université pour travailler et qu'il avait vu mon annonce. Il ne connaissait pas grand-chose au jardinage, m'a-t-il avoué, mais il était robuste et prêt à apprendre. Son manque d'expérience ne m'a pas gêné : nous avions surtout besoin de lui pour les pelouses et les légumes. Il n'a jamais touché aux fleurs. Ma femme et moi nous en occupons nous-mêmes. Et puis ce garçon m'était sympathique. J'ai voulu lui donner sa chance. »

Miss Markland lança :

« Tu l'as engagé parce que c'était le seul candidat qui acceptait de travailler pour le misérable salaire que tu offrais. »

Au lieu de s'offenser de cette remarque, son frère eut un sourire satisfait.

« Je le payais selon son mérite. Si davantage d'employeurs voulaient bien m'imiter, le pays ne serait pas en proie à l'inflation. »

D'après son ton, on aurait dit que l'économie n'avait aucun secret pour lui.

« Donc, il s'est simplement présenté ici? N'avez-vous pas trouvé cela bizarre? demanda Cordélia.

– Bien sûr! Extrêmement bizarre. Je me suis dit qu'on l'avait probablement renvoyé : alcool, drogues, révolution, vous savez le genre de choses qu'on pratique de nos jours à Cambridge. Mais je lui ai demandé le nom de son directeur d'études comme référence et j'ai téléphoné au gars : un certain Horsfall. Il ne s'est pas montré particulièrement bavard, mais il m'a tout de même assuré que le garçon était parti volontairement. Selon lui, Mark s'était toujours conduit d'une façon si irréprochable que – je cite – " c'en était presque ennuyeux ". Je n'avais rien à craindre, sa présence ne polluerait pas Summertrees. »

Miss Markland tourna son tricot et interrompit l'exclamation de sa belle-sœur, « Que voulait-il dire par là? », par ce commentaire sarcastique :

« Personnellement, j'en souhaiterais un peu plus, de ce genre d'ennui!

– Mr. Horsfall vous a-t-il dit pourquoi Mark avait quitté son collège? s'enquit Cordélia.

– Je ne le lui ai pas demandé. Cela ne me regardait pas. J'avais posé une question simple à laquelle on m'a donné une réponse plus ou moins simple, aussi simple que ce qu'on peut attendre d'un professeur de Cambridge. En tout cas, nous n'avons certainement pas eu à nous plaindre du garçon pendant son séjour ici.

– Quand s'est-il installé dans le cottage?

– Tout de suite. Ce n'est pas que nous le lui avions proposé, évidemment. Dans notre annonce, il n'était pas question de logement. Toutefois, il avait manifestement vu le cottage et s'en était entiché. Il nous a demandé l'autorisation d'y habiter. Il ne pouvait pas venir tous les jours de Cambridge à vélo, cela nous le comprenions parfaitement, et, à notre connaissance, personne, dans le village, n'avait de chambre à louer. L'idée ne m'enchantait guère, je dois le dire : le cottage a grand besoin d'être réparé. En fait, nous pensons demander une subvention pour le transformer, puis le vendre. Dans son état actuel, aucune famille ne pourrait y vivre, mais le garçon insistait pour y camper. Nous le lui avons permis.

– Il doit donc avoir inspecté le cottage avant de se présenter ici pour l'emploi? intervint Cordélia.

– Inspecté? Je ne le crois pas. Il a probablement fureté un peu partout pour se faire une idée de la propriété avant de sonner à ma porte. Je ne l'en blâme pas. A sa place, j'en aurais fait autant.

– Il voulait absolument s'installer au cottage, ajouta Mrs. Markland. Je lui ai fait remarquer qu'il n'y avait ni gaz ni électricité. Il m'a répondu que cela ne le gênait pas : il achèterait un réchaud de camping et se débrouillerait avec des lampes à pétrole. Il y a l'eau courante, bien entendu, et la majeure partie du toit est en bon état. Du moins, je crois. Nous n'allons pas là-bas, vous savez. Mark paraissait ravi de son nouveau logis. En fait, nous ne lui avons jamais rendu visite – nous n'avions pas de motif – mais pour autant que je pouvais en juger, il se débrouillait parfaitement. Bien entendu, comme l'a dit mon mari, Mark manquait d'expérience. Nous avons dû lui apprendre deux ou trois choses, comme venir à la cuisine le matin de bonne heure pour prendre les ordres. Mais je l'aimais beaucoup. Quand j'étais dans le jardin, il travaillait toujours avec acharnement.

– Pourrais-je jeter un coup d'œil au cottage? »

Cette demande les dérouta. Le major regarda sa femme. Il y eut un silence embarrassé, et, pendant un instant, Cordélia craignit d'essuyer un refus. Puis miss Markland planta ses aiguilles dans la pelote de laine.

« Je vous accompagnerai », déclara-t-elle en se levant.

Summertrees était une propriété spacieuse. On voyait d'abord la roseraie : les buissons serrés étaient groupés selon la variété et la couleur comme les plantes d'un jardin maraîcher et toutes les étiquettes portant leur nom étaient fixées à la même hauteur. Puis venait le potager, traversé en son milieu par un chemin recouvert de gravier. Là, on notait des traces du travail de Mark Callender : les rangées de laitues et de choux désherbées, les morceaux de terre bêchée. Enfin les deux femmes franchirent une barrière et pénétrèrent dans un vieux verger de pommiers non taillés. L'herbe fauchée qui embaumait le foin s'entassait en épais andains autour des troncs noueux.

Tout au bout du verger poussait une haie si exubérante que, d'abord, on distinguait à peine la petite porte qui menait dans le jardin, à l'arrière du cottage. Mais on avait coupé l'herbe tout autour et la porte s'ouvrit facilement sous la poussée de miss Markland. De l'autre côté, il y avait une haie de mûres, sombre et impénétrable, qu'on avait dû laisser croître à sa guise pendant une génération. Quelqu'un y avait taillé un passage, mais miss Markland et Cordélia furent obligées de se baisser pour ne pas se prendre les cheveux dans l'enchevêtrement de tentacules épineuses.

Après avoir franchi cet obstacle, Cordélia leva la tête et cligna des paupières au soleil. Elle poussa une petite exclamation de plaisir. Durant son court séjour dans cet endroit, Mark Callender avait créé une petite oasis d'ordre et de beauté dans le chaos et l'abandon. Il avait découvert d'anciennes plates-bandes et soigné les plantes survivantes; il avait ôté l'herbe et la mousse du chemin dallé, coupé et désherbé un minuscule carré de pelouse à droite de la porte d'entrée. De l'autre côté du sentier, il avait commencé à retourner un morceau de douze mètres carrés environ. La fourche était encore dans la terre, enfoncée profondément à une cinquantaine de centimètres seulement du bout de la ligne.

La maison était une construction basse en briques, couverte d'ardoise. Baignant dans la lumière de l'après-midi, elle avait, malgré sa porte nue et délavée par la pluie, ses cadres de fenêtre pourris et les poutres découvertes du toit, le charme doux et mélancolique de l'âge qui n'a pas encore dégénéré en décrépitude. Devant la porte, négligemment jetées côte à côte, il y avait une paire de lourdes chaussures de jardinage crottées.

« Les siennes? demanda Cordélia.

– Évidemment. »

Les deux femmes restèrent un moment à contempler en silence la terre retournée, puis elles gagnèrent la porte de derrière. Miss Markland introduisit la clé dans la serrure : elle tourna sans peine comme si quelqu'un avait récemment huilé le pêne. Cordélia suivit son guide dans le salon.

Après la chaleur du jardin, l'air y paraissait froid, mais sans fraîcheur, comme vicié. Cordélia constata que le plan de la maison était simple. Il y avait trois portes : l'une, juste en face, donnait manifestement sur le jardin de devant, mais elle était fermée à clé et barrée; des toiles d'araignées couvraient ses jointures comme si elle n'avait pas été ouverte depuis des siècles. Comme le supposa Cordélia, celle de droite menait à la cuisine. A travers la troisième, entrebâilllée, elle aperçut un escalier de bois nu qui montait au premier étage. Au milieu de la pièce se dressait une table en bois à la surface rayée par de nombreux brossages et flanquée de deux chaises. Sur la table, une chope striée de bleu contenait un bouquet fané de fleurs des champs : des tiges noires et friables portant les tristes restes de plantes non identifiables dont le pollen tachait le bois comme une poudre d'or. Des faisceaux de lumière traversaient l'air tranquille; dans leurs rayons une myriade de grains de poussière et de vie infinitésimale exécutaient une danse grotesque.

A droite se trouvait un antique fourneau en fonte pourvu d'un four de part et d'autre du foyer ouvert. Mark avait brûlé du bois et du papier; il y avait un tas de cendres blanches sur la grille et une pile de petit bois et de bûches préparés pour le soir suivant. D'un côté de la cuisinière, on voyait une chaise basse à lamelles de bois garnie d'un coussin aux couleurs passées et, de l'autre, un fauteuil à dossier circulaire dont on avait scié les pieds, peut-être pour la commodité d'une mère qui allaitait son enfant. Avant sa mutilation, il devait avoir été très beau, se dit Cordélia.

Deux énormes poutres, noircies par le temps, traversaient le plafond. Au milieu de l'une d'elle saillait un crochet qui avait dû servir autrefois à accrocher des jambons. Cordélia et miss Markland se regardèrent sans prononcer un mot. Question et réponse étaient inutiles. Au bout d'un instant, elles se dirigèrent comme d'un commun accord vers les deux sièges de la cheminée et s'assirent. Miss Markland dit :

« C'est moi qui l'ai trouvé. Comme Mark ne s'était pas présenté à la cuisine pour prendre les ordres, je suis venue ici après le petit déjeuner voir s'il dormait encore. Il était exactement neuf heures trente-trois. La porte n'était pas fermée à clé. J'ai frappé. Ne recevant pas de réponse, je suis entrée. Il pendait de ce crochet, une ceinture de cuir autour du cou. Il portait son pantalon de travail en coton bleu et avait les pieds nus. Cette chaise était couchée par terre, sur le côté. J'ai touché sa poitrine. Elle était froide.

– Avez-vous coupé la ceinture?

– Non. De toute évidence, Mark était mort et j'ai pensé qu'il valait mieux laisser le corps en place jusqu'à l'arrivée de la police. Mais j'ai ramassé la chaise et l'ai mise comme soutien sous ses pieds. C'est un acte irrationnel, je sais, mais je ne supportais pas de le voir pendre là sans diminuer la pression sur sa gorge. Oui, un acte irrationnel.

– Je trouve que c'est tout à fait normal. Avez-vous remarqué quelque chose de particulier à son sujet ou dans la pièce?

– Il y avait une chope à moitié pleine de ce qui avait l'air d'être du café sur la table et beaucoup de cendres dans le foyer. On aurait dit qu'il avait brûlé des papiers. Sa machine à écrire portative était là, à la même place qu'aujourd'hui, sur cette table latérale. Son ultime message était encore sur le rouleau. Je l'ai lu, puis je suis retournée à la maison mettre mon frère et ma belle-sœur au courant et prévenir la police. Dès leur arrivée, j'ai conduit les agents ici et je leur ai confirmé ce que j'avais vu. Je ne suis jamais revenue ici jusqu'à ce jour.

– Vous, le major ou Mrs. Markland, avez-vous vu Mark la nuit de sa mort?

– Aucun de nous ne l'a vu après dix-huit heures trente, quand il est rentré chez lui. Il a terminé un peu plus tard ce soir-là parce qu'il voulait finir de couper le gazon devant la maison. Nous l'avons tous vu ranger la tondeuse, puis traverser le jardin en direction du verger. Nous ne l'avons jamais revu vivant. Personne n'était à Summertrees cette nuit-là. Nous étions invités à un dîner à Trumpington, chez un vieux camarade d'armée de mon frère. Nous ne sommes rentrés qu'à minuit. A ce moment, selon le médecin, Mark devait être mort depuis déjà quatre heures.

– Parlez-moi de lui, s'il vous plaît.

– Qu'y a-t-il à dire? En semaine, son horaire était de huit heures trente à dix-huit heures avec une heure pour le déjeuner et une demi-heure pour le thé. Le soir, il travaillait dans son jardin, ici, ou dans sa maison. Parfois, à l'heure du déjeuner, il allait faire ses courses au village, à bicyclette. Je le rencontrai là, de temps en temps. Il n'achetait pas grand-chose : un pain complet, du beurre, le bacon le moins cher, du thé, du café, les vivres habituels. Je l'ai entendu demander où l'on pouvait trouver de véritables œufs de ferme et Mrs. Morgan lui a indiqué Wilcox à Grange Farm. Lors de ces rencontres, nous ne nous parlions pas, mais il me souriait. Le soir, à la nuit tombée, il lisait ou tapait à la machine, assis à cette table. Je pouvais voir sa tête se profiler dans la lumière de la lampe.

– Le major n'a-t-il pas dit que vous ne veniez jamais ici?

– C'est vrai en ce qui les concerne : cet endroit leur rappelle des souvenirs gênants. Mais moi j'y viens. » Miss Markland se tut et contempla les cendres du foyer. « Mon fiancé et moi passions beaucoup de temps ici avant la guerre, quand il était à Cambridge. Il a été tué en 1937, en Espagne, où il se battait pour la cause républicaine.

– Oh! je suis navrée! »

Cordélia se rendit compte que sa réponse manquait d'à-propos et de sincérité, mais, par ailleurs, qu'aurait-elle pu dire d'autre? Tout cela s'était passé il y avait près de quarante ans et elle n'avait jamais entendu parler du gars en question. Le bref pincement au cœur qu'on pouvait ressentir ne représentait qu'un inconvénient passager, le regret sentimental de tous les amants morts jeunes, de la perte inévitable d'êtres chers.

Avec une passion soudaine, comme si les mots sortaient de sa bouche contre son gré, miss Markland déclara :

« Je n'aime pas votre génération, miss Gray. Je n'aime pas votre arrogance, votre égoïsme, votre violence, la curieuse sélectivité de votre compassion. Vous ne payez jamais de votre personne, même pas pour vos idéaux. Vous dénigrez, vous détruisez, mais vous ne construisez jamais. Comme des enfants rebelles, vous incitez au châtiment, puis vous criez quand on vous punit. Les hommes que j'ai connus, avec lesquels j'ai grandi, n'étaient pas ainsi.

– Je ne pense pas que Mark Callender était ainsi, murmura Cordélia.

– C'est possible. Au moins sa violence, il la tournait contre lui-même et non pas contre les autres. »

Miss Markland scruta Cordélia du regard.

« Vous direz sûrement que je jalouse la jeunesse. C'est un syndrome assez répandu dans ma génération.

– C'est idiot. Je ne vois vraiment pas pourquoi les gens seraient jaloux. Après tout, la jeunesse n'est pas un privilège. Tout le monde y a droit. Certains peuvent être nés à des époques plus faciles, être plus riches ou plus privilégiés que d'autres, mais cela n'a aucun rapport avec la jeunesse. D'ailleurs, être jeune est parfois pénible. Vous rappelez-vous à quel point cela pouvait être pénible?

– Oui, je me le rappelle, mais je me rappelle aussi d'autres aspects. »

Cordélia demeura silencieuse. Cette conversation était étrange, mais inévitable, se disait-elle. Pour une raison inconnue, elle ne lui était d'ailleurs pas désagréable. Miss Markland leva les yeux.

« Sa petite amie lui a rendu visite une fois. Enfin... je suppose que c'était sa petite amie, sinon pourquoi serait-elle venue? C'était trois jours après qu'il avait commencé à travailler ici.

– Comment était-elle?

– Belle. Très blonde avec une figure lisse, ovale, assez stupide. Un ange de Botticelli. C'était une étrangère, une Française, je crois. Elle était aussi très riche.

– De quoi avez-vous déduit tout ça?

– Elle avait un accent étranger. Elle conduisait une Renault blanche qui devait être sa propre voiture. Ses vêtements quoique bizarres et inappropriés pour la campagne étaient élégants. Elle est venue à la porte d'entrée et a annoncé qu'elle voulait voir Mark avec cette confiance arrogante qu'on attribue aux riches.

– Et Mark l'a reçue?

– A ce moment-là, il fauchait l'herbe dans le verger. Je lui ai amené la fille. Il l'a saluée calmement et sans embarras. Puis il l'a conduite au cottage pour qu'elle puisse l'y attendre pendant qu'il terminait son travail. Il semblait content de la voir, mais sans plus. Il ne me l'a pas présentée. Il n'en a pas eu l'occasion : je les ai quittés très vite pour rentrer à la maison. Je n'ai pas revu la fille depuis. »

Avant que Cordélia n'ait pu parler, miss Markland dit soudain :

« Vous envisagez d'habiter quelque temps ici, n'est-ce pas?

– Est-ce que ça dérangerait votre frère et votre belle-sœur? J'ai tellement eu peur qu'ils refusent que je ne le leur ai même pas demandé.

– Ils n'en sauront rien et, s'ils l'apprenaient, cela leur serait égal.

– Et vous, cela vous ennuierait-il?

– Non. Et je vous laisserai tranquille. »

Les deux femmes chuchotaient comme à l'église. Puis miss Markland se leva et gagna la porte. Elle se tourna.

« Vous avez accepté ce travail pour gagner de l'argent, bien sûr. C'est normal. A votre place, je ne l'oublierais pas. Établir des relations trop intimes avec un autre être humain est stupide. Et, quand cet être humain est mort, cela peut être stupide *et* dangereux. »

D'un pas lourd, miss Markland descendit le sentier et disparut par la petite porte du jardin. Cordélia fut contente de la voir partir. Mourant d'envie d'examiner la maison, elle trépignait d'impatience. C'était ici que cela s'était passé, ici que son travail commençait réellement.

Qu'avait donc dit le commissaire? « Quand vous examinez un bâtiment, regardez-le comme si c'était une église de campagne. Faites-en d'abord le tour. Regardez l'ensemble, dedans et dehors, puis faites vos déductions. Demandez-vous ce que vous avez vu, non pas ce que vous vous étiez attendu à voir ou ce que vous espériez voir, mais ce que vous avez vraiment vu. »

Le commissaire devait aimer les églises de campagne, et ça c'était un bon point pour lui; car cette recommandation était sûrement du Dalgliesh authentique. Bernie réagissait aux églises, qu'elles fussent de ville ou de campagne, avec une méfiance qui frisait la superstition. Cordélia décida de suivre le conseil du commissaire.

Elle alla d'abord à l'est du cottage. Là, discrètement en retrait et presque entièrement recouvert par la haie, se dressait un cabinet d'aisance en bois avec une porte à loquet qui ressemblait à une porte d'écurie. Cordélia jeta un coup d'œil à l'intérieur. Les toilettes étaient très propres. On aurait dit qu'elles venaient d'être repeintes. Elle tira la chasse; à son soulagement, elle fonctionnait. Un rouleau de papier hygiénique pendait à la porte au bout d'une ficelle et, à côté, un petit sac en plastique contenait une collection d'emballages d'oranges froissés et autres papiers soyeux. Mark avait été un jeune homme économe. Près du cabinet, il y avait une grande remise délabrée qui abritait une bicyclette, vieille mais bien entretenue, une grande boîte de peinture blanche mate, au couvercle soigneusement enfoncé, à côté d'un pinceau propre placé à l'envers dans un pot de confiture, un tube en fer blanc, quelques sacs de jute et une collection d'outils de jardinage brillants de propreté, appuyés contre le mur ou pendus à des clous.

Cordélia se rendit devant la maison. La façade contrastait fortement avec le côté du mur. Ici, Mark Callender ne s'était pas attaqué à la jungle de hautes herbes et d'orties qui étouffait le petit jardin, effaçait presque le chemin. Un gros buisson grimpant parsemé de fleurs blanches avait étendu ses noires branches épineuses et obstrué les deux fenêtres du rez-de-chaussée. La barrière qui menait à la petite route secondaire était coincée. Elle s'ouvrait juste assez pour permettre à un visiteur de se faufiler à travers. De chaque côté, un houx montait la garde, ses feuilles grises de poussière. La haie de troènes de l'entrée arrivait à hauteur d'homme. Les traces de deux anciennes plates-bandes entourées de pierres rondes peintes en blanc s'étendaient de part et d'autre du sentier. Maintenant presque toute la bordure disparaissait sous les mauvaises herbes et plus rien ne demeurait des plantes qu'un fouillis de maigres roses sauvages.

Alors qu'elle jetait un dernier regard sur le jardin de devant, son œil perçut une tache de couleur vive dans l'herbe, à côté du chemin. C'était la page froissée d'un magazine. Cordélia la lissa et vit que c'était une photo en couleurs d'une femme nue. Tournant le dos à l'objectif, le modèle se penchait en avant, ses grosses fesses étalées au-dessus de ses cuisses bottées. Elle souriait d'un air coquin par-dessus son épaule, sa flagrante invitation rendue encore plus grotesque par sa longue figure d'androgyne que même un éclairage discret ne pouvait empêcher d'être repoussante. Cordélia nota la date imprimée en haut de la page : c'était le numéro du mois de mai. Le magazine, donc, ou du moins la photo, pouvait avoir été apporté au cottage pendant que Mark y vivait.

Elle resta un instant immobile, la page à la main, essayant d'analyser la nature de son dégoût. Celui-ci lui paraissait excessif. La photo était vulgaire et salace, mais pas plus désagréable ni indécente que celles qu'on apercevait par douzaines dans les petites rues de Londres. Mais quand elle la plia et la glissa dans son sac – c'était une sorte de pièce à conviction – elle se sentit souillée, déprimée. Miss Markland avait-elle été plus perspicace qu'elle ne l'aurait cru elle-même? Était-elle, Cordélia, menacée de devenir sentimentalement obsédée par le jeune mort? La photo n'avait probablement aucun rapport avec Mark. Elle pouvait très bien avoir été jetée là par un quelconque visiteur. Cordélia aurait toutefois préféré ne pas l'avoir vue.

Elle contourna la maison vers l'ouest et fit une autre découverte. Caché derrière un bouquet de sureaux, il y avait un petit puits d'un mètre vingt environ de diamètre. Dénué de superstructure, il était fermé par un couvercle bombé en solides lattes de bois, pourvu d'un anneau de fer au sommet. Un cadenas attachait le couvercle à la margelle en bois; bien que rouillé, il résista quand Cordélia tira dessus. Quelqu'un s'était donné la peine de prendre les précautions nécessaires afin que le puits ne présentât aucun danger pour des enfants ou des vagabonds de passage.

Et maintenant, il était temps d'explorer l'intérieur du cottage. D'abord la cuisine. C'était une petite pièce dont l'unique fenêtre, placée au-dessus de l'évier, donnait à l'est. De toute évidence, elle avait été fraîchement repeinte et la grande table qui occupait presque tout l'espace avait été couverte d'une toile cirée rouge. Il y avait un garde-manger sombre et minuscule qui contenait une demi-douzaine de boîtes de bière, un pot de confitures d'oranges, un beurrier en grès et un quignon de pain moisi. Ce fut là, dans la cuisine, que Cordélia trouva l'explication de l'odeur désagréable qui l'avait frappée en entrant dans la maison. Sur la table, il y avait une bouteille de lait à moitié pleine, sa capsule métallique tordue posée à côté. Le lait s'était solidifié et couvert d'une couche de moisissure; une grosse mouche suçait le bord de la bouteille et continua tranquillement à festoyer quand, d'un geste instinctif, Cordélia essaya de la chasser. De l'autre côté de la table se trouvait un réchaud à pétrole à deux feux. Sur l'un d'eux était posée une lourde marmite. Cordélia tira sur le couvercle qui fermait hermétiquement : il se souleva soudain, laissant échapper une terrible puanteur. Elle ouvrit le tiroir de la table et, avec une cuillère, remua la répugnante mixture. Cela ressemblait à du ragoût de bœuf. Des morceaux de viande verdâtre, des pommes de terre à l'aspect savonneux et des légumes méconnaissables remontèrent à travers l'écume comme de la chair noyée en décomposition. Près de l'évier, il y avait une caisse d'oranges utilisée comme panier à légumes. Les pommes de terre étaient vertes, les carottes toutes molles et ridées; les oignons s'étaient ratatinés et avaient germé. Rien donc n'avait été nettoyé, rien n'avait été enlevé. La police avait emporté le corps et toute pièce à conviction qu'elle avait jugé utile, mais personne, ni les Markland ni la famille ou les amis du garçon ne s'étaient donné la peine de revenir pour faire disparaître les restes pathétiques de sa jeune vie.

Cordélia monta au premier. Un étroit palier menait aux deux chambres à coucher dont l'une n'avait manifestement pas servi depuis des années. Le cadre de fenêtre pourrissait, le plâtre du plafond s'écaillait et un papier peint décoloré à motif de roses pelait des murs sous l'effet de l'humidité. L'autre chambre, plus spacieuse, était celle où Mark avait dormi. Elle contenait un lit de fer pourvu d'un matelas de crin que recouvrait un sac de couchage et un traversin plié en deux pour en faire un gros coussin. A côté du lit se dressait une vieille table sur laquelle se trouvaient deux bougies soudées par leur cire à une assiette fêlée et une boîte d'allumettes. Les vêtements de

Mark pendaient dans l'unique placard : un pantalon de velours vert vif, deux chemises, des pull-overs et un costume de ville. Quelques sous-vêtements propres et pliés, mais non repassés, étaient rangés sur une étagère au-dessus. Cordélia tâta les pull-overs. Ils étaient tricotés à la main avec de la grosse laine et des points compliqués. Il y en avait quatre. Quelqu'un, donc, l'avait suffisamment aimé pour se donner un peu de peine pour lui. Elle se demanda qui c'était.

Elle palpa la maigre garde-robe, cherchant des poches. Elle ne trouva rien à part un mince portefeuille de cuir marron au fond de la poche gauche du costume. Tout excitée, elle s'approcha de la fenêtre, espérant y découvrir un indice : une lettre, peut-être, une liste de noms et d'adresses, un message personnel. Mais le portefeuille ne contenait que deux billets d'une livre, un permis de conduire et une carte de donneur de sang délivrée par le service de transfusion sanguine de Cambridge qui indiquait que Mark avait appartenu au groupe B à rhésus négatif.

Par la fenêtre dénuée de rideau, on apercevait le jardin. Les livres de Mark étaient rangés sur le rebord intérieur. Il y en avait peu : plusieurs volumes de *l'Histoire moderne* de Cambridge, quelques œuvres de Trollope et de Hardy, une édition complète de William Blake, des cours sur Wordsworth, Browning et Donne et deux manuels de jardinage. Un livre relié de cuir blanc se trouvait au bout de la file. Cordélia vit que c'était le livre des prières publiques de l'Église anglicane. Il était pourvu d'un fermoir en cuivre finement ouvragé et avait l'air d'avoir beaucoup servi. La « bibliothèque » de Mark déçut Cordélia : elle ne lui révélait que ses goûts superficiels. Si le jeune homme avait choisi cet endroit isolé pour étudier, écrire ou méditer, il y était venu singulièrement mal équipé.

L'objet le plus intéressant de la pièce se trouvait au-dessus du lit : une petite peinture à l'huile d'environ vingt-deux sur vingt-deux centimètres. Cordélia l'examina. Elle devait être italienne, jugea-t-elle et probablement dater du XVe siècle. Elle représentait un très jeune moine en train de lire assis à une table, ses doigts délicats glissés entre les pages du livre, ses yeux fixés sur le texte. Sa longue figure tendue exprimait la concentration. Derrière lui, par la fenêtre ouverte, on découvrait un délicieux paysage en miniature. On ne devait jamais se lasser de le regarder, se dit Cordélia. C'était un paysage toscan : une ville fortifiée avec des tours ceintes de cyprès, une sinueuse rivière argentée, un cortège de gens vêtus de couleurs vives précédé de bannières, un attelage de bœufs travaillant dans les champs. Elle voyait le tableau comme un contraste entre le monde de l'intellect et celui de l'action et tenta de se rappeler où elle avait vu des peintures similaires. Les camarades – comme Cordélia appelait toujours cette bande de corévolutionnaires doués du don d'ubiquité qui entouraient son père – aimaient échanger des messages dans les galeries d'art et elle avait passé des heures allant d'un tableau à l'autre en attendant qu'un visiteur s'arrêtât à côté d'elle pour lui murmurer quelque avertissement ou un bref renseignement. Ce moyen de communiquer lui avait toujours paru puéril et inutilement théâtral, mais les galeries avaient l'avantage d'être chauffées et elle adorait la peinture. Ce tableau-ci lui plaisait; de toute évidence, il avait également plu à Mark. Et la photo vulgaire qu'elle avait trouvé dans le jardin, lui avait-elle plu aussi? L'un et l'autre représentaient-ils deux pôles de sa nature?

Ayant terminé son tour d'inspection, elle se prépara du café. Elle utilisa le paquet contenu dans le garde-manger et fit bouillir de l'eau sur le réchaud. Elle prit une chaise du salon et s'assit dehors, devant la porte de derrière, la chope de café sur les genoux, la tête renversée pour mieux sentir le soleil. Installée là, elle se sentit remplie d'un doux bonheur. Satisfaite, détendue, elle écoutait le silence, la face du soleil imprimée sur ses paupières mi-closes. Mais il était temps de réfléchir à présent. Elle avait examiné la maison conformément aux instructions du commissaire. Que savait-elle à présent du jeune mort? Qu'avait-elle vu? Que pouvait-elle en déduire?

Mark avait été d'une propreté et d'un ordre presque excessifs. Il essuyait ses outils de jardinage après usage et les rangeait avec soin; il avait repeint la cuisine et n'y avait rien laissé traîner. Pourtant il avait interrompu son bêchage à moins d'un demi-mètre du bout de la rangée, avait laissé la fourche sale enfoncée dans la terre et négligemment jeté ses chaussures de jardinage devant la porte de derrière. Il semblait avoir brûlé tous ses papiers avant de se tuer, mais n'avait pas lavé sa chope à café. Pour son dîner, il s'était préparé un ragoût auquel il n'avait pas touché. Il avait dû éplucher les légumes plus tôt dans la même journée, ou peut-être la veille, mais il était clair qu'il avait eu l'intention de manger son ragoût ce soir-là. La marmite était encore sur le réchaud, pleine à ras bord. Il ne s'agissait pas d'un repas réchauffé, de restes de la nuit précédente. Cela signifiait qu'il n'avait pris la décision de se suicider qu'après que le ragoût eût été prêt et mis à cuire sur le réchaud. Pourquoi se serait-il donné la peine de préparer un repas sachant qu'il ne serait pas vivant pour le manger?

Mais était-ce vraisemblable? se demanda Cordélia. Un jeune homme sain, rentrant chez lui après une heure ou deux de dur labeur et sachant qu'un repas chaud l'attendait, pouvait-il connaître cet état d'ennui, d'*acédie*, d'angoisse ou de désespoir, préambule possible à un suicide? Cordélia se rappelait des moments où elle avait été intensément malheureuse, mais, à sa souvenance, jamais après avoir pris de l'exercice en plein air, au soleil, et avec de la nourriture en perspective. Et pourquoi cette chope de café, celle que la police avait emportée pour l'analyser? Il y avait des boîtes de bière dans le garde-manger; si Mark avait eu soif en rentrant de son travail, pourquoi n'avait-il pas ouvert l'une d'elles? De la bière aurait été le moyen le plus rapide et le plus évident d'étancher sa soif. Personne, aussi altéré fût-il, ne se ferait du café et le boirait juste avant le repas. Le café, ça se buvait après.

Mais supposons que quelqu'un lui eût rendu visite ce soir-là. Selon toutes probabilités, ce quelqu'un n'était pas venu lui apporter un message insignifiant en passant; ç'avait été assez important pour que Mark interrompît son bêchage à un demi-mètre du bout de la plate-bande et introduisît le visiteur dans la maison. C'était vraisemblablement quelqu'un qui n'aimait pas la bière ou n'en buvait pas – cela pouvait-il vouloir dire une femme? C'était un visiteur qui n'allait pas rester à dîner, mais qui pourtant était demeuré assez longtemps sous son toit pour que Mark lui offrît un rafraîchissement. Peut-être était-il en route pour son propre repas du soir. Manifestement, il n'avait pas été invité à dîner plus tôt, sinon pourquoi Mark et lui auraient-ils commencé le repas par du café, et pourquoi Mark aurait-il travaillé si tard au jardin au lieu de rentrer se changer? C'était donc un visiteur inattendu. Mais pourquoi n'y avait-il qu'une seule chope de café? Mark aurait sûrement bu avec son invité ou, s'il n'avait pas voulu de café, aurait pu s'ouvrir une boîte de bière? Or il n'y avait pas de boîte de bière vide dans la cuisine? Ni de deuxième chope. L'avait-il peut-être lavée et rangée? Mais pourquoi Mark aurait-il lavé une chope et pas l'autre? Était-ce pour cacher le fait qu'il avait eu une visite ce soir-là?

La cafetière, sur la table de la cuisine, était presque vide et la bouteille de lait seulement à moitié pleine. Certainement plus d'une personne, donc, avait pris du café et du lait. Mais peut-être était-ce là une déduction dangereuse et injustifiée : le visiteur pouvait avoir rempli sa chope une deuxième fois.

Mais supposons que ce n'était pas Mark qui avait voulu cacher le fait qu'il avait eu une visite; supposons que ce n'était pas Mark qui avait lavé et rangé la deuxième chope; supposons que c'était le visiteur qui avait voulu cacher qu'il était venu. Mais pourquoi se serait-il donné cette peine? Il ne pouvait pas savoir que Mark se suiciderait? Cordélia se secoua, irritée. Bien entendu, c'était là une question stupide. De toute évidence, le visiteur n'aurait pas lavé sa chope si Mark avait encore été là, vivant. Il n'aurait voulu effacer les traces de son passage que si Mark avait déjà été mort. Et si Mark avait été mort, pendu à ce crochet avant le départ du visiteur, pouvait-il réellement s'agir d'un suicide? Un mot qui dansait derrière la tête de Cordélia, un informe tas de lettres, prit soudain de la netteté et s'inscrivit, taché de sang : meurtre.

Cordélia resta assise au soleil cinq minutes de plus pour finir son café, puis elle lava sa chope et la suspendit à son crochet, dans le garde-manger. Elle descendit le chemin vers la route, où la mini stationnait toujours sur l'accotement herbeux, à l'extérieur de la propriété. Elle se félicita d'avoir eu l'instinct de laisser la voiture hors de vue de la maison. Embrayant en douceur, elle roula lentement le long du chemin, regardant avec attention à droite et à gauche, cherchant un endroit pour se garer. Mettre la mini devant le cottage ne ferait que signaler sa présence. Dommage que Cambridge ne fût pas plus proche : elle aurait pu s'y rendre sur la bicyclette de Mark. Pour sa tâche, elle n'avait pas besoin de voiture; partout où elle la rangerait, celle-ci attirerait malencontreusement l'attention.

Elle eut de la chance. Au bout d'une cinquantaine de mètres, elle trouva l'entrée d'un champ : une large bande d'herbe avec un petit bosquet sur le côté. Le bois avait l'air humide, sinistre. Aucune fleur ne devait pouvoir pousser sur cette terre polluée ou s'épanouir au milieu de ces arbres mutilés et difformes. De vieilles casseroles, la carcasse renversée d'un landau, une cuisinière à gaz bosselée et rouillée jonchaient le sol. Près d'un chêne rabougri, un tas de couvertures feutrées achevaient de se désintégrer. Mais il y avait là assez de place pour faire descendre sa mini de la route et la mettre pour ainsi dire à couvert. Si elle la fermait soigneusement à clé, la voiture serait mieux garée ici que devant le cottage et la nuit, elle passerait inaperçue.

Pour le moment, elle la ramena à la maison et commença à défaire ses bagages. Elle poussa les quelques sous-vêtements de Mark à un bout de l'étagère et posa les siens à côté. Elle étendit son sac de couchage au-dessus du sien, sur le lit, se disant qu'un peu de confort supplémentaire serait le bienvenu. Sur le rebord de la fenêtre de la cuisine, il y avait un pot à confiture contenant une brosse à dents rouge et un tube de dentifrice à moitié plein; elle plaça sa brosse jaune et son propre dentifrice à côté. Elle accrocha sa serviette de toilette près de celle de Mark sur la corde qu'il avait installée entre deux clous, sous l'évier. Puis elle fit l'inventaire des provisions dans le garde-manger et dressa une liste de celles dont elle aurait besoin. Il valait mieux les acheter à Cambridge : si elle faisait ses courses au village, elle attirerait l'attention des gens sur sa présence. La marmite de ragoût et la bouteille de lait posaient un problème. Elle ne pouvait pas les laisser à la cuisine : elles empuantiraient tout le cottage de leur odeur de pourriture. Par ailleurs, elle hésitait à en jeter le contenu. Elle se demanda si elle allait les photographier, puis renonça à cette idée : les objets tangibles constituaient de meilleures preuves. Pour finir, elle les porta dehors, dans la remise, où elle les recouvrit d'un vieux morceau de toile de jute.

En tout dernier lieu, elle pensa au pistolet. C'était un objet trop lourd pour qu'elle le trimbalât tout le temps avec elle; par ailleurs, elle regrettait d'avoir à s'en séparer, même temporairement. Bien que la porte de derrière pût être fermée – miss Markland lui avait laissé la clé – un intrus n'aurait aucune difficulté à entrer par l'une des fenêtres. Elle jugea que le mieux serait de cacher les munitions parmi le linge dans le placard de la chambre à coucher, puis de dissimuler l'arme à part, dans la maison ou à proximité. Elle eut du mal à décider d'un endroit, puis elle se souvint des grosses branches tordues du sureau près du puits; en levant le bras, elle sentit sous ses doigts un trou adéquat près de la fourche et glissa le revolver, toujours enveloppé dans la bourse, sous le feuillage touffu.

Enfin elle fut prête à partir pour Cambridge. Elle consulta sa montre; il était dix heures trente; elle pouvait être en ville à onze; il lui resterait alors deux heures avant le déjeuner. Elle jugea que le meilleur plan serait de se rendre d'abord au bureau du journal lire le compte rendu de l'enquête, puis de voir la police. Ensuite, elle se mettrait à la recherche de Hugo et de Sophie Tilling.

Elle s'éloigna du cottage avec un sentiment qui ressemblait à du regret, comme si elle quittait son chez-soi. C'était, pensa-t-elle, un endroit curieux, plein d'atmosphère et montrant au monde deux faces distinctes, comme les facettes d'une personnalité humaine. Le nord, avec ses fenêtres aveugles barrées d'épines, son invasion de mauvaises herbes, sa menaçante haie de troènes, constituait un décor parfait pour des scènes d'horreur et de tragédie. L'arrière, par contre, où Mark avait vécu et travaillé, nettoyé et bêché le jardin, attaché les rares fleurs qui y poussaient, désherbé le chemin et ouvert les fenêtres au soleil, respirait le calme d'un sanctuaire. Était-ce cette tranquillité apaisante qui l'avait attiré? L'avait-il sentie avant d'être engagé par les Markland ou était-ce, par quelque mystérieux moyen, le résultat de son séjour transitoire et fatal en ce lieu? Le major avait raison : Mark avait manifestement regardé le cottage avant de se présenter chez eux. Était-ce le cottage ou le travail qu'il avait voulu? Pourquoi les Markland détestaient-ils tant cet endroit, au point que, de toute évidence, ils n'étaient pas venus y mettre de l'ordre après la mort du garçon? Et pourquoi miss Markland avait-elle espionné Mark – car une surveillance aussi attentive ressemblait fort à de l'espionnage? Avait-elle seulement raconté cette histoire d'amant mort pour justifier l'intérêt qu'elle portait au cottage, l'envie irrésistible qu'elle avait de savoir ce que faisait le nouveau jardinier? Et cette histoire, même, était-elle vraie? Avec son corps vieillissant plein d'une force latente, son expression chevaline d'éternel mécontentement, pouvait-elle réellement jamais avoir été jeune et s'être couchée, peut-être avec son amant, sur le lit de Mark par les longues et chaudes nuits d'été morts depuis longtemps? Cela paraissait terriblement lointain, impossible, ridicule.

Cordélia descendit Hills Road, passa devant la vigoureuse statue d'un jeune soldat de 1914 marchant à la mort, devant l'église catholique, et parvint au centre de la ville. De nouveau, elle regretta de ne pas avoir pu abandonner la voiture au profit du vélo de Mark. Tout le monde ici semblait avoir adopté ce mode de locomotion; l'air résonnait du tintement des sonnettes. Dans ces rues étroites et encombrées, même une auto aussi compacte que la mini était un handicap. Elle résolut de la garer dès qu'elle trouverait une place et d'aller à pied à la recherche d'un téléphone. Elle avait décidé de changer son programme et de commencer par le commissariat.

Quand elle appela enfin, elle ne fut pas surprise d'apprendre que le brigadier Maskell, qui s'était occupé de l'affaire Callender, était pris toute la matinée. Ce n'est que dans les romans que les gens qu'on veut voir sont là à vous attendre chez eux ou dans leur bureau, avec du temps, de l'énergie et de l'intérêt à revendre. Dans la réalité, ils étaient absorbés par leurs propres affaires et l'on devait patienter jusqu'à ce qu'ils fussent disposés à vous recevoir, même si, par extraordinaire, ils appréciaient l'intérêt que leur manifestait l'agence de détective Pryde. Pour prouver à son interlocuteur le sérieux de sa démarche, Cordélia mentionna la lettre d'autorisation de sir Ronald. Le nom de l'écologiste ne fut pas sans effet. Le policier qu'elle avait au bout du fil partit se renseigner. Moins d'une minute plus tard, il revint pour dire que le brigadier Maskell pouvait recevoir miss Gray à quatorze heures trente ce même jour.

En définitive, elle commençait tout de même par le bureau du journal. Au moins, les vieux dossiers étaient accessibles et pouvaient être consultés sans que cela posât problème. Elle ne tarda pas à trouver ce qu'elle cherchait. Rédigé dans le jargon habituel d'un procès-verbal, le compte rendu de l'enquête était bref. Il ne lui apprit rien de bien neuf, mais elle nota soigneusement la principale déposition. Sir Ronald Callender affirmait ne pas avoir parlé à son propre fils depuis plus de quinze jours avant sa mort, quand Mark lui avait téléphoné pour lui dire qu'il abandonnait ses études et travaillerait à Summertrees. Il n'avait pas consulté sir Ronald avant de prendre cette décision ni ne lui avait donné ses raisons. Ensuite, sir Ronald s'était mis en rapport avec le doyen, et la direction du Collège s'était déclarée prête à reprendre son fils pour l'année universitaire suivante au cas où celui-ci changerait d'avis. Mark ne lui avait jamais parlé de suicide et, à sa connaissance, n'avait jamais eu de problèmes d'argent ou de santé. Ensuite, le rapport mentionnait brièvement d'autres témoignages. Miss Markland décrivait comment elle avait découvert le cadavre; un expert en médecine légal certifiait qu'une asphyxie due à une strangulation avait causé le décès; le brigadier Maskell énumérait les mesures qu'il avait jugées utiles de prendre et le rapport du laboratoire de chimie légale, qui fut soumis au jury, concluait que la chope de café trouvée sur la table et analysée s'était révélée inoffensive. D'après le verdict, le défunt s'était donné la mort pendant un moment de déséquilibre mental. Refermant le lourd dossier, Cordélia se sentit déprimée. La police semblait avoir fait son travail consciencieusement. Était-il possible que ces professionnels expérimentés n'aient pas vu la signification du labeur interrompu, des chaussures de jardinage jetées négligemment près de la porte de derrière, du dîner intact?

Et maintenant, à midi, elle avait deux heures et demie devant elle. Elle pouvait explorer Cambridge. Elle acheta le guide le moins cher qu'elle put trouver, de Bowes & Bowes, et résista à la tentation de feuilleter d'autres livres : le temps étant limité, elle devait rationner son plaisir. Elle fourra dans son sac un pâté de porc en croûte et des fruits qu'elle avait achetés à un stand du marché et pénétra dans l'église St. Mary pour s'asseoir tranquillement et établir son itinéraire. Puis, pendant une heure et demie, elle déambula dans la ville et ses collèges, transportée de bonheur.

Elle voyait Cambridge sous son meilleur jour. Le ciel était d'une infinité de bleus; à travers leurs profondeurs transparentes, le soleil brillait, clair, mais pourtant doux. Dans les jardins des Collèges et les avenues qui menaient aux Backs, les arbres encore préservés des ardeurs du plein été dressaient leurs entrelacs verts contre la pierre, la rivière et le ciel. Des bachots filaient sur l'eau et plongeaient sous les ponts, dispersant les oiseaux aquatiques aux couleurs vives. Et, près de l'arche du nouveau pont du Garret Hostel, des saules trempaient leurs branches pâles et chargées dans le vert plus foncé de la Cam.

Cordélia n'omit aucune des curiosités touristiques. Gravement, elle parcourut toute la longueur de Trinity Library, visita les Old Schools, s'assit à l'arrière de la chapelle de King's College, émerveillée par l'ascension de la grande voûte de John Wastell qui s'épanouissait en de délicats éventails courbes de pierre blanche. Le soleil, qui entrait à flots par les grandes fenêtres, teintait l'air calme de bleu, de pourpre et de vert. Les roses des Tudor finement sculptées, les animaux héraldiques soutenant la couronne, se détachaient avec une arrogante fierté contre les panneaux. En dépit de ce que Milton et Wordsworth avaient écrit, cette chapelle avait sûrement été élevée à la gloire d'un souverain terrestre et non pas au service de Dieu. Mais cela n'annulait pas son but, n'enlevait rien à sa beauté. La chapelle restait un bâtiment suprêmement religieux. Un incroyant aurait-il pu concevoir et exécuter ce superbe intérieur? Y avait-il une unité essentielle entre motif et création? De tous les camarades, seul Carl aurait aimé discuter de cette question. Et Cordélia pensa à lui, dans sa prison grecque, essayant de chasser de son esprit les images de ce qu'on était peut-être en train de lui faire et regrettant de ne pas avoir sa silhouette trapue à ses côtés.

Pendant sa promenade, elle s'offrit quelques menus plaisirs personnels. A un éventaire près de la porte ouest, elle s'acheta un torchon à vaisselle sur lequel était imprimé un dessin de la chapelle; elle se coucha sur le ventre dans l'herbe tondue au-dessus de la rivière, près de King's Bridge, et laissa l'eau verte et fraîche baigner ses bras; elle flâna parmi les stands de livres sur la place du marché et, après avoir soigneusement fait ses comptes, acquit une petite édition de Keats sur papier bible et un caftan en coton à motifs verts, bleus et bruns. Si le temps chaud persistait, ce vêtement serait plus agréable à porter le soir qu'une chemise ou un jean.

Finalement, elle retourna à King's College. Contre le grand mur de pierre qui allait de la chapelle à la berge, il y avait un banc. Elle s'assit là, au soleil, pour déjeuner. Un moineau privilégié traversa la pelouse en sautillant et fixa sur elle un œil insouciant. Elle lui lança des miettes de son pâté en croûte et sourit de le voir picorer avec frénésie. De la rivière montaient des voix qui s'interpellaient sur l'eau, de temps à autre un crissement de bois frottant contre du bois ou le cri strident d'un caneton. Elle voyait tout ce qui l'entourait – les cailloux brillants comme des bijoux sur le sentier, les petites touffes d'herbe au bord de la pelouse, les pattes fragiles du moineau – avec une intensité extraordinaire, comme si le bonheur avait aiguisé ses sens.

Puis sa mémoire fit entendre des voix. D'abord celle de son père :

« Notre petite fasciste a été élevée par les papistes. Cela explique beaucoup de choses. Comment diable est-ce arrivé, Délia?

– Tu te souviens, papa, ils m'ont confondue avec une autre C. Gray qui, elle, était catholique. Nous avions toutes deux passé l'examen d'entrée en sixième la même année. Quand ils ont découvert leur erreur, ils t'ont écrit pour te demander si tu acceptais que je reste au couvent, puisque je m'y plaisais. »

Son père n'avait pas répondu. Avec beaucoup de tact, la mère supérieure avait essayé de cacher le fait que Mr. Gray n'avait pas pris la peine d'écrire et Cordélia avait passé au couvent les six années les plus tranquilles et les plus heureuses de sa vie, isolée par l'ordre et le rituel de la pagaille et de la confusion du monde extérieur, incorrigiblement protestante sans qu'on n'exerçât sur elle la moindre pression, plainte, plutôt que critiquée, pour son invincible ignorance. Pour la première fois, elle n'avait pas à cacher son intelligence, cette astuce qu'une succession de mères nourricières avaient considérée comme une sorte de menace. Sœur Perpétua lui avait dit :

« Si tu peux continuer à travailler comme maintenant, tu ne devrais avoir aucun mal à décrocher le bac. Nous visons donc l'entrée à l'université dans deux ans à partir du mois d'octobre de cette année. A Cambridge, je pense. Autant viser Cambridge. Et je suis presque certaine que tu pourrais obtenir une bourse. »

Sœur Perpétua avait elle-même été à Cambridge avant d'entrer au couvent. Elle parlait encore de ses années d'étude, non pas avec nostalgie ou regret, mais comme si elles avaient constitué un sacrifice digne de sa vocation. Malgré sa jeunesse – quinze ans – Cordélia s'était rendu compte que sœur Perpétua était une véritable érudite et elle avait trouvé assez juste que Dieu eût accordé une vocation à quelqu'un d'aussi heureux et utile que son professeur. Pour la première fois, Cordélia avait vu son avenir assuré et plein de promesses. Elle irait à Cambridge et sœur Perpétua viendrait lui rendre visite là-bas. Romantiquement, elle imaginait de vastes pelouses ensoleillées; elle et la religieuse se promèneraient dans le paradis de Donne où « les arts et les sciences prennent leurs sources ». Grâce à son intelligence et aux prières de la sœur, elle obtiendrait sa bourse. De temps à autre, cette histoire de prières la gênait. Elle ne doutait pas un instant de leur efficacité : Dieu devait nécessairement écouter quelqu'un qui, au prix d'un si grand sacrifice personnel, l'avait écouté Lui. Si l'influence de sœur Perpétua lui donnait un avantage déloyal vis-à-vis des autres candidates, eh bien, tant pis. Dans une affaire aussi importante, ni Cordélia ni sœur Perpétua n'allaient se tracasser pour ce genre de subtilités théologiques.

Mais, entre-temps, papa avait répondu à la lettre. Il s'était découvert un brusque besoin de sa fille. Pas de bac, pas de bourse. A seize ans, Cordélia avait terminé son éducation scolaire et commencé sa vie errante en qualité de cuisinière, d'infirmière et de messagère auprès de son père et de ses « camarades ».

Et maintenant, après bien des détours et pour une raison étrange, elle était enfin venue à Cambridge. La ville ne la déçut pas. Au cours de ses pérégrinations, Cordélia avait vu des endroits plus beaux, mais aucun d'eux ne l'avait rendue aussi heureuse et sereine. Comment, en effet, se dit-elle, le cœur pouvait-il rester indifférent à un lieu où la pierre et les vitraux, l'eau et les pelouses, les arbres et les fleurs étaient agencés avec tant d'ordre, tant de beauté, au service du savoir? Mais comme elle se levait à regret pour partir enfin, ôtant quelques miettes de pâté de sa jupe, une citation lui vint spontanément à l'esprit. Elle l'entendit avec une telle clarté que les mots auraient pu être prononcés par une voix humaine – une voix jeune et masculine qu'elle ne connaissait pas et qui lui était pourtant mystérieusement familière : « Alors je vis que, même des portes du ciel, un chemin menait à l'enfer. »

Le bâtiment du quartier général de la police était moderne et fonctionnel. Il symbolisait l'autorité, mais une autorité tempérée par la discrétion : il fallait impressionner, mais non intimider le public. Le bureau et la personne du brigadier Maskell répondaient à cette philosophie. Le brigadier était étonnamment jeune et élégant. Il avait une figure dure et carrée. Ses cheveux longs, mais bien coupés, devaient à peine pouvoir satisfaire aux exigences du règlement de la police, même pour un détective en civil. Maskell était d'une politesse pointilleuse, sans galanterie, ce qui rassura Cordélia. L'entrevue s'annonçait difficile mais la visiteuse n'avait aucune envie d'être traitée avec l'indulgence qu'on témoigne à une jolie mais importune enfant. Parfois c'était utile de jouer à la jeune femme naïve et vulnérable avide de renseignements – Bernie avait souvent cherché à la cantonner dans ce rôle –, mais elle sentit que le brigadier réagirait plus favorablement à une compétence dénuée de coquetterie. Elle voulait paraître efficace, mais pas trop. Et elle devait garder ses secrets : elle était ici pour obtenir des informations, non pour en donner.

Elle exposa avec concision le but de sa visite et montra l'autorisation de sir Ronald. Maskell lui rendit le papier et dit, nullement vexé :

« Sir Ronald ne m'a jamais laissé entendre qu'il n'acceptait pas le verdict.

– La question n'est pas là, je pense. Il ne suspecte pas un meurtre, sinon il se serait adressé à vous. A mon avis, c'est une curiosité de savant qui le pousse à vouloir découvrir les motifs du suicide de son fils. Or il ne pouvait guère la satisfaire aux dépens des contribuables. Les misères privées de Mark ne sont pas vraiment de votre ressort, n'est-ce pas?

– Non, sauf si, parmi les raisons de sa mort, on avait constaté un délit : chantage ou intimidation. Mais il n'y a jamais rien eu de tel.

– Êtes-vous personnellement convaincu que Mark Callender s'est suicidé? »

Le brigadier la regarda avec la brusque lueur d'intelligence d'un chien de chasse qui a flairé une piste.

« Pourquoi me demandez-vous cela, miss Gray?

– A cause de tout le mal que vous vous êtes donné, sans doute. J'ai parlé avec miss Markland et j'ai lu le compte rendu de l'enquête dans le journal. Vous avez fait venir un expert en médecine légale, vous avez fait photographier le cadavre avant qu'on ne le décroche et vous avez fait analyser le café qui restait dans la chope.

– J'ai traité l'affaire comme une mort suspecte. Selon mon habitude. Cette fois les précautions se sont révélées inutiles, mais elles auraient pu ne pas l'être.

– Quelque chose pourtant vous gênait? Quelque chose vous paraissait louche? »

Maskell répondit comme s'il évoquait un souvenir :

« Oh, selon toutes les apparences, l'affaire était claire. Une histoire presque classique. Voilà un jeune homme qui sans raison apparente interrompt soudain ses études et va vivre seul dans un endroit sans confort. On imagine un étudiant introspectif, plutôt solitaire qui ne se confie ni à sa famille ni à ses amis. Trois semaines après son départ de l'université, on le trouve pendu. Pas de signe de lutte, aucun désordre dans le cottage. Il place un dernier message bien en vue dans sa machine à écrire – le genre de message auquel on pouvait s'attendre. D'accord, il a pris la peine de détruire tous les papiers qu'il avait chez lui, mais n'a pas nettoyé sa fourche ni terminé son jardinage et il s'est préparé un dîner auquel il n'a pas touché. Mais tout cela ne prouve rien. Les gens agissent de façon irrationnelle, surtout les suicidés. Non, aucun de ces détails ne m'a paru particulièrement suspect; ce qui m'a gêné, c'est le nœud. »

Il se pencha brusquement et fouilla dans le tiroir gauche de son bureau.

« Regardez, dit-il, comment vous serviriez-vous de ceci pour vous pendre, miss Gray? »

La courroie mesurait environ un mètre cinquante de long et deux à trois centimètres de large. Elle était en un cuir brun et souple parsemé de taches plus foncées dues à l'âge. Un des bouts était taillé en pointe et percé d'une rangée d'œillets cerclés de métal, l'autre était pourvu d'une solide boucle de cuivre. Cordélia la prit dans ses mains. Le brigadier continua :

« Voilà ce dont il s'est servi. De toute évidence, c'est une courroie, mais miss Leaming a certifié que le jeune homme la portait comme ceinture, enroulée deux ou trois fois autour de sa taille. Eh bien, miss Gray, comment vous pendriez-vous avec ça? »

Cordélia fit glisser la courroie entre ses doigts.

« Tout d'abord, j'enfilerais le bout pointu dans la boucle pour former un nœud coulant. Puis, avec celui-ci autour du cou, je monterais sur une chaise et je passerais l'autre bout de la courroie sur le crochet. Je la tendrais suffisamment, puis je nouerais deux demi-clés pour la maintenir en place. Je tirerais très fort dessus pour m'assurer que le nœud ne glissera pas et que le crochet tiendra. Puis je ferais tomber la chaise d'un coup de pied. »

Le brigadier ouvrit le dossier et le poussa de l'autre côté du bureau.

« Regardez, dit-il, voici une photo du nœud. »

La photo de la police, en un noir et blanc terriblement contrasté, montrait le nœud avec une admirable netteté. C'était un nœud de chaise au bout d'une boucle basse; il pendait à une trentaine de centimètres du crochet.

« Je doute qu'il ait été capable de faire ce nœud, les mains au-dessus de la tête, reprit Maskell; personne n'en serait capable. Il doit donc avoir formé le nœud coulant d'abord, tout comme vous, puis avoir fait le nœud de chaise. Mais ça, ça ne colle pas non plus. Il n'y avait que quelques centimètres de courroie entre la boucle métallique et le nœud. S'il avait procédé de cette manière, il n'aurait pas eu assez de jeu pour passer sa tête dans le nœud coulant. Il n'a pu s'y prendre que d'une seule façon : il a formé le nœud d'abord, tiré dessus jusqu'à ce que la courroie entoure son cou comme un collier, puis il a fait le nœud de chaise. Ensuite il est monté sur la chaise, a passé la boucle sur le crochet et a repoussé le siège. Regardez, je vais vous montrer ce que je veux dire. »

Il ouvrit le dossier à une autre page et, d'un geste brusque, le fit glisser vers Cordélia.

Sans concession ni ambiguïté, la photographie, d'un surréalisme brutal en noir et blanc, aurait paru aussi artificielle qu'une mauvaise plaisanterie si le corps n'avait pas été aussi manifestement mort. Comparée à cette horreur, la mort de Bernie avait été douce. Cordélia pencha la tête au-dessus du dossier; ses cheveux tombèrent en avant, formant un écran devant son visage et la forçant à examiner la chose lamentable qu'elle avait sous les yeux.

En raison de l'élongation du cou, les pieds nus, leurs

orteils pointés comme ceux d'un danseur, pendaient à moins de trente centimètres du plancher. Les muscles de l'estomac étaient tendus. Au-dessus d'eux, la haute cage thoracique paraissait aussi fragile que celle d'un oiseau. La tête s'inclinait d'une manière grotesque sur l'épaule droite, comme l'affreuse caricature d'une marionnette désarticulée. Les yeux avaient roulé vers le haut, sous les paupières entrouvertes. La langue enflée s'était forcé un passage entre les lèvres.

D'une voix calme, Cordélia répondit :

« Je vois ce que vous voulez dire. Il n'y a qu'une dizaine de centimètres entre le cou et le nœud. Où est la boucle de cuivre?

– Sur la nuque, sous l'oreille gauche. Un peu plus loin dans le dossier, vous avez une photo de l'indentation qu'elle a produite dans la chair. »

Cordélia ne regarda pas. Pourquoi, se demanda-t-elle, lui avait-il montré cette photo? Elle n'était pas nécessaire à sa démonstration. Avait-il espéré, en la choquant, lui faire comprendre dans quel guêpier elle se fourrait; pour la punir de chasser sur ses terres; pour opposer la brutale réalité de son professionnalisme au manque de sérieux de son intervention d'amateur; en guise d'avertissement peut-être? Mais un avertissement contre quoi? La police ne soupçonnait pas vraiment un meurtre; l'affaire était classée. L'avait-il peut-être fait sans préméditation, par méchanceté avec le sadisme naissant d'un homme incapable de résister à l'envie de blesser? Était-il même conscient de ses motifs?

« Je suis d'accord, dit-elle : Mark Callender n'aurait pu le faire que de la manière que vous venez de décrire, s'il l'a fait. Mais supposons que quelqu'un d'autre ait serré le nœud coulant autour de son cou, puis l'ait pendu au crochet? Le garçon aurait pesé lourd. N'aurait-il pas été plus facile de faire le nœud d'abord, puis de hisser le corps sur la chaise?

– Après avoir demandé à la victime de prêter sa ceinture?

– Pourquoi employer la ceinture? L'assassin aurait pu étrangler Mark avec une corde ou une cravate. Ou cela aurait-il laissé une marque plus profonde et identifiable sous celle de la courroie?

– Le médecin légiste a cherché une telle marque. Il n'y en avait pas.

– Il existe d'autres moyens : un sac en plastique, de ce plastique fin dans lequel on emballe les vêtements, passé sur sa tête et collé contre sa figure; un foulard, un bas de femme.

– Je vois que vous auriez fait une meurtrière pleine de ressources, miss Gray. C'est possible, mais pour cela il aurait fallu un homme très fort et un élément de surprise. Nous n'avons relevé aucune trace de lutte.

– Cela aurait pu se passer ainsi néanmoins?

– Bien sûr, mais nous n'en avons absolument aucune preuve.

– Et s'il avait été drogué d'abord?

– J'ai eu la même idée. C'est pour cela que j'ai fait analyser le café. Mais le mort n'avait pas été drogué; l'autopsie l'a confirmé.

– Combien de café avait-il bu?

– Une demi-chope seulement et il est mort aussitôt après. Entre dix-neuf et vingt et une heures. C'est l'estimation la plus précise que le médecin légiste ait pu faire.

– Ne trouvez-vous pas bizarre qu'il ait bu du café avant son repas?

– Aucune loi ne l'interdit. Nous ignorons à quelle heure il avait l'intention de dîner. De toute façon, on ne peut fonder une affaire criminelle sur l'ordre dans lequel un homme choisit de boire et de manger.

– Et le message qu'il a laissé? Je suppose qu'on ne peut pas relever des empreintes sur des touches de machine à écrire?

– Sur ce genre de touches, difficilement. Nous avons essayé, mais nous n'avons rien trouvé d'identifiable.

– Donc, pour finir, vous avez accepté l'hypothèse du suicide?

– Pour finir, je l'ai acceptée parce qu'il n'y avait aucun moyen de prouver le contraire.

– Mais vous aviez un doute? Un ancien collègue de mon associé – c'est un commissaire de Scotland Yard – écoutait toujours ses doutes.

– Oui, mais ça, c'est la police de Londres : elle peut se permettre ce luxe. Moi, si j'écoutais mes doutes, je ne trouverais plus le temps de travailler. Ce qui compte, ce ne sont pas nos soupçons, mais les preuves que nous pouvons apporter.

– Pourrais-je prendre le message et la courroie?

– Si vous me signez un reçu, pourquoi pas? Personne d'autre n'a l'air d'en vouloir.

– Pourrais-je voir le mot tout de suite, s'il vous plaît? »

Maskell l'extirpa du dossier et le lui tendit. Cordélia se mit à lire pour elle-même les premiers mots dont elle se souvenait à demi :

Un vide aussi vaste que le ciel
S'ouvrit sous nos pas...

Elle fut frappée, et ce n'était pas la première fois, par l'importance du mot écrit, par la magie des symboles disposés dans un certain ordre. La poésie garderait-elle sa théurgie si les lignes étaient imprimées comme de la prose ou la prose serait-elle aussi fascinante sans le dessin et l'accentuation de la ponctuation? Miss Leaming avait récité le passage de Blake comme si elle en comprenait la beauté; pourtant, ici, espacé sur la page, il exerçait un pouvoir encore plus fort.

C'est alors que deux détails concernant la citation frappèrent soudain Cordélia. Le premier, elle n'avait pas l'intention de le partager avec le brigadier Maskell, mais elle ne voyait pas de raison de lui taire le second.

« Mark Callender doit avoir été un dactylographe expérimenté. Ce mot a été tapé par un expert.

– Je n'ai pas eu cette impression. Si vous regardez avec attention, vous verrez qu'une ou deux lettres sont plus pâles que les autres. C'est toujours le signe d'un amateur.

– Mais les lettres plus pâles ne sont pas toujours les mêmes. D'habitude, ce sont les touches situées à l'extrémité du clavier que les dactylos inexpérimentés frappent d'un doigt plus léger. Et l'espacement, ici, est bon presque jusqu'au bout. On dirait que le ou la dactylo s'est soudain rendu compte qu'il – ou qu'elle – devait dissimuler sa compétence, mais n'a pas eu le temps de retaper tout le texte. Et je trouve bizarre que la ponctuation soit si exacte.

– Ce passage a probablement été copié directement de la page imprimée. Il y avait un exemplaire de Blake dans la chambre du garçon. C'est une citation de Blake, vous savez.

– Je sais. Mais s'il l'a copiée, pourquoi a-t-il pris la peine de rapporter le livre dans sa chambre?

– C'était un gars ordonné.

– Pas assez ordonné cependant pour laver sa chope de café ou nettoyer sa fourche.

– Cela ne prouve rien. Je le répète, les gens qui ont l'intention de se tuer se conduisent de façon étrange. Nous savons que la machine à écrire était la sienne et qu'il l'avait depuis un an. Mais il nous a été impossible de comparer ce texte avec son travail habituel. Tous ses papiers avaient été brûlés. »

Maskell jeta un coup d'œil à sa montre et se leva. Cordélia comprit que l'entrevue était terminée. Elle signa un reçu pour le message de Mark et la ceinture de cuir, puis elle serra la main du brigadier et le remercia poliment pour son aide. Quand il lui ouvrit la porte, il lui dit, comme sur une impulsion :

« Il y a un détail curieux qui vous intéressera peut-être. Il semblerait que Mark Callender était avec une femme à un moment quelconque du jour de sa mort. Le médecin légiste a découvert une très légère trace – une mince ligne seulement – de rouge à lèvres mauve sur sa lèvre supérieure. »

3.

New Hall, avec son aspect byzantin, sa cour en contrebas et son hall surmonté d'un dôme brillant pareil à une orange pelée, avait pour Cordélia quelque chose d'un harem; certes, le harem d'un sultan aux idées libérales et ayant une étrange préférence pour les filles intelligentes, mais un harem tout de même. Le collège était vraiment d'une joliesse trop distrayante pour inciter à des études sérieuses. Cordélia se demanda également si elle aimait la féminité ostentatoire de ses briques blanches, la mignardise des bassins où des poissons d'or glissaient comme des ombres rouge sang parmi les nénuphars, l'art avec lequel on avait planté les jeunes arbres. Elle s'appliqua à critiquer le bâtiment : c'était un bon remède contre l'intimidation.

De peur d'avoir à donner des explications ou de se voir refuser l'accès du collège, elle ne s'était pas adressée au concierge. Pour trouver miss Tilling, elle avait juré plus prudent d'entrer simplement et de tenter sa chance. La chance lui sourit. Après avoir demandé deux fois en vain la chambre de Sophie Tilling, une étudiante qui passait en courant lui cria :

« Elle n'habite pas au collège, mais elle est assise sur l'herbe, là-bas, avec son frère. »

Passant de l'ombre de la cour à la vive lumière, Cordélia avança sur le gazon doux comme de la mousse et se dirigea vers le petit groupe. Il y avait quatre personnes étendues sur l'herbe odorante et tiède. On voyait tout de suite que les deux Tilling étaient frère et sœur. Deux portraits préraphaélites, pensa Cordélia : d'énergiques têtes brunes très droites sur des cous inhabituellement courts, le nez rectiligne, la lèvre supérieure arquée, comme vue en raccourci. A côté de leur distinction rigide, la deuxième fille était toute douceur. Si c'était elle qui avait rendu visite à Mark au cottage, miss Markland avait eu raison de dire qu'elle était belle. Elle avait une figure ovale, un nez fin et droit, une bouche petite mais joliment formée et des yeux en amande d'un extraordinaire bleu foncé qui donnaient à son visage un air oriental, contrastant avec la blancheur de sa peau et ses longs cheveux blonds. Elle portait une jupe longue en fin coton imprimé, boutonnée assez haut à la taille, mais sans autre fermeture. Le corsage froncé emboîtait ses seins ronds et la jupe s'ouvrait pour révéler un short collant confectionné dans le même tissu. Pour autant que Cordélia pouvait en juger, elle ne portait rien en dessous. Elle avait les pieds nus et ses jambes bien galbées n'étaient pas hâlées. Ces voluptueuses cuisses blanches devaient être plus érotiques qu'une ville entière de membres bronzés, se dit Cordélia; et la fille le savait. Les traits agréables de la brune Sophie Tilling ne servaient que de faire-valoir à cette beauté plus suave, plus séduisante.

A première vue, le quatrième membre du groupe était d'un type plus commun. C'était un jeune homme trapu, barbu, aux cheveux frisés d'un brun roux et au visage anguleux. Il était couché sur l'herbe, près de Sophie Tilling.

A l'exception de la blonde, tous portaient de vieux jeans et des chemises en coton au col ouvert.

Cordélia s'était rapprochée. Elle resta quelques secondes debout au-dessus d'eux avant qu'ils ne remarquent sa présence.

« Je cherche Hugo et Sophie Tilling. Je m'appelle Cordélia Gray. »

Hugo Tilling leva les yeux :

« Que doit faire Cordélia? Aimer et se taire *. »

Cordélia répondit :

« Les gens qui éprouvent le besoin de faire des plaisanteries au sujet de mon nom me demandent généralement où sont mes sœurs. Ça devient très lassant.

– Je comprends ça. Désolé. Je suis Hugo Tilling, voici ma sœur, voici Isabelle de Lasterie et voici Davie Stevens. »

Ce dernier se redressa comme un diable dans sa boîte et émit un « salut! » amical. Il dévisagea la nouvelle venue d'un air scrutateur. Cordélia s'interrogea à son sujet. Peut-être influencée par l'architecture du collège, elle avait d'abord pensé, en voyant Hugo Tilling : voilà un jeune sultan en train de se prélasser avec deux de ses favorites, escorté par son capitaine de la garde. Mais quand le regard appuyé, intelligent, de Davie Stevens rencontra le sien, cette impression disparut. Dans ce sérail, soupçonna Cordélia, c'était peut-être le capitaine de la garde qui avait la plus forte personnalité.

Sophie Tilling inclina la tête et dit :

« Bonjour. »

Isabelle n'ouvrit par la bouche, mais un beau sourire dénué de signification s'épanouit sur sa figure.

« Prenez donc place, Cordélia, dit Hugo, et contez-nous ce qui vous amène en ce lieu. »

Craignant que l'herbe ne tâchat le daim délicat de sa jupe, Cordélia s'agenouilla avec précaution. Drôle de position, pensa-t-elle, pour interroger des suspects – sauf que, bien entendu, ces jeunes gens n'étaient pas des suspects.

« Je suis détective privée. Sir Roland Callender m'a chargée de découvrir pourquoi son fils est mort. »

Ses paroles produisirent un effet étonnant. Les jeunes gens affalés sur l'herbe comme des guerriers fatigués se raidirent aussitôt, formant un tableau rigide, un groupe de statues de marbre. Puis, presque imperceptiblement, ils se

* Allusion au *Roi Lear,* de Shakespeare *(N.d.T.)*.

détendirent. Cordélia les entendit relâcher doucement leur souffle. Elle observa leurs figures. De tous les quatre, c'était Davie Stevens qui paraissait le moins troublé. Il souriait avec un peu de mélancolie, intéressé, mais serein. Il lança à Sophie une sorte de coup d'œil complice. La jeune fille ne lui prêta aucune attention; elle et Hugo gardaient les yeux fixés devant eux. Cordélia sentit que le frère et la sœur évitaient de se regarder. La plus secouée, c'était Isabelle. Elle poussa un cri étouffé et porta vivement la main à son visage comme une mauvaise actrice mimant le saisissement. Ses yeux s'agrandirent, devinrent deux abîmes insondables d'un bleu violet. Elle les tourna vers Hugo en un appel désespéré. Elle était si pâle qu'on l'aurait crue au bord de l'évanouissement.

Cordélia se dit en elle-même : « Si je me trouve en face d'un complot, je sais quel en est le membre le plus faible. »

« Ai-je bien compris? demanda Hugo Tilling, Ronald Callender vous a engagée pour découvrir pourquoi Mark est mort?

– Qu'est-ce que cela a de si extraordinaire?

– Je trouve ça incroyable! Il ne s'est jamais beaucoup intéressé à son fils vivant, pourquoi s'y met-il maintenant qu'il est mort?

– Comment savez-vous qu'il ne s'intéressait pas à son fils?

– Oh, c'est une simple idée que j'avais.

– Eh bien, maintenant il s'y intéresse, déclara Cordélia, même si ce n'est que par un besoin scientifique de découvrir la vérité.

– Alors il ferait mieux de se cantonner dans sa microbiologie et de découvrir comment dissoudre le plastique dans l'eau salée ou des trucs de ce genre. Les êtres humains ne répondent pas au genre de traitement qu'il leur applique.

– Je me demande comment vous pouvez supporter cet arrogant fasciste », déclara Davie Stevens avec nonchalance.

Ce sarcasme éveilla trop l'échec dans la mémoire de Cordélia. Elle fit semblant de ne pas comprendre :

« Je ne me suis pas renseignée sur son appartenance politique. »

Hugo rit.

« Il ne s'agit pas de ça. Pas fasciste. Davie veut dire que Roland Callender a certaines opinions insoutenables. Par exemple : que tous les hommes ne sont peut-être pas nés égaux, que le suffrage universel n'augmente pas nécessairement le bonheur du peuple, que les tyrannies de la gauche ne sont pas beaucoup plus libérales ni supportables que celles de la droite, que l'assassinat de Noirs par des Noirs ne représente pas un grand progrès par rapport à l'assassinat de Noirs par des Blancs, du moins du point de vue des victimes, et que le capitalisme n'est peut-être pas responsable de tous les maux dont a hérité l'humanité, de la drogue aux erreurs de syntaxe. Je ne dis pas que Roland Callender a toutes ou quelques-unes de ces opinions répréhensibles, mais Davie, lui, en est convaincu. »

Davie jeta un livre à la tête d'Hugo et répliqua d'un ton dénué de rancune :

« Oh, la ferme! Tu parles comme le *Daily Telegraph.* Et tu ennuies notre visiteuse. »

Sophie Tilling demanda brusquement :

« Est-ce sir Roland qui vous a suggéré de nous questionner?

– Il m'a simplement indiqué que vous étiez les amis de Mark. Il vous a vus à l'enquête et aux funérailles. »

Hugo rit.

« Bonté divine! Est-ce là sa conception de l'amitié?

– Mais vous y étiez, n'est-ce pas? s'enquit Cordélia.

– Nous sommes allés à l'enquête – tous, sauf Isabelle qui, à notre avis, aurait été très décorative mais pas tellement sûre. C'était ennuyeux comme tout. Beaucoup de témoignages médicaux totalement hors de propos au sujet de l'excellent état du cœur, des poumons et du système digestif de Mark. Pour autant que je puisse en juger, il aurait continué à vivre pour toujours s'il ne s'était pas passé une ceinture autour du cou.

– Et à l'enterrement – vous y étiez aussi?

– Nous sommes allés au crématorium de Cambridge. Des obsèques très discrètes. A part les croque-morts, nous n'étions que six : nous trois, Ronald Callender, son espèce de secrétaire-gouvernante et une vieille nourrice vêtue de noir. Je me suis dit qu'elle assombrissait plutôt la cérémonie. En fait, elle correspondait tellement à l'image de la vieille servante fidèle que je l'ai soupçonnée d'être une femme policier déguisée.

– Pourquoi? En avait-elle l'air?

– Non, mais vous non plus vous n'avez pas l'air d'une détective.

– Savez-vous qui c'était?

– Non, on ne nous a pas présentés. Ce n'était pas très sociable, comme enterrement. Maintenant que j'y repense, aucun de nous n'a échangé un seul mot avec les autres. Sir Roland portait un masque de deuil public : le Roi pleurant le Prince héritier.

– Et miss Leaming?

– Le Consort de la Reine. Elle aurait dû porter un voile noir sur la figure.

– Sa souffrance m'a paru assez réelle, déclara Sophie.

– Impossible à dire. Essaie de définir la souffrance, dc définir ce qui est réel. »

Roulant sur son estomac comme un chien joueur, Davie Stevens intervint soudain :

« Moi j'ai trouvé que miss Leaming avait l'air malade. A propos, la vieille femme s'appelle Pilbeam. En tout cas, c'était le nom qu'il y avait sur la couronne. »

Sophie rit :

« Cette horrible croix de roses avec la carte bordée de noir? J'aurais dû deviner que c'était elle qui l'avait offerte. Mais comment le sais-tu, toi?

– J'ai des yeux, trésor. Les croque-morts ont descendu la couronne du cercueil et l'ont appuyée contre le mur, alors j'y ai jeté un coup d'œil. Sur la carte, on lisait : " *Avec ma sincère sympathie. Nounou Pilbeam.* "

– En effet, je m'en souviens à présent, dit Sophie. Pauvre vieille nounou! Ces fleurs ont dû lui coûter une fortune.

– Mark vous a-t-il jamais parlé de cette nourrice? » demanda Cordélia.

Les autres échangèrent de rapides regards. Isabelle secoua la tête.

« Pas à moi, répondit Sophie.

– Non, il ne m'en a jamais parlé, affirma Hugo, mais j'ai l'impression d'avoir déjà vu cette femme une fois avant l'enterrement. Elle est venue au collège il y a six semaines – le jour du vingt-et-unième anniversaire de Mark, en fait. J'étais justement chez le concierge, Mr. Robbins, et il m'a demandé si Mark était là. La vieille s'est rendue dans sa chambre et ils sont restés ensemble pendant une heure environ. Je l'ai vue partir, mais Mark ne l'a jamais mentionnée ni alors ni plus tard. »

Et peu après, songea Cordélia, le garçon avait quitté l'université. Pouvait-il y avoir un rapport? C'était une piste très mince, mais il faudrait qu'elle la suive. Par une curiosité qui paraissait à la fois perverse et hors de propos, elle demanda :

« Y avait-il d'autres fleurs? »

Ce fut Sophie qui répondit :

« Un simple bouquet de fleurs de jardin sur le cercueil. Pas de carte. De miss Leaming, je suppose. Ce n'était guère dans le style de sir Roland.

– Vous étiez les amis de Mark, dit Cordélia. Pouvez-vous m'en parler, s'il vous plaît? »

Les jeunes gens échangèrent de nouveau des regards comme pour décider lequel d'entre eux prendrait la parole. Leur embarras était presque palpable. Sophie Tilling arrachait des brins d'herbe et les tortillait entre ses doigts. Sans lever les yeux, elle déclara :

« Mark était quelqu'un de très secret. Je me demande à quel point nous le connaissions vraiment. Il était calme, doux, indépendant, sans ambition. Il était intelligent, mais un peu candide. Il était bon : il aimait les gens, mais ne leur imposait pas sa sollicitude. Il n'avait pas une très haute opinion de lui-même, mais cela n'a jamais paru le tracasser. Je crois que c'est tout ce que je peux dire à son sujet. »

Soudain Isabelle dit d'une voix très basse, presque inaudible :

« Il était adorable.

– Il était adorable et il est mort, voilà, intervint Hugo avec une brusque impatience. Nous ne pouvons pas vous en dire plus. Aucun de nous ne l'a vu après son départ du collège. Il ne nous a pas consultés avant d'interrompre ses études, pas plus qu'il ne nous a consultés avant de se tuer. Comme vous l'a dit ma sœur, c'était une personne très secrète. Laissez-lui donc ses secrets.

– Écoutez, répliqua Cordélia, vous êtes allés à l'enquête, vous êtes allés aux obsèques. Si vous aviez cessé de le voir, s'il vous était indifférent, pourquoi vous êtes-vous donné cette peine?

– Sophie y est allée par affection. David, parce que Sophie y allait. Moi, par curiosité et par respect. Faut pas croire : malgré mon air léger et désinvolte, j'ai un cœur.

– Quelqu'un lui a rendu visite au cottage le soir de sa mort, s'obstina Cordélia. Quelqu'un a bu du café avec lui. J'ai l'intention de découvrir qui c'était. »

Cette nouvelle parut les surprendre ou bien l'imaginait-elle? Sophie Tilling semblait sur le point de poser une question quand son frère la devança :

« Ce n'était aucun de nous. La nuit de la mort de Mark, nous étions au second rang du premier balcon de l'Arts Theatre, à une pièce de Pinter. Je ne sais pas si je pourrais vous le prouver. Je doute que la caissière ait gardé le plein de la salle pour cette soirée, mais j'avais loué des places et elle se souvient peut-être de moi. Si vous insistez, je pourrais probablement vous présenter un ami qui connaissait mon intention d'emmener toute la bande au théâtre, ou un autre qui a vu au moins l'un de nous au bar pendant l'entracte, ou un autre encore avec lequel j'ai discuté, par la suite, de la représentation. Mais tout cela ne prouverait rien : mes amis sont des gens complaisants. Le plus simple serait que vous admettiez que je dis la vérité. Pourquoi mentirais-je? La nuit du 26 mai, nous étions tous les quatre à l'Arts Theatre.

– Pourquoi n'envoyez-vous pas cet arrogant salaud de papa Callender au diable? suggéra doucement Davie Stevens. Dites-lui de laisser son fils en paix, puis trouvez-vous une gentille petite affaire de vol.

– Ou de meurtre, dit Hugo Tilling.

– C'est ça, trouvez-vous une gentille petite affaire de meurtre. »

Comme obéissant à quelque code secret, tous se levèrent, rassemblèrent leurs livres et ôtèrent les brins d'herbe de leurs vêtements. Cordélia les suivit à travers les cours et à l'extérieur du collège. Toujours en silence, le petit groupe gagna une Renault blanche garée dans l'avant-cour.

Cordélia s'approcha et, s'adressant directement à Isabelle, demanda :

« Avez-vous aimé la pièce de Pinter? N'avez-vous pas eu peur pendant cette dernière scène affreuse où Wyatt Gillman est descendu à coups de fusil par les indigènes? »

La ruse était si grossière que Cordélia s'en méprisa presque. Les immenses yeux violets exprimèrent de la perplexité.

« Oh non! Je n'ai pas eu peur. J'étais avec Hugo et les autres, vous comprenez. »

Cordélia se tourna vers Hugo Tilling.

« Votre amie semble ne pas connaître la différence entre Pinter et Osborne. »

Hugo était en train de s'installer au volant. Il se retourna pour ouvrir la portière arrière à Sophie et à Davie et répondit calmement :

« Mon amie, comme vous l'appelez, est à Cambridge, mal chaperonnée, heureusement, dans le but d'apprendre l'anglais. Jusqu'ici, elle n'a fait que des progrès irréguliers et, par certains aspects, décevants. On ne sait jamais dans quelle mesure mon amie a vraiment compris. »

Le moteur se mit à ronronner. Hugo démarra. A ce moment, Sophie Tilling passa la tête par la portière et cria impulsivement :

« Je veux bien parler de Mark si vous pensez que ça peut être utile. Personnellement, je ne le crois pas, mais vous pouvez venir chez moi cet après-midi au 57 Norwich Street. Pas trop tard : Davie et moi voulons faire du canotage. Vous pouvez nous accompagner si vous voulez. »

La voiture prit de la vitesse. Cordélia la regarda s'éloigner. Hugo leva la main en un signe ironique d'adieu, mais aucun des quatre jeunes gens ne tourna la tête.

Pour plus de sûreté, Cordélia se répéta l'adresse jusqu'à ce qu'elle l'eût notée : 57 Norwich Street. Était-ce là que logeait Sophie, dans un hôtel peut-être? Ou bien sa famille vivait-elle à Cambridge? Cordélia le découvrirait bientôt. Et vers quelle heure devait-elle arriver? Trop tôt, c'était montrer trop d'empressement; trop tard, ils risquaient d'être partis canoter. Quel que fût le motif qui avait poussé Sophie Tilling à lancer cette invitation tardive, elle ne devait pas perdre le contact avec elle et avec les autres.

Ils détenaient quelque secret coupable, cela sautait aux yeux. Sinon, pourquoi avaient-ils réagi si violemment à son apparition? Ils ne voulaient pas qu'on remuât les circonstances de la mort de Mark. Ils essaieraient de lui faire abandonner l'enquête, par la persuasion, par des cajoleries, peut-être par des remontrances. Iraient-ils jusqu'à la menace? Mais pourquoi? L'hypothèse la plus vraisemblable, c'était qu'ils couvraient quelqu'un. Mais encore une fois, pourquoi? Tuer quelqu'un, c'était autre chose que de faire le mur du collège, transgression mineure des règles qu'un ami pouvait automatiquement excuser et dissimuler. Mark Callender avait été leur ami. Quelqu'un de sa connaissance, auquel il faisait confiance, avait serré une courroie autour de son cou, l'avait regardé agoniser, l'avait écouté étouffer, puis avait pendu son corps à un crochet comme une carcasse d'animal. Mais si les Tilling et compagnie étaient au courant d'une pareille horreur, comment expliquer le regard à la fois triste et amusé que Davie Stevens avait lancé à Sophie, le calme cynique de Hugo, l'expression amicale et intéressée de Sophie? S'ils trempaient dans le meurtre, alors c'étaient des monstres. Et Isabelle? S'ils protégeaient quelqu'un, c'était très probablement elle. Mais Isabelle de Lasterie ne pouvait pas avoir assassiné Mark. Cordélia repensa à ses frêles épaules tombantes, à ses mains malhabiles presque transparentes au soleil, à ses longs ongles peints pareils à d'élégantes griffes roses. Si Isabelle était coupable, elle n'avait pas agi seule. Il aurait fallu une femme drôlement costaud pour hisser le corps inerte sur la chaise, puis sur le crochet.

Norwich Street était à sens unique et Cordélia l'aborda du mauvais côté. Elle mit un certain temps à retrouver son chemin jusqu'à Hills Road, passa devant l'église catholique et tourna dans la quatrième rue à droite : celle-ci était bordée des deux côtés de maisons attenantes les unes aux autres et datant manifestement du début de l'époque victorienne. Une autre évidence : la rue connaissait un renouveau. La plupart des demeures avait l'air bien entretenues; les portes d'entrée identiques étaient fraîchement repeintes; des rideaux doublés en tissu avaient remplacé les drapés de dentelle aux fenêtres uniques du rez-de-chaussée et le bas des parois était abîmé aux endroits où l'on avait introduit un isolant mural. Le 57 avait une porte d'entrée noire; le numéro de la maison était peint en blanc derrière l'imposte. A son soulagement, Cordélia constata qu'il y avait de la place pour garer sa mini. La Renault ne se trouvait pas dans la file presque continue de vieilles voitures et de bicyclettes cabossées qui bordaient le trottoir.

La porte d'entrée était grande ouverte. Cordélia

sonna, puis pénétra en hésitant dans le petit vestibule blanc. L'intérieur lui fut aussitôt familier. A partir de son sixième anniversaire, elle avait vécu dans une maison victorienne exactement semblable, chez Mrs. Gibson, dans les environs de Romford. Elle reconnut aussitôt l'escalier raide et étroit devant elle, la porte sur la droite qui menait au salon de devant, la deuxième porte, légèrement de biais, qui menait au salon de derrière et, au-delà, à la cuisine et à la cour. Elle savait qu'il y aurait des placards et une niche arrondie de chaque côté de la cheminée; elle savait où trouver la porte sous l'escalier. Le souvenir fut si vif qu'il surimposa à cet intérieur propre, qui sentait le soleil, la forte odeur de couches sales, de choux et de graillon qui avait imprégné la maison de Romford. Elle pouvait presque entendre les enfants crier son nom bizarre par-dessus les croassements des corbeaux nichant dans les arbres du terrain de jeux de l'école primaire, de l'autre côté de la rue. Frappant l'asphalte de leurs bottes en caoutchouc qu'ils portaient en toutes saisons, ils battaient l'air de leurs maigres bras recouverts de lainages : « Cor, Cor, Cor! »

Par l'entrebâillement de la porte la plus éloignée, elle aperçut une pièce peinte en jaune et inondée de soleil. La tête de Sophie apparut.

« Ah, c'est vous! Entrez. Davie est allé chercher quelques livres au collège et acheter des provisions pour le pique-nique. Voulez-vous du thé maintenant ou un peu plus tard? Je viens de terminer mon repassage.

– Je préfère attendre, merci. »

Cordélia s'assit, regarda Sophie enrouler le cordon du fer et plier le drap sur lequel elle avait repassé. Elle promena les yeux autour de la pièce. Accueillante et jolie, celle-ci était meublée dans un style hétéroclite : un confortable pot-pourri d'objets de valeur et d'objets bon marché, agréable et sans prétention. Il y avait une table de chêne massive contre un mur, quatre chaises plutôt laides, un fauteuil en bois tourné garni d'un gros coussin jaune, un élégant canapé victorien couvert de velours marron et placé sous la fenêtre, trois bonnes figurines de porcelaine du Staffordshire sur la cheminée, au-dessus de la grille en fer forgé. Un des murs était presque entièrement couvert par un panneau d'affichage en liège foncé sur lequel s'étalaient des posters, des cartes postales, des pense-bêtes et des photos découpées dans des magazines. Deux d'entre elles représentaient deux beaux nus fort bien photographiés.

Derrière les fenêtres aux rideaux jaunes, le petit jardin regorgeait de verdure. Une immense rose trémière fleurie bourgeonnait contre un treillage à l'aspect délabré, des roses poussaient dans de grandes jarres et une rangée de pots de géraniums rouges bordait le haut du mur.

« Cette maison est bien agréable, dit Cordélia. Elle est à vous?

– Oui. Notre grand-mère est morte il y a deux ans en nous laissant, à Hugo et à moi, un petit héritage. Avec ma part, j'ai payé un acompte pour l'achat de cette maison et j'ai obtenu une subvention de la municipalité pour la transformer. Hugo a consacré toute la sienne à l'achat et au stockage de vin. Il s'est assuré un âge mûr heureux, moi je me suis assuré un présent heureux. Voilà la différence entre lui et moi. »

Sophie plia le drap à un bout de la table, puis le rangea dans l'un des placards. S'asseyant en face de Cordélia, elle demanda brusquement :

« Vous aimez mon frère?

– Pas tellement. Il s'est montré fort impoli avec moi.

– Il ne l'a pas fait exprès.

– Alors c'est pire. L'impolitesse devrait toujours être intentionnelle, sinon c'est un manque de sensibilité.

– Hugo n'est pas toujours très agréable quand il est avec Isabelle. Elle a un drôle d'effet sur lui.

– Était-elle amoureuse de Mark Callender?

– Cela, vous devrez le lui demander à elle, Cordélia, mais personnellement, je ne le pense pas. Ils se connaissaient à peine. Mark était mon amant, pas le sien. J'ai jugé qu'il valait mieux que je vous fasse venir ici pour vous le dire moi-même. Parce que, en continuant à fureter partout à Cambridge, vous auriez de toute façon fini par le découvrir tôt ou tard. Bien entendu, il n'habitait pas ici, avec moi. Il avait une chambre à son collège. Mais nous avons été ensemble presque toute l'année dernière. Notre liaison s'est terminée juste après Noël, quand j'ai rencontré Davie.

– Étiez-vous amoureux l'un de l'autre?

– Je n'en suis pas sûre. Les rapports sexuels sont toujours une sorte d'exploitation, n'est-ce pas? Si vous voulez dire : avons-nous exploré nos propres identités à travers la personnalité de l'autre, alors oui, nous étions amoureux l'un de l'autre, ou pensions l'être. Mark avait besoin de croire qu'il était amoureux. Pour ma part, je ne suis pas certaine de savoir ce que ce mot signifie. »

Cordélia sentit monter en elle une vague de sympathie. Elle non plus n'était pas certaine de le savoir. Elle songea aux deux amants qu'elle avait eus : Georges avec lequel elle avait couché parce qu'il était doux et malheureux et parce qu'il l'appelait Cordélia, un vrai nom, son nom, et non pas Délia, la petite fasciste de papa; et Carl, un jeune homme en colère, pour lequel elle avait éprouvé une telle affection qu'il lui avait semblé mesquin de ne pas le lui montrer de la seule façon qui paraissait importante pour lui. Elle n'avait jamais considéré la virginité comme autre chose qu'un état temporaire et gênant propre à la jeunesse, son insécurité, sa vulnérabilité. Avant Georges et Carl, elle avait été seule et inexpérimentée. Après, elle avait été seule et un peu moins inexpérimentée. Aucune de ces aventures ne lui avait apporté l'assurance tant désirée qui l'aurait aidée dans ses rapports avec son père ou ses logeuses, ni n'avait perturbé son cœur. Pourtant elle avait eu de la tendresse pour Carl. D'une certaine façon, elle était contente d'avoir quitté Rome avant que faire l'amour avec lui ne fût devenu trop agréable et lui, trop important dans sa vie. L'idée que cette étrange gymnastique pût un jour devenir indispensable lui était intolérable. L'amour physique, avait-elle décidé, était une chose surestimée, non pas pénible, mais surprenante. Il y avait un tel écart entre la pensée et l'action...

« Je voulais simplement dire : aviez-vous de l'affection l'un pour l'autre et aimiez-vous coucher ensemble? reprit-elle.

– Les deux.

– Pourquoi cela s'est-il terminé? Vous êtes-vous disputés?

– Rien d'aussi naturel ou d'aussi grossier. On ne pouvait pas se disputer avec Mark. C'était l'un des inconvénients avec lui. Je lui ai dit que je voulais rompre et il a accepté ma décision aussi calmement que si je lui avais annoncé que je n'irais pas au théâtre avec lui ce soir-là. Il n'a pas essayé de m'en dissuader. Et si vous croyez que cette rupture a un quelconque rapport avec sa mort, eh bien, vous vous trompez. Je ne comptais certainement pas autant pour Mark. En fait, j'étais probablement plus attachée à lui qu'il ne l'était à moi.

– Pourquoi avez-vous mis fin à votre liaison, alors?

– Je me sentais sans cesse jugée. Ce n'était pas vrai. Mark n'était pas un pharisien. Mais c'était ce que j'éprouvais, ou, du moins, ce que je me racontais. Je n'arrivais pas à être à sa hauteur. Je n'en avais d'ailleurs pas la moindre envie. Il y a eu l'histoire de Gary Webber, par exemple. Je ferais bien de vous en parler : cela explique beaucoup de choses à propos de Mark. Gary Webber est un enfant autistique, mais un de ceux qui sont indociles et violents. Mark a fait la connaissance de ses parents et de leurs deux autres enfants à Jesus Green, il y a un an : les gosses y jouaient sur les balançoires. Mark a parlé à Gary et le garçon a réagi envers lui d'une façon positive. Comme le faisaient d'ailleurs tous les enfants. Mark s'est mis à rendre visite à la famille et, une fois par semaine, il gardait Gary le soir pour permettre aux Webber d'aller au cinéma. Durant les deux dernières périodes de vacances, il s'est même installé chez eux et s'est occupé du petit pendant que le reste de la famille partait faire un voyage. Pour les

Webber, l'idée d'envoyer le gosse à l'hôpital était intolérable; ils avaient essayé une fois, mais l'enfant n'avait pas pu s'y habituer. Ils le laissaient cependant sans la moindre hésitation avec Mark. J'allais parfois lui rendre visite le soir et je les voyais tous les deux. Mark prenait le garçon sur les genoux et le berçait patiemment d'avant en arrière pendant des heures. C'était une des façons de le calmer. Nous avions sur Gary des points de vue très différents. Moi je pensais que la meilleure solution serait que l'enfant meure. Et je l'ai dit à Mark. Je continue à croire que ce serait la meilleure solution : pour ses parents, pour le reste de sa famille, pour lui-même. Mark n'était pas d'accord. Je me rappelle lui avoir dit : " Bon, si tu trouves que c'est juste que des gosses souffrent pour que tu puisses t'offrir l'excitant plaisir de les soulager... " Après ça, la conversation est devenue terriblement métaphysique et ennuyeuse. Mark a répliqué : " Ni toi ni moi ne serions prêts à tuer Gary. Il existe. Sa famille existe. Ils ont besoin d'aide et cette aide nous pouvons la leur donner. Peu importe ce que nous ressentons. Ce sont les actions qui comptent, pas les sentiments. "

– Mais les actions procèdent des sentiments! objecta Cordélia.

– Oh, Cordélia, ne commencez pas vous aussi! J'ai déjà eu cette discussion des centaines de fois. Mais je suis tout à fait de votre avis, remarquez! »

Les deux femmes se turent un moment. Puis Cordélia, bien qu'hésitant à ébranler le lien ténu de confiance et d'amitié qu'elle sentait se nouer entre elles, se força à demander :

« Pourquoi s'est-il tué... en supposant qu'il se soit tué? »

La réponse de Sophie claqua comme une porte.

« Il a laissé un message.

– En effet, mais comme l'a fait remarquer son père, un message qui n'explique rien. C'est un très beau morceau de prose – à mon avis du moins – mais comme justification d'un suicide, il n'est vraiment pas convaincant.

– Cela a convaincu le jury.

– Peut-être, mais pas moi. Réfléchissez, Sophie! Il ne peut y avoir que deux raisons de se suicider. L'une, c'est fuir quelque chose, l'autre, fuir *vers* quelque chose. La première est rationnelle. Si l'on connaît une douleur insupportable, le désespoir ou l'angoisse et qu'il semble n'y avoir aucune chance de guérison, alors il est probablement raisonnable de préférer l'oubli. Mais il n'est pas raisonnable de se tuer dans l'espoir d'accéder à une meilleure existence ou d'élargir sa capacité de sentir pour y inclure l'expérience de la mort. On ne peut pas faire l'expérience de la mort. Je ne sais même pas si on peut faire l'expérience de mourir. La seule chose qu'on puisse connaître, c'est la préparation à la mort et même cela paraît vain puisqu'on ne peut pas tirer profit de cette expérience ensuite. S'il y a la moindre vie après la mort, nous le saurons bien assez tôt. S'il n'y en a pas, nous n'existerons plus pour nous plaindre et dire qu'on nous a menti. Les gens qui croient à un au-delà sont parfaitement raisonnables. Eux seuls sont préservés d'une ultime déception.

– Vous avez l'air d'avoir réfléchi à fond à tout ça. Je ne crois pas que les suicidés en fassent autant. Leur geste est probablement impulsif et irrationnel.

– Mark était-il impulsif et irrationnel?

– Je ne le connaissais pas.

– Mais vous étiez amants! Vous avez couché avec lui! » s'écria Cordélia.

Sophie la regarda et répéta avec douleur et colère :

« Je ne le connaissais pas! Je croyais le connaître, mais je me trompais! »

Les deux femmes se turent pendant près de deux minutes. Puis Cordélia demanda :

« Vous êtes allée dîner à Garforth House, n'est-ce pas? Quelles ont été vos impressions?

– La nourriture et le vin étaient d'une qualité exceptionnelle, mais ce n'est sûrement pas cela qui vous intéresse. Le dîner en lui-même n'a rien eu de remarquable. Quand il s'est aperçu de ma présence, sir Ronald s'est montré assez aimable. Quand elle pouvait s'arracher à la contemplation du génie qui présidait à table, miss Leaming m'examinait comme une future belle-mère. Mark est resté plutôt silencieux. Je crois qu'il m'avait emmenée chez son père pour me prouver quelque chose ou peut-être se prouver quelque chose à lui-même. Il n'a jamais reparlé de cette soirée et ne m'a pas demandé ce que j'en avais pensé. Un mois plus tard, Hugo et moi y étions invités tous les deux. C'est alors que j'ai fait la connaissance de Davie. Il était l'hôte d'un des jeunes chercheurs, Ronald Callender cherchait à l'engager dans son laboratoire. Davie a eu un job là-bas pendant les vacances de sa dernière année d'études. Si vous voulez des tuyaux sur Garforth House, il faudra vous adresser à lui. »

Cinq minutes plus tard arrivaient Hugo, Isabelle et Davie. Cordélia était montée dans la salle de bains. Elle entendit la voiture s'arrêter, puis le bruit de leurs voix dans l'entrée. Des pas retentirent au-dessous d'elle : ils se dirigeaient vers le salon de derrière. Elle ouvrit le robinet d'eau chaude. Le chauffe-eau à gaz de la cuisine émit aussitôt un rugissement de dynamo. Cordélia laissa couler l'eau, puis sortit de la salle de bains en fermant doucement la porte derrière elle. Elle se glissa vers le haut de l'escalier. Pauvre Sophie, je gaspille son eau chaude, pensa-t-elle avec remords; mais elle se sentit plus coupable encore quand elle descendit les trois premières marches et tendit l'oreille : elle avait l'impression de faire preuve de traîtrise et d'un opportunisme mesquin. La porte d'entrée avait été fermée, mais celle du salon de derrière était ouverte. Cordélia entendit la voix aiguë et monocorde d'Isabelle :

« Mais si ce type, sir Ronald, la paie pour enquêter sur la mort de Mark, qu'est-ce qui m'empêche de la payer pour qu'elle s'arrête d'enquêter? »

La voix de Hugo, amusée et un peu méprisante, s'éleva :

« Isabelle, ma chérie, quand apprendras-tu qu'on ne peut pas acheter tout le monde?

– En tout cas, pas Cordélia. Je la trouve sympathique. »

C'était Sophie. Son frère répliqua :

« Nous la trouvons tous sympathique. Le problème c'est comment s'en débarrasser. »

Pendant quelques minutes, il y eut un murmure de voix, une série de mots indistincts que Isabelle interrompit :

« C'est quand même un drôle de métier pour une femme, je trouve. »

Ensuite, on entendit le son d'une chaise qu'on repousse et un bruit de pas. Honteuse, Cordélia retourna précipitamment dans la salle de bains et ferma le robinet. Elle se rappela la réponse que Bernie lui avait donnée d'un ton suffisant le jour où elle lui avait demandé s'ils étaient obligés d'accepter une affaire de divorce.

« Dans notre métier, mon petit, il est impossible de se conduire en gentleman. »

Cordélia continua à regarder par la porte entrebâillée. Hugo et Isabelle partaient. Elle attendit que la porte d'entrée se refermât et que la voiture démarrât. Puis elle descendit. Sophie et Davie étaient en train de déballer des provisions contenues dans un grand sac en plastique. Sophie sourit :

« Isabelle donne une fête ce soir. Elle habite tout près d'ici, dans Panton Street. Edward Horsfall, le directeur d'études de Mark, y viendra probablement et nous avons pensé qu'il vous serait peut-être utile de le faire parler de son ancien étudiant. La soirée commence à huit heures, mais vous pouvez venir nous chercher ici. Maintenant, nous préparons un pique-nique; nous allons canoter une heure ou deux. Accompagnez-nous donc. C'est vraiment la façon la plus agréable de voir Cambridge. »

Plus tard, Cordélia se rappela ce pique-nique sur la rivière en une série d'images brèves mais très claires, comme des moments de fusion entre la vue et la conscience au cours desquels le temps semblait s'arrêter. Le soleil étincelant sur l'eau et dorant les poils sur la poitrine et les avant-bras de Davie; la chair de ses bras vigoureux tavelée de taches brunes comme un œuf; Sophie essuyant la sueur de son front entre deux coups de perche; des algues d'un noir verdâtre remontées de mystérieuses profondeurs par la gaffe et se tortillant au-dessous de la surface; un canard aux couleurs vives levant sa queue blanche avant de disparaître dans un bouillonnement d'eau verte. Alors qu'ils se balançaient sous Silver Street Bridge, un ami de Sophie s'approcha à la nage, luisant et pourvu d'un nez épaté comme une loutre, ses cheveux noirs plaqués comme des lames sur ses joues. S'accrochant à la barque, il ouvrit la bouche. Tout en protestant, Sophie y fourra des morceaux de sandwich. Dans la turbulence de l'eau blanche qui coulait sous le pont, bachots et canots raclaient les uns contre les autres, se tamponnaient. L'air retentissait de voix rieuses et les berges vertes étaient peuplées de corps à demi nus couchés sur le dos, le visage tourné vers le soleil.

Davie mania la perche un moment; Cordélia et Sophie s'allongèrent sur des coussins, aux deux extrémités du bachot. Cette distance entre elles excluait toute conversation privée; Cordélia soupçonna que c'était exactement ce que voulait Sophie. De temps à autre, la jeune fille lui criait des bribes d'information comme pour bien montrer que cette promenade était strictement éducative.

« Cette pâtisserie, là, est de John; nous sommes en train de passer sous le pont de Clare, l'un des plus jolis, je trouve. Thomas Grumbald le construisit en 1639. Il paraît qu'il ne reçut que trois shillings pour son dessin. Vous connaissez certainement cette vue : c'est une des meilleures qu'on ait de Queen's College. »

Cordélia n'eut pas le courage d'interrompre ce bavardage touristique décousu pour demander brutalement :

« Vous et votre frère, avez-vous tué votre amant? »

Poser cette question ici, alors qu'elle se balançait doucement sur la rivière ensoleillée, lui paraissait à la fois indécent et absurde. Un danger la guettait : celui d'être amenée, petit à petit, à accepter la défaite; à considérer tous ses soupçons comme une recherche névrotique du drame et de la notoriété, comme un besoin de justifier ses honoraires vis-à-vis de sir Ronald. Elle croyait que Mark Callender avait été assassiné parce qu'elle *voulait* le croire. Elle s'était identifiée à lui, à sa solitude, à son indépendance, à son enfance solitaire privée de l'affection de son père. Elle en était même venue – et c'était la plus dangereuse présomption de toutes – à se considérer comme sa vengeresse. Quand, juste après le Garden House Hotel, Sophie reprit la perche et que Davie se glissa le long du bachot pour s'étendre près d'elle, Cordélia sut qu'elle serait incapable de mentionner le nom de Mark. Ce ne fut que par une vague et discrète curiosité qu'elle se surprit à demander :

« Sir Ronald Callender est-il un bon savant? »

Davie ramassa une rame courte et se mit à remuer l'eau étincelante avec des gestes paresseux.

« Son savoir est tout à fait honorable, comme diraient mes estimés collègues. Plus qu'honorable, en fait. A présent, le laboratoire travaille sur le moyen d'étendre l'emploi de moniteurs biologiques pour contrôler la pollution de la mer et des estuaires; cela implique l'étude systématique des plantes et des animaux qui pourraient servir d'indicateurs. Et, l'année dernière, ils ont fait un travail préliminaire très utile sur la dégradation des plastiques. Ronald Callender lui-même n'est pas tellement génial, mais que voulez-vous, on ne peut pas demander des idées très originales à un homme ayant dépassé la cinquantaine. En revanche, c'est un fantastique détecteur de talents. Il sait certainement diriger une équipe, si on supporte la conception qu'il en a : “ Nous sommes tous frères; un pour tous et tous pour un. ” Les gars publient même leurs articles sous la signature du laboratoire de recherches Callender et non sous leurs noms individuels. Très peu pour moi. Quand je publie un papier, c'est uniquement pour la gloire de Davie Forbes Stevens et, incidemment, pour faire plaisir à Sophie. Les Tilling aiment le succès.

– Et c'est pour cela que vous avez refusé l'emploi qu'il vous offrait?

– Oui, entre autres. Il paie trop généreusement et exige trop des gens. Je n'aime pas être acheté et je déteste me mettre en smoking tous les soirs comme un singe savant. Je suis un biologiste moléculaire. Je ne suis pas à la quête du Saint-Graal. Papa et maman m'ont élevé comme méthodiste et je ne vois pas pourquoi je laisserais tomber une religion tout à fait valable, qui m'a fort bien servi pendant douze ans, pour la remplacer par le Grand Principe Scientifique de Ronald Callender. Je me méfie comme la peste de ces savants sacerdotaux. Ce qui m'étonne, c'est que ces chers petits ne se prosternent pas trois fois par jour en direction de l'Académie.

– Et Lunn? Que vient-il faire là-dedans?

– Oh, ce garçon est un foutu prodige! Ronald Callender l'a trouvé dans un orphelinat à l'âge de quinze ans – ne me demandez pas comment – et lui a donné une formation d'assistant de laboratoire. Vous ne pourriez pas en imaginer de meilleur. Il n'y a pas un seul instrument existant que Chris Lunn ne puisse apprendre à comprendre et à entretenir. Il en a inventé un ou deux lui-même que Ronald Callender a fait breveter. Et s'il y a quelqu'un d'indispensable dans ce labo, c'est probablement Lunn. Ronald Callender s'intéresse certainement cent fois plus à lui qu'il ne s'intéressait à son fils. Et, comme vous pouvez le deviner, Lunn considère R. C. comme Dieu le Père, ce qui est très satisfaisant pour tous les deux. C'est vraiment extraordinaire quand on y pense : toute cette violence, qui s'exprimait autrefois par des bagarres de rue et par l'attaque de vieilles dames, canalisée et mise au service de la science! Il faut reconnaître une chose : Callender sait choisir ses esclaves.

– Et miss Leaming, est-elle une esclave?

– J'ignore son rôle exact. Elle administre l'affaire et doit être aussi indispensable que Lunn. Lunn et elle semblent entretenir des rapports d'amour-haine ou peut-être de haine-haine. Je ne suis pas très doué pour les subtilités psychologiques.

– Mais où diable sir Ronald prend-il l'argent pour couvrir tous ses frais?

– Est-ce la question à mille dollars? Eh bien, on dit que la plus grande partie de son fric lui est venu de sa femme et que lui et Elizabeth Leaming l'ont investi d'une manière fort judicieuse. Pour eux, c'était sûrement une nécessité. Et puis, il reçoit un certain nombre de commandes, du travail au forfait. Malgré tout, ses recherches restent un passe-temps très onéreux. Quand j'y étais, les gars disaient que le Wolvington Trust s'intéressait à leurs travaux. Si le labo découvre quelque chose de vraiment important – et je suppose que c'est au-dessous de leur dignité de découvrir des broutilles – le problème financier de Ronald Callender sera pratiquement résolu. La mort de son fils a dû être un sale coup pour lui : dans quatre ans, Mark allait recevoir une grosse fortune et il avait dit à Sophie qu'il avait l'intention d'en donner la plus grande partie à son père.

– Pour quelle raison?

– Dieu seul le sait. Pour se racheter, peut-être. En tout cas, il s'est manifestement cru obligé d'en informer Sophie. »

Se racheter de quoi? se demanda Cordélia à moitié endormie. De ne pas assez aimer son père? De ne pas partager ses enthousiasmes? De ne pas être le fils que son père aurait pu souhaiter? Et que deviendra la fortune de Mark maintenant? A qui la mort de Mark pouvait-elle profiter? Pour le découvrir, il faudrait qu'elle consultât le testament du grand-père. Mais cela impliquait un voyage à Londres. Cela en valait-il la peine?

Elle tendit son visage vers le soleil et plongea une main dans la rivière. Une éclaboussure provenant de la perche lui picota les yeux. Elle les ouvrit et vit que le bachot glissait tout près de la berge, à l'ombre d'arbres en surplomb. Juste devant elle, une branche arrachée, fourchue du bout et aussi grosse qu'un corps d'homme, pendait par une fibre d'écorce. Pendant que la barque passait au-dessous, elle tourna doucement sur elle-même. Cordélia perçut la voix de Davie : cela devait faire un moment qu'il parlait. Comme c'était étrange : elle ne pouvait pas se rappeler ce qu'il avait dit!

« On n'a pas besoin de raisons pour se tuer; on a besoin de raisons pour ne pas se tuer. C'était un suicide, Cordélia. Acceptez-le donc. »

Cordélia se dit qu'elle devait s'être brièvement assoupie puisque Davie semblait répondre à une question qu'elle ne se souvenait pas d'avoir posée. Mais maintenant, elle entendit d'autres voix, plus fortes et plus insistantes. Celle de Ronald Callender : « Mon fils est mort. *Mon* fils. Si j'en suis responsable d'une façon quelconque, je préfère le savoir. Si quelqu'un d'autre est responsable, je veux le savoir aussi. » Celle du brigadier Maskell : « Comment vous serviriez-vous de ceci pour vous pendre, miss Gray? » Le contact de la ceinture, lisse et sinueuse, glissant entre ses doigts comme une chose vivante.

Les mains nouées autour de ses genoux, Cordélia se redressa si vivement que le bachot se mit à tanguer avec violence et que Sophie dut s'accrocher à une branche pour ne pas perdre l'équilibre. Sa figure, brune, vue en un curieux raccourci et marquée par l'ombre des feuilles, semblait la contempler de très très haut. Leurs regards se croisèrent. A cet instant, Cordélia se rendit compte qu'elle avait presque été sur le point d'abandonner l'enquête. Séduite par la splendeur de la journée, le soleil, l'indolence, une promesse de camaraderie et même d'amitié, elle avait failli oublier pourquoi elle était là. Elle en fut horrifiée. Davie avait dit que sir Ronald savait choisir ses gens. Il l'avait choisie, elle. Ceci était sa première affaire et personne ne l'empêcherait de l'éclaircir.

Elle dit d'un ton guindé :

« C'est gentil de votre part de m'avoir emmenée, mais je ne voudrais pas rater la soirée d'Isabelle. Il faudrait que je parle au directeur d'études de Mark. Et il y aura peut-être d'autres personnes qui pourraient me renseigner. Ne devrions-nous pas songer à rentrer? »

Sophie regarda Davie. Celui-ci haussa les épaules d'une façon presque imperceptible. Sans dire un mot, Sophie poussa énergiquement la perche contre la berge. Le bachot se mit à tourner avec lenteur.

La soirée d'Isabelle devait commencer à huit heures, mais Sophie, Davie et Cordélia n'y arrivèrent que près d'une heure plus tard. Ils s'y étaient rendus à pied, la maison ne se trouvant qu'à cinq minutes de Norwich Street. La maison lui plut et elle se demanda combien elle coûtait de loyer au père d'Isabelle. C'était une longue villa blanche à deux étages, à hautes fenêtres cintrées et volets verts, située bien en retrait de la rue. Elle était pourvue d'un rez-de-jardin et d'un petit perron. Un escalier menait du salon à un jardin tout en longueur.

Le salon était déjà assez plein. Regardant les autres invités, Cordélia se félicita d'avoir acheté le caftan. Presque tous s'étaient changés, pas forcément à leur avantage, pensa-t-elle. Avant tout, on avait recherché l'originalité : mieux valait s'exhiber, voire étonner, qu'avoir l'air quelconque.

Le salon était meublé chichement, mais avec élégance. Isabelle l'avait marqué de sa féminité débraillée, peu pratique et iconoclaste. Ce n'était certainement pas le propriétaire qui avait fourni le lustre tarabiscoté en cristal, bien trop lourd et trop grand pour la pièce, qui pendait, telle une explosion solaire, au milieu du plafond, ni les nombreux coussins et rideaux de soie qui donnaient à ce salon aux proportions austères un vague aspect de boudoir de courtisane à l'opulence ostentatoire. Les tableaux aussi devaient appartenir à Isabelle. Aucun propriétaire n'aurait loué sa maison en laissant des œuvres d'une valeur pareille aux murs. Celui qui surmontait la cheminée représentait une très jeune fille tenant un chiot dans ses bras. Cordélia le contempla avec un plaisir ému. Impossible de ne pas reconnaître le bleu unique au monde qui teintait la robe de l'adolescente, la merveilleuse plasticité des joues et des jeunes bras ronds qui simultanément absorbaient et réfléchissaient la lumière : une délicieuse et tangible chair. Étourdiment, elle s'écria, faisant se retourner les gens :

« Mais c'est un Renoir! »

Hugo se tenait près d'elle. Il rit.

« Oui, mais ne prenez pas cet air choqué, Cordélia. Ce n'est qu'un *petit* Renoir. Isabelle a demandé à son papa un tableau pour son salon. Vous ne croyez tout de même pas qu'il allait lui offrir une gravure du Haywain ou l'une de ces reproductions bon marché de la sempiternelle chaise de Van Gogh.

– Isabelle aurait-elle remarqué la différence?

– Absolument. Isabelle reconnaît un objet de valeur à vingt mètres. »

Cordélia se demanda si le soupçon d'amertume, la pointe de mépris dans la voix du jeune homme était pour Isabelle ou pour lui-même. Ils regardèrent de l'autre côté de la pièce où Isabelle leur souriait. Hugo alla vers elle comme un somnambule et lui prit la main. Cordélia les observa. Isabelle avait relevé ses cheveux en une pyramide de boucles, dans le style grec. Elle portait une longue robe de soie mate couleur crème pourvue d'un décolleté carré très profond. C'était manifestement un modèle de haute-couture. Il aurait dû détonner dans cette réception sans prétention, pensa Cordélia, pourtant il n'en était rien. En comparaison, les robes des autres femmes avaient l'air de vêtements improvisés et la sienne, dont les teintes lui avaient pourtant semblé subtiles et discrètes lors de son achat, se transformait en un chiffon aux couleurs criardes.

Cordélia était résolue à coincer Isabelle seule à un moment quelconque de la soirée, mais elle se rendait compte que cela serait difficile : Hugo ne quittait pas sa petite amie d'une semelle; il la guidait parmi les invités, une main de propriétaire posée sur sa taille. Il semblait boire sans arrêt et le verre d'Isabelle ne désemplissait pas. Peut-être qu'un peu plus tard ils relâcheraient leur vigilance; alors elle trouverait un moyen de les séparer. Entre-temps, elle décida d'explorer la maison et, objectif plus pratique, de repérer, avant qu'elle n'en eût besoin, l'emplacement des toilettes. C'était le genre de soirée où on laissait les invités découvrir ces choses par eux-mêmes.

Elle monta au premier et, descendant le couloir, ouvrit doucement la porte de la dernière chambre. Une odeur de whisky lui sauta à la figure, une odeur si forte qu'instinctivement Cordélia se glissa dans la pièce et referma la porte derrière elle, craignant que la puanteur n'imprégnât aussitôt le reste de la maison. La chambre, où régnait un désordre indescriptible, n'était pas vide. A moitié couverte du dessus-de-lit, une femme était couchée sur le lit, ses cheveux d'un roux flamboyant répandus sur l'oreiller. Elle portait une robe de chambre en soie rose. Cordélia s'approcha pour la regarder. L'inconnue était ivre morte. Par à-coups, elle émettait un souffle fétide, alcoolisé, qui s'élevait comme des ronds de fumée invisibles de sa bouche entrouverte. La lèvre et la mâchoire inférieures crispées et plissées, elle avait l'air de désapprouver fortement son état. Une épaisse couche de rouge recouvrait ses lèvres minces; la tache pourpre foncé s'était infiltrée dans les rides autour de la bouche, de sorte que le corps paraissait desséché par un froid extrême. Ses mains noueuses, aux doigts jaunis par la nicotine et couverts de bagues, reposaient paisiblement sur le couvre-lit. Deux de ses ongles griffus étaient cassés et le vernis rouge brique des autres s'écaillait.

Une lourde coiffeuse obstruait la fenêtre. Évitant de regarder le fouillis de Kleenex froissés, de pots de crème ouverts, de poudre répandue et de tasses à moitié pleines de ce qui semblait être du café, Cordélia se faufila derrière le meuble et ouvrit la fenêtre. Elle inspira profondément l'air frais, purifiant. Au-dessous d'elle, dans le jardin, des formes pâles glissaient silencieusement sur le gazon et parmi les arbres, pareils à des fantômes de fêtards morts depuis longtemps. Elle laissa la fenêtre ouverte et retourna auprès du lit. Il n'y avait pas grand-chose qu'elle pût faire; toutefois, elle plaça les mains froides de la femme sous le couvre-lit et, ôtant une deuxième robe de chambre d'un crochet à la porte, lui en enveloppa le corps. Ce vêtement supplémentaire compenserait l'air frais qui soufflait sur le lit.

Cela fait, Cordélia retourna doucement dans le couloir, juste à temps pour voir Isabelle sortir de la chambre adjacente. Elle étendit le bras et entraîna la fille dans la chambre à coucher qu'elle venait de quitter. Isabelle poussa un petit cri, mais Cordélia s'adossa fermement contre la porte et murmura avec insistance :

« Dites-moi ce que vous savez de Mark Callender. »

Les yeux violets virevoltèrent de la porte à la fenêtre comme s'ils cherchaient désespérément à fuir.

« Je n'étais pas là quand il l'a fait.

– Quand qui a fait quoi? »

Isabelle battit en retraite vers le lit comme si le corps inerte de l'ivrogne, qui maintenant faisait entendre des gémissements stertoreux, pouvait lui apporter le moindre soutien. Soudain la femme se tourna sur le côté et émit un grognement d'animal blessé. Les deux filles lui lancèrent un regard alarmé.

« Quand qui a fait quoi? répéta Cordélia.

– Quand Mark s'est tué, je n'étais pas là. »

La rousse, sur le lit, poussa un léger soupir. Cordélia baissa la voix :

« Mais vous y étiez quelques jours plus tôt, n'est-ce pas? Vous êtes allée à Summertrees et avez demandé à parler à Mark. Miss Markland vous a vue. Ensuite vous êtes restée dans le jardin et avez attendu que Mark termine son travail. »

Était-ce son imagination, se demanda-t-elle, ou bien la fille se détendait-elle vraiment, comme soulagée par l'innocence de sa question?

« Le concierge du collège m'avait donné son adresse. Alors je lui ai rendu visite.

– Pourquoi? »

La dureté de cet interrogatoire sembla déconcerter Isabelle. Elle répondit simplement :

« Juste pour le voir.

– Était-il votre amant aussi?

– Non, Mark n'a jamais été mon amant. Il travaillait dans le jardin et j'ai dû l'attendre au cottage. Il m'a sorti une chaise au soleil et m'a donné un livre pour m'occuper jusqu'à son retour.

– Quel livre?

– Je ne m'en souviens pas. Un livre très ennuyeux. Et je me suis ennuyée jusqu'à ce que Mark revienne. Puis nous avons pris le thé dans des chopes bizarres à bande bleue et, ensuite, nous sommes allés nous promener. Plus tard nous avons dîné. Mark a préparé une salade.

– Et puis?

– Je suis rentrée chez moi. »

Isabelle était parfaitement calme maintenant. Cordélia continua consciente du va-et-vient, du son de voix dans l'escalier.

« Et la fois d'avant? Quand l'avez-vous vu avant cette thé-party?

– Quelques jours avant que Mark ne quitte l'université. Nous avons pris ma voiture et sommes partis piqueniquer au bord de la mer. Mais d'abord nous nous sommes arrêtés dans une ville – St. Edmunds, c'est ça? – où Mark est allé voir un médecin.

– Pourquoi? Était-il malade?

– Oh non, pas du tout! D'ailleurs il n'est pas resté assez longtemps dans cette maison pour – comment appelle-t-on ça? – une consultation. Il est ressorti au bout de quelques minutes. La maison avait l'air très pauvre. J'ai attendu Mark dehors, dans la voiture, mais un peu plus loin, vous comprenez.

– Vous a-t-il expliqué pourquoi il allait voir ce médecin?

– Non, mais je pense qu'il n'a pas obtenu ce qu'il voulait. Pendant un moment, il est resté triste et silencieux, puis nous sommes allés à la mer et il est redevenu heureux. »

Isabelle aussi paraissait heureuse maintenant. Elle sourit à Cordélia, de son doux sourire dénué de signification. Cordélia se dit : c'est seulement le cottage qui la terrifie. Elle veut bien parler de Mark vivant; c'est à sa mort qu'elle refuse de penser. Pourtant, cette répugnance n'était pas due au chagrin. Mark avait été son ami; il était adorable; elle l'aimait bien. Mais elle se passait parfaitement de lui.

Quelqu'un frappa à la porte. Cordélia fit un pas de côté. Hugo entra. Il regarda Isabelle, le sourcil levé, et, sans prêter la moindre attention à Cordélia, déclara :

« C'est ta soirée, ma petite. Tu descends?

– Cordélia voulait que je lui parle de Mark.

– Évidemment. Tu lui as dit, j'espère, que tu as passé une journée avec lui à la mer et un après-midi et une soirée à Summertrees et que tu ne l'as jamais revu depuis.

– C'est ce qu'elle m'a dit, en effet. Elle sait sa leçon sur le bout des doigts. Je crois que vous pouvez la laisser sortir seule maintenant.

– Vous ne devriez pas être sarcastique, Cordélia, réplique Hugo avec désinvolture. Cela ne vous va pas. Le sarcasme, c'est bon pour certaines femmes, mais pas pour celles qui ont votre genre de beauté. »

Ils descendaient l'escalier ensemble, plongeant dans le brouhaha de l'entrée. Le compliment irrita Cordélia.

« Je suppose que cette femme sur le lit est le chaperon d'Isabelle. Est-elle souvent ivre?

– Mlle de Congé? Presque jamais aussi ivre qu'aujourd'hui mais j'admets qu'elle est rarement tout à fait à jeun.

– Ne devriez-vous pas entreprendre quelque chose à ce sujet?

– Que voulez-vous que j'entreprenne? Que je la livre à l'Inquisition du XXe siècle – à un psychiatre comme mon père? Que nous a-t-elle fait pour mériter ça? D'ailleurs elle est affreusement consciencieuse dans les rares moments où elle n'a pas bu. Or il se trouve que son intempérance m'arrange. »

Cordélia prit un ton sévère :

« C'est peut-être pratique mais pas très responsable ni gentil de votre part. »

Hugo s'arrêta net et se tourna vers elle. Il la regarda dans les yeux en souriant.

« Oh, Cordélia! Vous parlez comme une enfant de parents progressistes élevée par une nurse non conformiste et éduquée dans un couvent. Je vous adore! »

Il continuait à sourire quand Cordélia le quitta subrepticement pour s'infiltrer dans la réception. Son diagnostic n'était pas tellement faux, se dit-elle.

Elle se servit un verre de vin, puis fit lentement le tour de la pièce en écoutant sans vergogne des bribes de conversation dans l'espoir d'entendre mentionner le nom de Mark. Elle ne l'entendit qu'une seule fois. Deux filles et un jeune homme très blond et plutôt insipide se tenaient derrière elle. Une des filles dit :

« Sophie Tilling semble s'être remise remarquablement vite du suicide de Mark Callender. Davie et elle sont allés au crématorium, le saviez-vous? C'est bien de Sophie d'emmener son amant du jour voir incinérer son prédécesseur. Elle doit y trouver quelque plaisir pervers. »

Sa compagne rit.

« Et le jeune frère a pris la relève de Mark auprès de sa petite amie. Quand on ne peut pas avoir à la fois la beauté, l'argent et l'intelligence, on se contente des deux premiers. Pauvre Hugo! Il souffre d'un complexe d'infériorité. Pas tout à fait assez beau, pas tout à fait assez intelligent – la mention " très bien " de Sophie doit l'avoir secoué – pas tout à fait assez riche. Pas étonnant qu'il soit obligé de compter sur son zizi pour se donner de l'assurance.

– Et même dans ce domaine, il n'est pas tout à fait à la hauteur...

– Tu es payée pour le savoir, n'est-ce pas, chérie? »

Les jeunes gens rirent et s'éloignèrent. Cordélia avait le visage en feu. Sa main tremblait tellement qu'elle en renversa presque son vin. Elle fut surprise de constater combien ces ragots la touchaient, combien elle s'était mise à aimer Sophie. Mais cela, bien sûr, faisait partie de la stratégie des Tilling : si nous ne pouvons pas l'obliger à abandonner l'enquête en lui faisant honte, séduisons-la; emmenons-la sur la rivière; soyons gentils avec elle; entraînons-la dans notre camp. Et, en effet, elle était de leur camp, du moins contre des détracteurs malveillants. Pour se consoler, elle pensa avec sévérité que ces jeunes gens étaient aussi rosses que les invités d'un cocktail de banlieue. Elle n'avait jamais de toute sa vie assisté à l'une de ces réunions banales, voire ennuyeuses, où l'on consommait des commérages, du gin et des canapés, mais comme son père, qui n'en avait assisté à aucune, lui non plus, elle croyait sans peine qu'elles étaient des foyers de snobisme, de mépris et d'allusions sexuelles.

Un corps chaud se colla contre elle. Se tournant, elle aperçut Davie. Il portait trois bouteilles de vin. De toute évidence, il avait entendu une partie au moins de la conversation, comme les filles avaient dû l'espérer, mais il souriait aimablement.

« C'est bizarre : toutes les femmes que Hugo a laissé tomber le haïssent. Pour Sophie, c'est tout le contraire. Ses ex-petits amis encombrent Norwich Street de leurs immondes bicyclettes et de leurs bagnoles de rebut. Je les trouve constamment dans le salon en train de boire ma bière et de confier à Sophie les épouvantables ennuis qu'ils ont avec leurs petites amies du moment.

– Cela vous ennuie?

– Non, du moins tant qu'ils se cantonnent dans le salon. Vous vous amusez?

– Pas tellement.

– Venez, je vais vous présenter à un ami. Il m'a demandé qui vous étiez.

– Non, merci Davie. Je dois me réserver pour Mr. Horsfall. Je ne veux pas le rater. »

Davie lui sourit, avec un peu de pitié à ce qui lui sembla, et parut sur le point de dire quelque chose. Mais il se ravisa et s'éloigna, les bouteilles pressées contre sa poitrine, poussant des cris d'avertissement joyeux pour se frayer un passage à travers la foule.

Se faufilant entre les invités, Cordélia refit le tour de la pièce, l'œil grand ouvert et l'oreille tendue. L'atmosphère franchement sexuelle de la réunion l'étonna : elle avait cru que les intellectuels étaient des gens trop éthérés pour s'intéresser beaucoup à la chair. De toute évidence, elle s'était trompée. En fait, les camarades, dont on aurait pu croire qu'ils vivaient dans la débauche, étaient remarquablement collet monté. Elle avait parfois senti qu'ils faisaient l'amour davantage par devoir que par instinct, que, pour eux, l'activité sexuelle était davantage une arme révolutionnaire, ou un geste contre les mœurs bourgeoises qu'ils méprisaient, que la satisfaction d'un besoin humain. Ils consacraient l'essentiel de leur énergie à la politique. On voyait clairement à quoi les personnes ici présentes consacraient la leur.

Elle s'était inutilement tracassée au sujet du succès de son caftan. Plusieurs hommes paraissaient disposés, ou même désireux, de se détacher de leurs partenaires pour le plaisir de venir lui parler. Avec l'un d'eux en particulier, un jeune historien, beau garçon, ironique et spirituel, Cordélia eut l'impression qu'elle aurait pu passer une bonne soirée. Monopoliser l'attention d'un homme agréable et ne pas être remarquée par les autres était tout ce qu'elle demandait à une réception de ce genre. Elle n'était pas d'un naturel grégaire. Séparée pendant les six dernières années de sa propre génération, elle se trouvait intimidée par le bruit, la cruauté sous-jacente et les usages, qu'elle ne comprenait pas entièrement, de ces accouplements tribaux. Et elle se dit avec fermeté qu'elle n'était pas là pour s'amuser aux frais de sir Ronald. Aucun de ses partenaires possibles ne connaissait Mark Callender ou ne s'y intéressait, mort ou vivant. Elle ne devait pas se laisser accaparer pour la soirée par des personnes qui n'avaient aucun renseignement à lui donner. Quand elle sentait venir ce danger, quand la conversation devenait trop intéressante, elle murmurait quelque excuse et s'éclipsait dans la salle de bains ou dans les ombres du jardin où de petits groupes, assis dans l'herbe, fumaient de la marijuana. Cordélia reconnaissait l'odeur évocatrice de la drogue. Comme les fumeurs ne manifestaient aucune envie de parler, elle trouvait là un peu de solitude et pouvait rassembler son courage pour interroger la prochaine personne avec une désinvolture étudiée et recevoir la prochaine inévitable réponse.

« Mark Callender? Désolé, je n'ai jamais fait sa connaissance. N'est-ce pas ce type qui a quitté l'université pour mener une vie simple et naturelle et qui a fini par se pendre? »

Une fois, elle se réfugia dans la chambre de Mlle de Congé, mais elle vit que la forme inerte avait été déposée sans cérémonie sur un matelas d'oreillers par terre et que le lit servait à tout autre chose.

Elle se demanda quand Edward Horsfall viendrait – s'il venait. Et, dans ce cas, si Hugo penserait à les présenter ou s'en donnerait la peine. Aucun des Tilling ne semblait se trouver dans la cohue de corps gesticulants qui avaient maintenant envahi le salon et débordé dans le vestibule, jusqu'à mi-hauteur de l'escalier. Cordélia commençait à se dire qu'elle était en train de perdre son temps, lorsque Hugo lui toucha le bras :

« Je vous présente Edward Horsfall. Edward, voici Cordélia Gray. Elle voudrait que vous lui parliez de Mark Callender. »

Edward Horsfall se révéla être une autre surprise. Inconsciemment, Cordélia avait imaginé un vieux professeur d'université que le poids de son savoir rendait un peu distrait, un mentor bienveillant, bien que détaché, de la jeunesse. Horsfall ne pouvait pas avoir plus de trente ans. Il était très grand; ses longs cheveux lui tombaient dans un œil, son corps maigre s'incurvait comme une écorce de melon, comparaison que renforçait le plissé jaune de son plastron porté sous un nœud papillon saillant.

Tout espoir à moitié admis, à moitié réprimé que Cordélia pouvait avoir nourri à son sujet – qu'il la trouverait immédiatement sympathique et lui consacrerait le temps qu'elle voudrait – s'évanouit très vite. Les yeux de Horsfall bougeaient sans cesse, guettant d'une façon obsessive la porte. Cordélia le soupçonna d'être seul à dessein et de se réserver soigneusement pour l'arrivée de la créature de ses rêves. Il était tellement agité qu'on avait du mal à ne pas se laisser contaminer par son anxiété.

« Je ne vous obligerai pas à rester toute la soirée avec moi, dit-elle. Je voulais simplement un renseignement. »

Au son de sa voix, Horsfall se rappela sa présence. Il essaya de se montrer poli.

« Cela ne serait certainement pas une punition. Excusez-moi. Que vouliez-vous savoir?

– Tout ce que vous pouvez me dire sur Mark. Vous lui enseigniez l'histoire, n'est-ce pas? Était-il un bon étudiant? »

Ce n'était pas une question très pertinente, mais elle avait l'impression que tout professeur réagirait à cette ouverture.

« Il me donnait plus de satisfaction que la plupart des étudiants dont je suis affligé. J'ignore pourquoi il avait choisi l'histoire. Il aurait très bien pu faire des sciences. Il s'intéressait beaucoup aux phénomènes physiques. Mais il avait décidé d'étudier l'histoire.

– Croyez-vous que c'était pour ennuyer son père?

– Ennuyer sir Ronald? » Horsfall se tourna et tendit le bras pour prendre une bouteille. « Que buvez-vous? Les réceptions d'Isabelle de Lasterie se distinguent par une chose : la boisson y est excellente, sans doute parce que c'est Hugo qui la commande. Elles manquent remarquablement de bière.

– Est-ce à dire que Hugo n'en boit pas?

– C'est ce qu'il prétend. De quoi parlions-nous? Ah

oui, si c'était pour ennuyer sir Ronald... Mark m'a dit qu'il avait choisi l'histoire parce qu'il nous est impossible de comprendre le présent sans comprendre le passé. C'est le genre de cliché exaspérant que les étudiants vous sortent aux entrevues, mais il y croyait peut-être. En fait, c'est l'inverse qui est vrai, bien sûr : nous interprétons le passé à la lumière du présent.

– Était-il doué? Je veux dire : aurait-il pu obtenir une mention " très bien "? »

Une mention, croyait naïvement Cordélia, était le summum du succès universitaire, un certificat d'intelligence supérieure avec lequel le récipiendaire traversait la vie, incontesté. Elle voulait qu'on lui assurât que Mark aurait eu une mention.

« Voilà deux questions bien distinctes. Vous semblez confondre mérite et réussite. Impossible de prédire quelle mention il aurait eu – probablement pas un " très bien ". Mark était capable d'un travail extraordinairement bon et original, mais il limitait sa documentation au nombre de ses idées originales. Le résultat obtenu tendait à être un peu mince. Les examinateurs aiment l'originalité, mais il faut d'abord régurgiter tous les faits admis et les opinions orthodoxes pour montrer qu'on les a appris. Le secret d'une mention " très bien " : une mémoire exceptionnelle et une écriture lisible. A propos, et vous, où êtes-vous? »

Horsfall remarqua le bref regard d'incompréhension de Cordélia.

« A quel collège?

– A aucun. Je travaille. Je suis détective privée. »

Le professeur accueillit cette information avec équanimité.

« Mon oncle a engagé un de ces types pour découvrir si ma tante se faisait sauter par leur dentiste. C'était le cas, mais il aurait tout aussi bien pu l'apprendre autrement : il n'avait qu'à le leur demander. Avec sa méthode, il a perdu simultanément les services d'une épouse et d'un dentiste et a payé une fortune pour un renseignement qu'il aurait pu avoir pour rien. Toute la famille en a été bouleversée à l'époque. J'aurais cru que ce métier... »

Cordélia termina la phrase pour lui :

« ... ne convenait pas à une femme.

– Pas du tout. Au contraire. Il nécessite, j'imagine, une curiosité infinie, d'innombrables efforts et une tendance à s'immiscer dans les affaires d'autrui. »

Son attention se remit à errer. Un groupe discutait à côté d'eux et des bribes de conversation leur parvenaient :

« ... un exemple de la pire espèce de littérature universitaire. Un total mépris de la logique; une bonne pincée de noms à la mode; une fausse profondeur et un style exécrable. »

Le professeur écouta ces commentaires pendant une seconde, puis jugeant ce bavardage scolaire indigne de son intérêt, condescendit à reporter son attention, mais non son regard, sur Cordélia.

« Pourquoi vous intéressez-vous tellement à Mark?

– Son père m'a engagée pour découvrir pourquoi il est mort. J'espérais que vous pourriez m'aider. Je veux dire : vous a-t-il jamais laissé entendre qu'il était malheureux, malheureux au point de se supprimer? Vous a-t-il expliqué pourquoi il abandonnait ses études?

– Non, il ne s'est jamais confié à moi. Il est venu me dire poliment au revoir, m'a remercié pour ce qu'il a appelé mon " aide ", puis il est parti. J'ai proféré les phrases habituelles de regret. Nous nous sommes serré la main. J'étais embarrassé, mais Mark ne l'était pas. Ce n'était pas un garçon sujet à l'embarras, je crois. »

Un léger tumulte se produisit à la porte : un groupe de nouveaux invités s'inséra bruyamment dans la foule. Parmi eux, il y avait une grande fille brune. Elle portait une robe rouge ouverte presque jusqu'à la taille. Cordélia sentit le professeur se raidir, vit ses yeux se fixer sur l'inconnue avec une expression intense, mi-anxieuse, mi-suppliante, qu'elle connaissait. Le découragement s'empara d'elle. Si elle obtenait d'autres renseignements maintenant, elle aurait de la chance. Essayant désespérément de reconquérir l'attention de Horsfall, elle dit :

« Je ne suis pas sûre que Mark se soit tué. A mon avis, il aurait pu être assassiné. »

Le professeur répondit distraitement, le regard tourné vers les nouveaux venus :

« Ça me paraît improbable. Par qui? Pour quelle raison? Il avait peu de personnalité. Il n'a jamais éveillé la moindre antipathie en quelqu'un, sauf, peut-être, en son père. Mais Ronald Callender ne pouvait pas être le coupable, si c'est cela que vous espérez. La nuit de la mort de Mark, il dînait au réfectoire, à la table des professeurs. C'était la fête du collège. J'étais assis à côté de lui. Son fils lui a téléphoné. »

Le tirant presque par la manche, Cordélia demanda vivement :

« A quelle heure?

– Peu après le début du repas, je crois. Benskin – c'est l'un des domestiques – est entré et lui a transmis le message. Il devait être entre huit heures et huit heures quinze. Callender a disparu pendant dix minutes, puis il est revenu et a continué à manger son potage. Nous autres, nous en étions déjà au second plat.

– Vous a-t-il dit ce que Mark voulait? Paraissait-il troublé?

– Ni l'un ni l'autre. Nous avons à peine parlé pendant ce dîner. Sir Ronald ne gaspille pas son éloquence pour des non-scientifiques. Excusez-moi, voulez-vous? »

Horsfall était parti. Se faufilant à travers la foule, il fonçait vers sa proie. Cordélia posa son verre et se mit à la recherche de Hugo.

« Je voudrais parler à Benskin, un domestique de votre collège. Croyez-vous qu'il soit là ce soir? »

Hugo posa la bouteille qu'il tenait à la main.

« C'est possible. Benskin est l'un des rares employés qui habite sur place. Mais je doute que vous réussissiez à le faire sortir de sa tanière toute seule. Si c'est urgent, il vaudrait mieux que je vous accompagne. »

Le concierge du collège vérifia, non sans curiosité, si Benskin était là et Benskin fut convoqué. Il arriva au bout de cinq minutes pendant lesquelles Hugo bavarda avec le concierge pendant que Cordélia sortait de la loge et s'amusait à lire les avis sur le panneau d'affichage. Benskin arriva, imperturbable, sans se presser. C'était un vieil homme aux cheveux argentés. Sa figure, à la peau épaisse et ridée, ressemblait à une orange sanguine anémique. Sans son expression lugubrement méprisante et rusée, il avait tout l'air d'une publicité pour le parfait majordome.

Cordélia lui montra la lettre d'autorisation de sir Ronald et se lança aussitôt dans son interrogatoire. Biaiser ne la mènerait à rien et comme elle avait fait appel à Hugo, elle avait peu d'espoir de se débarrasser de lui.

« Sir Ronald m'a demandé d'enquêter sur les circonstances de la mort de son fils.

– C'est ce que j'ai cru comprendre, miss.

– On m'a dit que Mr. Mark Callender avait téléphoné à son père alors que sir Ronald était en train de dîner à la table des professeurs et que vous avez transmis le message à sir Ronald peu après le début du repas?

– J'ai eu l'impression, à ce moment-là, que c'était Mr. Callender qui appelait, mais je me trompais.

– Comment le savez-vous?

– C'est sir Ronald lui-même qui me l'a dit quand je l'ai vu quelques jours après la mort de son fils. Comme je connais sir Ronald depuis qu'il était étudiant ici, j'ai pris la liberté de lui exprimer mes condoléances. Durant notre brève conversation, j'ai fait allusion au coup de téléphone du 26 mai et sir Ronald m'a répondu que je me trompais, que ce n'était pas Mr. Callender qui avait appelé.

– Vous a-t-il dit qui c'était?

– Sir Ronald m'a informé que c'était son laborantin, Mr. Chris Lunn.

– Cela vous a-t-il surpris – d'avoir fait une erreur, je veux dire?

– J'avoue que j'ai été un peu surpris, miss, mais mon erreur était peut-être excusable. La référence que j'ai sentie par la suite à l'incident était tout à fait fortuite et, dans les circonstances, regrettable.

– Croyez-vous vraiment avoir mal entendu le nom? »

La vieille figure obstinée refusa de se détendre.

« Sir Ronald ne peut pas avoir le moindre doute quant à l'identité de la personne qui l'appelait.

– Mr. Callender avait-il l'habitude d'appeler son père quand celui-ci dînait au collège?

– C'était la première fois que je prenais un appel de lui, mais il est vrai que répondre au téléphone ne fait pas partie de mes tâches coutumières. Certains d'entre mes collègues pourraient peut-être vous renseigner à ce sujet, mais je doute qu'une enquête de ce genre soit très fructueuse ou que sir Ronald serait content d'apprendre qu'on a interrogé les domestiques du collège.

– Toute enquête pouvant contribuer à établir la vérité a des chances de contenter sir Ronald », répliqua Cordélia.

Zut! se dit-elle, le style de Benskin est contagieux. Avec plus de naturel, elle ajouta :

« Sir Ronald tient énormément à connaître le plus de détails possible sur la mort de son fils. Voyez-vous autre chose à me dire, autre chose qui pourrait m'aider, Mr. Benskin? »

Cette question ressemblait dangereusement à une supplication. Elle resta sans écho.

« Non, rien d'autre, miss. Mr. Callender était un jeune homme calme et agréable qui, pour autant que j'aie pu en juger, semblait joyeux et en bonne santé jusqu'à son départ du collège. Sa mort nous a beaucoup affectés, ici. Est-ce tout, miss? »

Benskin attendait patiemment d'être congédié et Cordélia le laissa partir. Alors que Hugo et elle quittaient le collège et remontaient à pied la Trumpington Street, elle dit avec amertume :

« Il s'en fout totalement, n'est-ce pas?

– C'est compréhensible. Benskin est un vieux comédien, mais il est dans la même barque depuis soixante-dix ans. De quoi être blasé. Une seule fois je l'ai vu touché par un suicide : celui du fils d'un duc. Il trouvait qu'il y avait tout de même certaines choses que le collège avait le devoir de prévenir.

– Mais il ne s'était pas trompé au sujet du coup de fil de Mark. On le voyait à son attitude; du moins, moi je le voyais. Il sait fort bien ce qu'il a entendu. Il ne l'admettra jamais, bien sûr, mais en son for intérieur, il sait qu'il ne s'est pas trompé.

– Il posait au vieux domestique de collège très correct, très comme il faut, répondit Hugo d'un ton léger. Du Benskin tout craché. " Les jeunes gens d'aujourd'hui ne sont plus ce qu'ils étaient lors de mon arrivée au collège. " Dieu merci! Ils portaient des favoris et les aristocrates arboraient des tenues excentriques pour se distinguer du populo. Benskin rétablirait tout ça s'il le pouvait. Lui-même est un anachronisme.

– Mais il n'est pas sourd. J'ai parlé exprès à voix basse et il m'a parfaitement entendue. Vous croyez vraiment qu'il s'est trompé?

– Chris Lunn et *his son* * sont des sons très similaires.

– Mais Lunn ne se présente jamais de cette façon. Pendant les quelques heures que j'ai passées avec eux, sir Ronald et miss Leaming l'appelaient simplement Lunn.

– Écoutez, Cordélia, vous n'allez tout de même pas soupçonner Ronald Callender d'être mêlé à la mort de son fils! Soyez logique. Vous admettez, je suppose, qu'un assassin rationnel espère ne pas être découvert. Vous admettez sûrement que Ronald Callender, bien qu'il soit un détestable salaud, est un être rationnel. Mark est mort et son corps inciné. Personne à part vous n'a parlé de meurtre. Puis sir Ronald vous charge de remuer toute cette affaire. Pourquoi le ferait-il s'il avait quelque chose à

* *His son* : son fils. (*N.d.T.*)

cacher? Il n'a pas besoin de détourner les soupçons : il n'y a pas de soupçons.

– Je ne le soupçonne pas d'avoir tué son fils, naturellement. Il ignore comment Mark est mort et cherche désespérément à le savoir. C'est pour cela qu'il m'a engagée. Je l'ai senti durant l'entrevue, je ne peux pas me tromper là-dessus. Mais je ne comprends pas pourquoi il a menti au sujet du coup de téléphone.

– S'il ment, cela peut être pour une demi-douzaine d'innocentes raisons. Si Mark a vraiment appelé le collège, ça devait être pour un motif vraiment urgent, un motif que son père ne voulait peut-être pas rendre public, un motif qui pouvait éclairer son suicide.

– Si sir Callender savait tout, alors pourquoi m'aurait-il engagée?

– Très juste, sage Cordélia. Je vais essayer de trouver une autre explication. Mark lui a demandé de l'aide, lui a demandé de passer immédiatement et papa a refusé. Vous pouvez imaginer sa réaction : " Ne sois pas ridicule, Mark. Je dîne à la table des professeurs avec le directeur. Tu comprends bien que je ne peux pas abandonner mes côtelettes et mon bordeaux simplement parce que tu as une crise de nerfs et que tu veux me voir. Ressaisis-toi, mon garçon! " Ce genre de réaction ferait plutôt mauvais effet dans une salle d'audience; les coroners sont très sévères, c'est bien connu. (Hugo imita une voix grave de magistrat :) *Je ne voudrais pas ajouter à la détresse de sir Ronald, mais on peut toutefois regretter qu'il ait choisi de rester sourd à ce coup de téléphone qui était manifestement un appel au secours. Eût-il aussitôt quitté la table et se fût-il rendu auprès de son fils, ce brillant jeune étudiant eût peut-être été sauvé.* J'ai remarqué que les suicidés de Cambridge étaient toujours " brillants "; j'attends encore le compte rendu d'une enquête où la direction du collège certifie que l'étudiant s'est tué juste à temps avant d'être foutu à la porte.

– Mais Mark est mort entre sept et neuf heures du soir. Ce coup de fil est l'alibi de sir Ronald!

– Il ne verrait pas les choses de cette façon. Il n'a pas besoin d'alibi. Quand on sait qu'on n'est pas impliqué et que la question du meurtre ne se pose jamais, on ne pense pas en termes d'alibi. Seuls les coupables le font.

– Mais comment Mark savait-il où trouver son père? Dans sa déposition, sir Ronald a déclaré qu'il n'avait pas parlé à son fils depuis plus de quinze jours.

– C'est vrai. Demandez-le à miss Leaming. Ou, mieux encore, demandez à Lunn si c'est vraiment lui qui a téléphoné au collège. Si vous cherchez un scélérat, Lunn conviendrait admirablement pour ce rôle. Je trouve ce type absolument sinistre.

– J'ignorais que vous le connaissiez.

– Oh, il est assez connu à Cambridge. Il conduit cette horrible fourgonnette avec une féroce détermination, comme s'il emmenait des étudiants récalcitrants dans une chambre à gaz. Tout le monde connaît Lunn. Il ne sourit que rarement et encore, quand cela lui arrive, on dirait qu'il se moque de lui, qu'il se méprise pour une pareille faiblesse. A votre place, je le prendrais dans mon collimateur. »

Ils marchèrent en silence dans la nuit chaude et embaumée; les ruisseaux chantaient dans la Trumpington Street. Des lumières brillaient maintenant aux portes des collèges et dans les loges des concierges; au-delà, les jardins et les cours communicantes paraissaient soudain très lointains, aériens comme dans un rêve. Cordélia se sentit brusquement accablée par un sentiment de solitude et de mélancolie. Si Bernie avait été vivant, elle et lui auraient discuté de cette affaire confortablement installés dans le coin le plus reculé de quelque pub de Cambridge, protégés de la curiosité de leurs voisins par le bruit, la fumée et l'anonymat. Parlant à voix basse dans leur jargon particulier, ils auraient émis des hypothèses sur la personnalité d'un jeune homme qui dormait sous un tableau intellectuel plein de douceur et qui pourtant avait acheté un magazine porno vulgaire. Ou bien n'était-ce pas lui? Et dans ce cas, comment la photo avait-elle atterri dans le jardin du cottage? Ils analyseraient le cas d'un père qui mentait au sujet du dernier appel téléphonique de son fils. Dans une agréable complicité, ils s'interrogeraient au sujet d'une fourche non nettoyée, d'un morceau de plate-bande à moitié retourné, d'une chope à café non lavée, d'une citation de Blake soigneusement dactylographiée. Ils parleraient d'Isabelle, qui était terrifiée, de Sophie, qui disait sûrement la vérité, de Hugo, qui savait certainement quelque chose sur la mort de Mark et qui était malin, mais pas tout à fait autant qu'il aurait eu besoin de l'être. Pour la première fois depuis le début de son enquête, Cordélia se demanda si elle serait capable de résoudre l'énigme toute seule. Si seulement il y avait quelqu'un auquel elle pouvait se confier, quelqu'un qui pourrait lui redonner confiance. Elle repensa à Sophie, mais la jeune fille avait été la maîtresse de Mark et était la sœur de Hugo. Son frère et elle étaient impliqués tous deux. Cordélia était seule, comme elle l'avait presque toujours été, en fait. Paradoxalement, cette idée la réconforta.

Ils s'arrêtèrent au coin de Panton Street.

« Vous retournez à la réception? lui demanda Hugo.

– Non, merci Hugo. J'ai des choses à faire.

– Logez-vous à Cambridge? »

Cordélia se demanda si c'était uniquement par politesse qu'il posait cette question. Soudain sur ses gardes, elle répondit :

« Seulement pour un jour ou deux. J'ai trouvé une chambre avec petit déjeuner, tout ce qu'il y a de plus ordinaire, mais bon marché, près de la gare. »

Hugo accepta ce mensonge sans commentaire et ils se souhaitèrent bonne nuit. Cordélia regagna Norwich Street. Sa petite voiture stationnait toujours devant le 57, mais la maison était sombre et tranquille, comme pour souligner qu'elle en était exclue, ses trois fenêtres aussi vides que des yeux morts et hostiles.

Une fois qu'elle eut garé sa voiture à la lisière du

bosquet et regagné le cottage, elle se sentit très fatiguée. La petite porte du jardin grinça sous sa main. Il faisait sombre. A tâtons, elle chercha sa lampe de poche dans son sac et suivit son rond lumineux autour du coin de la maison, vers la porte de derrière. A sa lueur, elle introduisit la clé dans la serrure. Elle la tourna et, ivre de fatigue, pénétra dans le salon. La lampe de poche toujours allumée se balançait au bout de son bras, produisant des dessins irréguliers de lumière sur le dallage. En un mouvement involontaire, Cordélia la leva brusquement, éclairant en plein la chose qui pendait du crochet central, au plafond. Elle poussa un cri et agrippa la table. C'était le traversin du lit, le traversin avec une corde nouée serrée à l'un des bouts, formant une grotesque tête bulbeuse, l'autre bout étant fourré dans un pantalon de Mark. Les jambes pendaient d'une façon pathétique, plates et vides, l'une plus basse que l'autre. Alors qu'elle regardait avec une fascination horrifiée, le cœur battant à tout rompre, une légère brise entra par la porte ouverte. Le traversin se mit à tourner lentement, comme mu par une main humaine.

Elle ne devait être restée là, pétrifiée de peur, les yeux écarquillés, que quelques secondes, pourtant elle eut l'impression que plusieurs minutes s'était écoulées avant qu'elle ne trouvât la force de tirer une chaise de dessous la table et de décrocher le « pendu ». Même dans ce moment de répulsion et de terreur, elle pensa à examiner le nœud. La corde était attachée au crochet par une simple boucle et deux demi-clés. Son visiteur secret avait donc décidé de ne pas réutiliser la même méthode ou bien ignorait comment le premier nœud avait été fait. Elle posa le traversin sur la chaise et partit chercher son revolver. Dans sa fatigue, elle l'avait oublié, mais maintenant elle désirait ardemment sentir le contact froid et rassurant du métal dans sa main. Elle s'immobilisa sur le seuil et tendit l'oreille. Le jardin semblait soudain rempli de bruits : froissements mystérieux, feuilles remuant dans la brise avec un son de soupirs humains, mouvements furtifs dans les buissons, petits cris aigus, pareils à ceux d'une chauve-souris, d'un animal étrangement proche. Alors qu'elle se glissait vers le sureau, la nuit parut retenir son souffle. Elle attendit, écoutant battre son cœur, avant de trouver le courage de tourner le dos et de lever le bras pour chercher l'arme. Celle-ci était toujours là. Cordélia poussa un gros soupir de soulagement; elle se sentit tout de suite mieux. Le pistolet n'était pas chargé, mais elle n'en avait cure. Calmée, elle regagna en hâte le cottage.

Entre ce moment et celui où elle se coucha, il s'écoula presque une heure. Elle alluma la lampe et, l'arme au poing, inspecta toute la maison. Tout d'abord, elle examina la fenêtre. L'intrus était passé par là. Dépourvue de loqueteau, la fenêtre était facile à ouvrir de l'extérieur. Cordélia alla prendre un rouleau de scotch dans sa trousse de détective et, comme le lui avait enseigné Bernie, en coupa deux bandes étroites qu'elle colla en travers du bord inférieur de la vitre et du cadre en bois. Les fenêtres de devant étaient sans doute impossibles à ouvrir, mais, pour plus de sûreté, Cordélia les scella de la même façon. Cela n'empêcherait pas un individu d'entrer, mais au moins saurait-elle le lendemain qu'il y était parvenu. Finalement, après s'être lavée dans la cuisine, elle monta dans la chambre. Il n'y avait pas de verrou sur sa porte. Cordélia l'entrebâilla, la bloqua avec un bout de bois et mit un couvercle de casserole en équilibre sur le haut du chambranle. Ainsi ne la prendrait-on pas par surprise. Se rappelant qu'elle avait affaire à un tueur, elle chargea le revolver et le plaça sur la table de chevet. Elle examina la corde. C'était un bout d'un mètre vingt environ de grosse ficelle ordinaire, manifestement usagée et effilochée. L'impossibilité de l'identifier fit soupirer Cordélia. Mais elle l'étiqueta soigneusement, comme Bernie le lui avait montré, et la rangea dans son nécessaire. Elle procéda de la même façon pour la courroie et l'extrait dactylographié de Blake, les transférant de son sac bandoulière dans des sachets en plastique. Elle était si lasse que même ce travail de routine lui demanda un effort de volonté. Puis elle remit le traversin sur le lit, résistant à l'impulsion de le jeter par terre et de dormir sans lui. Mais elle en était arrivée au point où ni peur ni inconfort n'aurait pu la tenir éveillée. Elle resta allongée un court instant à écouter le tic-tac de sa montre, puis l'épuisement eut raison d'elle et l'emporta, soumise, dans les profondeurs sombres du sommeil.

4.

Le lendemain, Cordélia fut réveillée de bonne heure par le piaillement discordant des oiseaux et par la vive et claire lumière d'une autre belle journée. Elle resta couchée plusieurs minutes, s'étirant dans son sac de couchage, savourant le parfum d'une matinée à la campagne, cette subtile et évocatrice combinaison de terre, d'herbe mouillée et d'odeur plus prononcée de ferme. Elle se lava dans la cuisine comme, de toute évidence, Mark l'avait fait. Debout dans le tub de la remise, le souffle coupé, elle renversa des casseroles d'eau froide sur son corps nu. La vie simple et naturelle semblait inciter à ce genre d'austérité. A Londres, se dit Cordélia, jamais, en n'importe quelles circonstances, elle n'aurait accepté de se baigner dans de l'eau froide ou aurait tant apprécié l'odeur du réchaud à pétrole, perçue en même temps que le grésillement appétissant du bacon, ou l'arôme de sa première et forte chope de thé.

Le cottage était rempli de lumière, un sanctuaire accueillant d'où elle pouvait tranquillement partir à la rencontre de ce que la journée lui réservait. Dans la paix de ce matin d'été, le petit salon semblait ne pas avoir été touché par la tragédie de la mort de Mark Callender. Le crochet au plafond paraissait aussi innocent que s'il n'avait jamais rempli son terrible office. L'affreux moment où sa lampe de poche avait illuminé l'ombre noire et gonflée du traversin bougeant dans la brise nocturne lui semblait maintenant aussi irréel qu'un rêve. A la lumière sans ambiguïté du jour, même le souvenir des précautions qu'elle avait prises la veille l'embarrassa. Pas très fière d'elle, elle déchargea le revolver, dissimula les munitions dans son linge et cacha l'arme dans le sureau, regardant soigneusement autour d'elle pour voir si quelqu'un l'observait. Après avoir fait la vaisselle, lavé et mis à sécher l'unique torchon, elle cueillit un petit bouquet de pensées, de primevères et de reines-des-prés tout au bout du jardin et les posa sur la table dans une des chopes cannelées.

Sa première tâche, avait-elle décidé, était de retrouver Mrs. Pilbeam, la nourrice. Même si cette femme ne savait rien sur la mort de Mark ou sur ses raisons de quitter l'université, elle pourrait lui parler de son enfance et de son adolescence; elle connaissait sans doute mieux que quiconque la nature profonde du garçon. Elle l'avait suffisamment aimé pour assister à ses obsèques et envoyer une coûteuse couronne. Elle lui avait rendu visite au collège le jour de son vingt-et-unième anniversaire. Il était peut-être resté en rapport avec elle, s'était peut-être même confié à elle. La nourrice avait peut-être, dans une certaine mesure, joué auprès de lui le rôle de la mère qu'il avait perdue.

Pendant qu'elle roulait vers Cambridge, Cordélia réfléchit à la tactique à employer. Mrs. Pilbeam devait habiter quelque part dans la région. Il était peu probable qu'elle habitât dans la ville puisque Hugo Tilling ne l'avait vue qu'une seule fois. D'après la brève description que le jeune homme en avait donné, elle devait être vieille et vraisemblablement pauvre. Il était peu probable, par conséquent, qu'elle eût entrepris un long voyage pour assister à l'enterrement. Il était clair qu'elle n'avait pas compté au nombre des parents et amis officiels de Garforth House, qu'elle n'avait pas été invitée par sir Ronald. Selon Hugo, les assistants n'avaient pas échangé une seule parole. Cela ne collait pas avec l'image de la vieille et fidèle servante, presque un membre de la famille. Le peu de cas que sir Ronald avait fait d'elle en de pareilles circonstances intriguait Cordélia. Elle se demanda quelle position au juste Mrs. Pilbeam avait occupé dans la famille.

Si la vieille dame vivait près de Cambridge, elle avait probablement commandé la couronne à l'un des fleuristes de la ville. On ne trouvait guère ce genre de commerce dans les villages. Il s'était agi d'une couronne voyante, ce qui semblait indiquer que, prête à dépenser sans compter, Mrs. Pilbeam s'était rendue chez l'un des fleuristes les plus importants. Elle avait sans doute passé sa commande en personne. Les dames d'un certain âge, mis à part le fait qu'elles ont rarement le téléphone, aiment s'occuper directement de ces affaires, suspectant – à raison, se dit Cordélia – que seul un face à face et un exposé méticuleux de leurs désirs peuvent tirer des gens leur meilleur service. Si Mrs. Pilbeam était venue de son village par le train ou par le bus, elle avait probablement choisi un magasin près du centre de la ville. Cordélia décida de commencer ses recherches en demandant aux passants s'ils pouvaient lui recommander un bon fleuriste.

Elle avait déjà appris que Cambridge n'était pas une ville où l'on pouvait se promener en voiture. Après s'être arrêtée au bord du trottoir, et avoir consulté la carte pliante à l'arrière de son guide, elle décida de garer la mini dans le parking près de Parker's Piece. Ses recherches prendraient du temps; il valait donc mieux qu'elle les fît à pied. Elle ne pouvait pas courir le risque d'attraper une contravention ou de se faire faucher sa voiture par la fourrière. Elle regarda sa montre. Il n'était que neuf heures et quelques minutes. Elle avait commencé tôt ce matin.

La première heure fut décevante. Les personnes qu'elle interrogea ne demandèrent pas mieux que de l'aider, mais leurs conceptions d'« un fleuriste sérieux au centre de la ville » se révélèrent être assez curieuses. On envoya Cordélia chez de petits marchands de légumes qui vendaient accessoirement quelques bouquets de fleurs coupées, dans un magasin d'outils de jardinage qui faisait le commerce de plantes, mais non de couronnes, et une fois chez un entrepreneur de pompes funèbres. Les deux fleuristes qui, à première vue, pouvaient être pris en considération, n'avaient jamais entendu parler de Mrs. Pilbeam et n'avait pas fourni de couronne pour l'enterrement de Mark Callender. Un peu fatiguée d'avoir tant marché et commençant à se sentir découragée, Cordélia se dit que toute sa quête avait été follement optimiste. Mrs. Pilbeam était probablement venue de Bury St. Edmunds ou de Newmarket et avait acheté la couronne dans sa propre ville.

Mais la visite aux pompes funèbres ne fut pas inutile. En réponse à la question de Cordélia, les employés lui recommandèrent une maison qui « confectionnait de très jolies couronnes, miss, vraiment très jolies ». Le magasin était plus éloigné du centre que Cordélia ne l'avait pensé. Dès le trottoir, cela sentait le mariage ou l'enterrement – selon ce que vous dictait votre humeur du moment. Quand elle poussa la porte, une bouffée d'air chaud extrêmement âcre vint à sa rencontre. Il y avait des fleurs partout. De grands seaux verts alignés contre les murs contenaient des lys, des iris et des lupins; des récipients plus petits étaient bourrés de giroflées et de soucis; il y avait des bottes d'aspect glacial de roses en boutons sur des tiges sans épines : toutes de même taille et de même couleur, elles avaient l'air d'avoir été cultivées en éprouvette. Pareils à une garde d'honneur florale, des pots de plantes d'intérieur décorés de rubans bigarrés bordaient le passage qui menait au comptoir.

Deux employées travaillaient dans l'arrière-boutique. Cordélia les observa par la porte ouverte. La plus jeune, une blonde languide à la peau boutonneuse – de toute évidence une assistante – triait des roses et des freesias, victimes prédestinées, selon le type et la couleur. Sa collègue, dont la position supérieure se traduisait par une blouse blanche mieux taillée et un air d'autorité, coupait les fleurs en les tordant, perçait chacune d'un fil de fer et les fixait sur une énorme couche de mousse en forme de cœur. A la vue de cette horreur, Cordélia détourna les yeux.

Une femme aux formes plantureuses vêtue d'une robe rose sembla soudain se matérialiser derrière le comptoir. Elle exhalait un parfum aussi puissant et âcre que celui du magasin, mais apparemment persuadée qu'aucune essence florale ne pouvait rivaliser, elle avait choisi de faire appel à l'exotisme. Elle sentait si fort le curry et le pin qu'on en était presque anesthésié.

Cordélia débita les phrases qu'elle avait préparées :

« Je viens de la part de sir Ronald Callender de Garforth House. Peut-être aurez-vous l'obligeance de nous donner un renseignement? Son fils a été incinéré le 3 juin et sa vieille nourrice a eu la gentillesse d'envoyer une couronne : une croix de roses rouges. Sir Ronald aimerait lui écrire, mais il a perdu son adresse. Elle s'appelle Pilbeam.

– Oh, je ne crois pas que nous ayons exécuté une commande de ce genre le 3 juin.

– Si vous vouliez être assez aimable pour consulter votre livre... »

Soudain la jeune blonde leva les yeux de son travail.

« C'est Goddard.

– Vous dites, Shirley? fit la grosse femme d'un ton sévère.

– Elle s'appelle Goddard. La carte sur la couronne était signée " Nounou Pilbeam ", mais la cliente s'appelait Mrs. Goddard. Une autre dame est venue se renseigner de la part de sir Ronald Callender et c'est le nom qu'elle a indiqué. J'ai recherché la commande pour elle. Mrs. Goddard, Lavender Cottage, Ickleton. Une croix d'un mètre vingt de long en roses rouges. Six livres. C'est marqué dans le registre.

– Merci infiniment », dit Cordélia avec ferveur.

Impartiale, elle adressa un sourire reconnaissant aux trois femmes et se hâta de sortir, de crainte d'être entraînée dans une discussion au sujet de l'autre envoyée de Garforth House. Cela avait dû paraître bizarre, bien sûr, mais les trois femmes prendraient sûrement grand plaisir à débattre de ce mystère aussitôt après son départ. Lavender Cottage, Ickleton. Cordélia se répéta l'adresse jusqu'à ce qu'elle fût à bonne distance du fleuriste et pût s'arrêter pour la noter.

Alors qu'elle regagnait le parking en vitesse, sa fatigue sembla disparaître comme par enchantement. Elle consulta sa carte. Ickleton était un village situé à la limite de l'Essex, à une quinzaine de kilomètres de Cambridge. Ce n'était pas loin de Duxford. Elle rebroussait donc chemin. Elle pourrait y être en moins d'une demi-heure.

Mais elle mit plus de temps que prévu pour se faufiler à travers la circulation de Cambridge et ce ne fut que trente-cinq minutes plus tard qu'elle atteignit la jolie église en silex et galets, pourvue d'une flèche, d'Ickleton. Elle gara la mini tout près du porche. Elle eut envie de visiter l'intérieur, mais résista à la tentation. A l'heure qu'il était, Mrs. Goddard s'apprêtait peut-être à prendre un bus pour Cambridge. Cordélia partit à la recherche de Lavender Cottage.

Il ne s'agissait pas, en fait, d'un cottage, mais d'une affreuse petite maison jumelée en brique rouge, au bout de la rue principale. Entre la porte d'entrée et la route, il n'y avait qu'une étroite bande d'herbe et pas la moindre odeur ni trace de lavande. Le heurtoir de fer, une tête de lion, retomba lourdement, ébranlant la porte. La réponse vint, non pas de Lavender Cottage, mais du logement voisin. Une femme âgée apparut. Maigre, édentée, elle était enveloppée dans un immense tablier à motifs de roses. Elle était chaussée de pantoufles et coiffée d'une bonnet de laine orné d'un pompon. Elle avait l'air de s'intéresser vivement au monde en général.

« Vous voulez voir Mrs. Goddard, sans doute?

– Oui. Pourriez-vous me dire où je peux la trouver?

– Elle est sûrement au cimetière. C'est là qu'elle va habituellement le matin, par beau temps.

– J'arrive de l'église. Je n'y ai vu personne.

– Doux Jésus! mais elle n'est pas à l'église! On ne nous y enterre plus depuis belle lurette. Quand son heure sonnera, on la mettra avec son défunt mari au cimetière de Hinxton Road. Vous ne pouvez pas le manquer. C'est tout droit.

– Il faut que je retourne à l'église chercher ma voiture », répondit Cordélia.

Il était clair qu'on allait la suivre du regard et il semblait nécessaire d'expliquer pourquoi elle partait dans la direction opposée à celle qu'on lui avait indiquée. La vieille femme sourit et alla s'accouder à la porte de son jardin pour mieux voir Cordélia descendre la rue. Elle hochait la tête comme une marionnette, faisant danser au soleil son pompon de couleur vive.

Cordélia trouva le cimetière sans difficulté. Elle gara la mini sur un carré d'herbe où un poteau indicateur désignait un sentier pour Duxford, puis, à pied, retourna de quelques mètres en arrière, vers la grille de fer. A l'intérieur se dressait une petite chapelle en silex, pourvue d'une abside à l'est. A côté, se trouvait un vieux banc de bois verdi par des lichens et tacheté d'excréments d'oiseaux d'où l'on apercevait la totalité du cimetière. Une large bande de gazon le traversait en son milieu; de part et d'autre s'alignaient les tombes marquées diversement de croix de marbre blanc, de pierres tombales grises, de petits cercles de fer rouillé qui s'inclinaient vers l'allée ou d'un patchwork éclatant de fleurs posées sur la terre fraîchement retournée. C'était un endroit très paisible. Les feuilles des arbres qui entouraient le terrain bougeaient à peine dans l'air chaud et tranquille. On n'entendait aucun bruit, à part le chant des grillons dans l'herbe et, de temps à autre, la sonnerie d'un passage à niveau proche et le decrescendo de la sirène d'une locomotive diesel.

Il n'y avait qu'une seule autre personne dans le cimetière : une vieille femme penchée au-dessus de l'une des tombes, tout au bout. Cordélia s'assit sur le banc, les mains croisées sur les genoux, avant de descendre le sentier herbeux dans sa direction. Elle savait avec certitude que cet entretien serait décisif, pourtant, d'une manière paradoxale, elle n'était pas pressée de le commencer. Elle approcha de l'inconnue et s'arrêta, sans que celle-ci remarquât tout de suite sa présence, au pied de la tombe.

C'était une petite femme vêtue de noir dont le chapeau de paille démodé, au bord garni d'un tulle fané, était vissé sur sa chevelure par une immense épingle à tête noire. Agenouillée le dos tourné à Cordélia, elle montrait les semelles de ses chaussures déformées; ses maigres jambes en sortaient comme deux bâtons. Elle désherbait la tombe. Dardant ses doigts comme des langues de serpent, elle tirait sur de minuscules mauvaises herbes à peine visibles. Près d'elle, il y avait un panier contenant un journal plié et un déplantoir. De temps à autre, elle y jetait sa moisson.

Au bout de quelques minutes, pendant lesquelles Cordélia l'observa en silence, la femme s'arrêta et se mit à lisser la surface du gazon comme si elle réconfortait les os enterrés dessous. Cordélia lut l'inscription profondément gravée dans la pierre : « A la mémoire de Charles Albert Goddard, époux bien-aimé d'Annie, qui quitta ce monde le 27 août 1962 à l'âge de soixante-dix ans. Qu'il repose en paix. » Qu'il repose en paix : l'épitaphe la plus répandue d'une génération à laquelle le repos devait avoir semblé le luxe ultime, le suprême bonheur.

La femme s'assit une seconde sur ses talons et contempla la tombe avec satisfaction. C'est alors qu'elle remarqua Cordélia. Elle tourna vers elle un visage éveillé et très ridé. Sans paraître surprise ni fâchée par sa présence, elle dit :

« C'est une belle pierre, n'est-ce pas?

– Oui. J'en admirais justement les caractères.

– Ils sont gravés profond. Cela m'a coûté les yeux de la tête, mais ç'en vaut la peine. Ils tiendront, voyez-vous. La moitié des inscriptions, ici, s'effacent parce qu'elles sont trop superficielles. Ça vous enlève tout l'attrait d'un cimetière. Moi j'aime lire ce qu'il y a écrit sur les pierres, j'aime savoir qui étaient ces gens, quand est-ce qu'ils sont morts et combien de temps les femmes ont survécu à leurs maris. Alors je me demande comment elles se sont débrouillées et si elles se sont senties très seules. A quoi sert une pierre tombale si vous ne pouvez pas lire l'inscription? Bien sûr, celle-ci paraît mal proportionnée à présent. C'est parce que je leur ai demandé de laisser un espace pour moi : " Et aussi à la mémoire d'Annie, son épouse, décédée le... " puis la date. Cela équilibrera l'ensemble. Je les ai déjà payés.

– Quel texte pensez-vous mettre?

– Oh, pas de texte! Un " Qu'elle repose en paix " suffira, comme pour mon mari. Nous n'en demandons pas plus au bon Dieu.

– La croix de roses que vous avez envoyée aux obsèques de Mark était très belle.

– Ah, vous l'avez vue? Vous n'avez pas assisté à la cérémonie, pourtant? Oui, je l'ai trouvée très bien moi aussi. Du travail soigné. Pauvre garçon, il n'a pas eu grand-chose d'autre, pas vrai? »

La femme regarda Cordélia avec une bienveillante curiosité.

« Vous connaissiez Mr. Mark, alors? Seriez-vous sa fiancée par hasard?

– Non, mais je l'aimais beaucoup. C'est curieux qu'il n'ait jamais parlé de vous, sa vieille nourrice.

– Mais je n'étais pas sa nourrice, ma petite demoiselle! Du moins, seulement un mois ou deux. Mark n'était qu'un bébé alors, cela ne représentait rien pour lui. J'ai été la nourrice de sa chère mère.

– Pourtant vous avez rendu visite à Mark le jour de son vingt-et-unième anniversaire.

– Ah, il vous l'a dit? J'étais heureuse de le revoir après tant d'années, mais je ne me serais jamais imposée. Cela n'aurait pas été juste, étant donné ce que pensait son père. Non, je suis simplement allée lui remettre un objet de la part de sa mère, pour tenir la promesse que je lui avait faite juste avant sa mort. Je n'avais pas vu Mr. Mark depuis plus de vingt ans – c'est vraiment bizarre quand on pense que nous ne vivions pas si loin l'un de l'autre – mais je l'ai reconnu tout de suite. Il ressemblait beaucoup à sa mère, le pauvre ange.

– Pourriez-vous m'en parler? Je ne vous demande pas ça par simple curiosité : c'est très important pour moi. »

S'appuyant sur l'anse de son panier, Mrs. Goddard se leva laborieusement. Elle ôta quelques brins d'herbe qui adhéraient à sa jupe, sortit une paire de gants en coton gris de sa poche et les enfila. Puis les deux femmes remontèrent lentement l'allée.

« C'est important, dites-vous? Je me demande bien pourquoi. Tout ça, c'est du passé maintenant. Elle est morte, la pauvre dame, et Mark aussi. Tout cet espoir que représentait le garçon et qui ne s'est pas réalisé! Je n'en ai parlé à personne, mais qui est-ce que cela intéresserait?

– Pouvons-nous nous asseoir sur ce banc et bavarder un peu?

– Pourquoi pas? Rien d'urgent ne m'appelle à la maison maintenant. Savez-vous que j'avais déjà cinquante-trois ans quand j'ai épousé mon mari? Pourtant il me manque comme si nous avions été amoureux depuis l'enfance. Les gens m'ont dit que j'étais folle de me marier à cet âge, mais, voyez-vous, je connaissais sa femme depuis trente ans, nous étions à l'école ensemble – et je le connaissais lui aussi. Si un homme est bon pour une femme, il le sera aussi pour une autre. C'est ce que je me suis dit, et j'avais raison. »

Assises côte à côte sur le banc, Cordélia et Mrs. Goddard regardèrent la tombe située au bout de la bande gazonnée.

« Parlez-moi de la mère de Mark.

– C'était une Bottley, miss Evelyn Bottley. J'avais été engagée par sa mère comme aide-nurse avant la naissance de l'enfant. Il n'y avait que le petit Harry alors. Il est mort pendant la guerre, lors de son premier raid sur l'Allemagne. Son père l'a très mal pris, personne n'égalait Harry, et il est devenu très sombre. Il ne s'est jamais vraiment intéressé à miss Evie : pour lui, il n'y avait que le garçon qui comptait. Mrs. Bottley est morte à la naissance d'Evie, ce qui explique peut-être sa froideur. On dit que les pères réagissent souvent ainsi, mais je ne l'ai jamais cru. J'ai connu des hommes qui n'en aimaient leur bébé que davantage. Pauvres petites créatures innocentes! Comment peut-on leur reprocher d'avoir tué leur mère? Pour Mr. Bottley, à mon avis, c'était juste un prétexte pour ne pas aimer l'enfant.

– Oui, je connais un autre père qui s'en est servi comme prétexte. Mais ce n'est pas leur faute, aux pères. Nous ne pouvons pas nous forcer à aimer quelqu'un par un simple acte de volonté.

– C'est bien dommage, ma petite demoiselle, sinon le monde serait un endroit beaucoup plus agréable. Mais son propre enfant! Ce n'est pas naturel!

– Et miss Bottley, aimait-elle son père?

– Comment l'aurait-elle pu? Vous ne recevez pas d'affection d'un enfant à qui vous n'en donnez pas. Mais Evie n'a jamais su lui plaire, n'a jamais su le flatter : c'était un grand et rude bonhomme qui parlait d'une voix forte – de quoi effrayer une gosse. Dommage qu'Evie n'eut pas été une jolie gamine effrontée et résolue. Ç'aurait mieux valu pour tous les deux.

– Que lui est-il arrivé ensuite? Comment a-t-elle rencontré sir Ronald Callender?

– Oh, il n'était pas sir Ronald alors. Loin de là! Il n'était que Ronny Callender, le fils du jardinier. Les Bottley vivaient à Harrogate, vous voyez. Oh! la belle maison qu'ils avaient! Quand je suis entrée à leur service, ils avaient trois jardiniers. Ça, c'était avant la guerre, bien sûr. Mr. Bottley travaillait à Bradford; il était dans le commerce de la laine. Ah! oui, Ronny Callender... Je me souviens fort bien de lui : un beau garçon batailleur, mais renfermé. Il était très futé, ça oui! Il a obtenu une bourse pour le lycée, et il a fait de remarquables études.

– Et Evelyn Bottley est tombée amoureuse de lui?

– Peut-être. Qui sait ce qu'il y avait entre eux quand ils étaient jeunes. Mais ensuite la guerre a éclaté et Ronny Callender a été mobilisé. Comme elle voulait absolument se rendre utile, Evie s'est engagée comme infirmière. Comment, avec sa santé, elle a pu passer l'examen médical, je me le demande encore. Puis ils se sont revus à Londres, comme cela se faisait pendant la guerre, et, peu après, nous avons appris qu'ils s'étaient mariés.

– Et ils sont venus vivre ici, près de Cambridge?

– Non, pas avant la fin de la guerre. D'abord Evie a continué à travailler comme infirmière et son mari a été envoyé outre mer où il s'est conduit en véritable héros. Cela aurait dû rendre Mr. Bottley fier de lui et lui faire accepter ce mariage, mais pas du tout : je crois qu'il soupçonnait Ronny de guigner son argent : Evie avait des espérances, c'est certain. Il avait peut-être raison, mais comment le lui reprocher, à ce garçon? Ma mère disait toujours : “ Ne te marie pas pour de l'argent, mais marie-toi avec quelqu'un qui en a! ” Il n'y a pas de mal à rechercher l'argent si l'on se montre bon pour son conjoint.

– Et sir Ronald, se montrait-il bon?

– Je n'ai jamais été témoin du contraire. Et miss Evie était follement éprise de lui. Après la guerre, il est entré à l'université, à Cambridge. Il s'était toujours intéressé aux sciences et avait obtenu une bourse en qualité d'ancien combattant. Comme Evie avait reçu un peu d'argent de son père, elle a acheté la maison dans laquelle Mr. Callender vit maintenant. Cela permettait à son mari d'habiter chez lui pendant ses études. Bien entendu, Garforth House n'était pas ce qu'il est maintenant. Mr. Callender y a fait faire beaucoup de travaux depuis. Le couple était assez pauvre alors et miss Evie se débrouillait presque sans domestique, à part moi. Mr. Bottley s'invitait quelques jours chez elle de temps à autre. Elle appréhendait terriblement ses visites, la pauvre chérie. Son père attendait un petit-fils, comprenez-vous, et il ne voyait rien venir. Puis Mr. Callender a terminé ses études et trouvé un poste d'enseignant. Il voulait devenir professeur à son collège, à Cambridge, mais là ils n'ont pas voulu de lui. Il avait coutume de dire que c'était parce qu'il manquait d'influence, mais je pense qu'il n'était peut-être pas assez brillant. A Harrogate, nous le considérions comme un petit génie. Mais Cambridge est plein de gens brillants.

– Puis Mark est né?

– Oui, le 25 avril 1951, neuf ans après leur mariage. Il est né en Italie. Mr. Bottley a été si content qu'elle devienne enceinte qu'il a augmenté les mensualités qu'il lui allouait et le couple s'est mis à passer de nombreuses vacances en Toscane. Madame adorait l'Italie et je crois qu'elle avait envie que l'enfant naisse là-bas. Sinon pourquoi y serait-elle partie le dernier mois de grossesse? Je lui ai rendu visite un mois environ après son retour avec le bébé. Je n'ai jamais vu de femme aussi heureuse. Oh! Mark était un adorable petit garçon!

– Vous lui avez rendu visite? N'habitiez-vous pas à Garforth House?

– Non, ma petite demoiselle, pas pendant plusieurs mois. Miss Evie a eu un début de grossesse difficile. Je voyais qu'elle était tendue et malheureuse. Puis un jour Mr. Callender m'a fait appeler. Il m'a dit que sa femme m'avait prise en grippe et que je devais partir. J'ai eu de la peine à le croire, mais quand je me suis rendue chez ma maîtresse, elle m'a simplement tendu la main et a dit : “ Je suis désolée, nounou, mais je pense qu'il vaut mieux que vous partiez. ” Les femmes enceintes ont parfois d'étranges lubies, je sais, et le bébé était tellement important pour elle et pour son mari. J'étais presque certaine qu'elle me demanderait de revenir après, et c'est ce qu'elle a fait, mais sans m'offrir le logement. J'ai loué une chambre dans le village, chez la postière. Je travaillais quatre jours par semaine pour ma maîtresse et le reste du temps pour d'autres dames du village. Cela marchait très bien, mais le bébé me manquait quand je n'étais pas avec lui. J'avais très peu vu miss Evie pendant sa grossesse, mais un jour je l'ai rencontrée à Cambridge. Ça devait être peu de temps avant l'accouchement. Elle était énorme, la pauvre, et se traînait péniblement. Elle a commencé par faire semblant de ne pas me voir, puis elle a changé d'avis et a traversé la rue pour me parler. « Nous partons pour l'Italie la semaine prochaine, nounou, m'a-t-elle dit. Je suis si contente! » J'ai répondu : « Si tu n'y prends pas garde, ma chérie, ton bébé sera un petit Italien. » Cela l'a fait rire. On aurait dit qu'elle avait terriblement hâte de retrouver le soleil.

– Et que s'est-il passé après son retour à la maison?

– Elle est morte neuf mois plus tard. Elle n'a jamais été bien robuste, comme je vous l'ai dit, et elle a attrapé la grippe. J'ai aidé à la soigner et j'aurais continué si Mr. Callender n'avait pas voulu s'occuper de sa femme tout seul. Il ne tolérait la présence de personne d'autre à son chevet. Je n'ai pu parler à miss Evie que quelques minutes avant sa mort. C'est alors qu'elle m'a demandé de donner son livre de prières à Mark le jour de son vingt-et-unième anniversaire. Je l'entends encore : « Remets ceci à Mark quand il aura vingt et un ans, nounou. Enveloppe-le soigneusement et apporte-le-lui quand il deviendra majeur. Tu n'oublieras pas, n'est-ce pas? » J'ai répondu : « Tu sais bien que je n'oublierai pas, ma chérie. » Alors elle a ajouté quelque chose d'étrange : « Si tu oubliais, ou si tu mourais avant, ou si Mark ne comprenait pas, cela n'aurait pas grande importance. Cela voudrait dire que le Seigneur en a décidé ainsi. »

– Que pouvait-elle avoir voulu dire par là?

– Comment le savoir? Elle était très religieuse, miss Evie, peut-être même trop religieuse pour son bien, me disais-je parfois. Je trouve que nous devrions accepter nos propres responsabilités, résoudre nos propres problèmes au lieu de nous en remettre à Dieu – comme s'Il n'avait pas déjà assez à faire avec tout ce qui se passe dans le monde. Mais voilà ce qu'elle m'a dit et voilà ce que je lui ai promis. Aussi, quand Mark a eu vingt et un ans, j'ai découvert le nom du collège qu'il fréquentait et je suis allé lui rendre visite.

– Que s'est-il passé alors?

– Oh, nous avons passé un moment agréable ensemble. Son père ne lui avait jamais parlé de sa mère, vous vous rendez compte! Cela arrive parfois quand une épouse meurt, mais je pense qu'un fils devrait savoir qui était sa mère. Mark m'a posé beaucoup de questions, sur des choses dont j'aurais cru que son père lui aurait parlé. Le livre de prières lui a fait plaisir. Quelques jours plus tard, il est venu me voir. Il m'a demandé le nom du médecin qui avait soigné sa mère. Je lui ai dit que c'était le vieux Dr Gladwin. Mr. Callender et sa femme n'en ont jamais eu d'autre. Étant donné la santé délicate de miss Evie, j'ai souvent pensé que c'était dommage. Le Dr Gladwin devait avoir soixante-dix ans à l'époque. Certaines personnes en disaient du bien, mais moi je n'avais pas grande confiance en lui. La boisson, ma petite : on ne pouvait jamais être tout à fait sûr de lui. Mais je suppose qu'il a quitté ce monde depuis longtemps, le pauvre homme. Quoi qu'il en soit, j'ai indiqué son nom à Mr. Mark qui l'a noté. Nous n'avons pris le thé et bavardé un instant, puis il est parti. Je ne l'ai jamais revu.

– Et personne d'autre n'a entendu parler du livre de prières?

– Absolument personne. Miss Leaming a relevé le nom du fleuriste sur ma carte et est allée leur demander mon adresse. Elle est venue ici le lendemain des obsèques pour me remercier d'y avoir assisté, mais je me rendais bien compte que c'était par pure curiosité. Si sir Ronald et elle étaient si contents de me voir, qu'est-ce qui les a empêchés de venir vers moi et de me serrer la main? C'est tout juste si miss Leaming n'a pas insinué que j'étais là sans invitation. Une invitation à un enterrement! Qui a jamais entendu parler d'une chose pareille?

– Donc, vous ne lui avez rien dit.

– Je n'ai rien dit à personne, à part à vous – et je ne sais pas très bien pourquoi je vous fais confiance. Non, je ne lui ai rien dit, à elle. Pour être franche, je ne l'ai jamais aimée. Je ne dis pas qu'il y avait quelque chose entre elle et sir Ronald, du moins pas du vivant de miss Evie. Je n'ai jamais entendu les moindres ragots à ce sujet. Miss Leaming habitait un appartement à Cambridge et menait une vie assez retirée. Mr. Callender a fait sa connaissance quand il enseignait les sciences dans un des lycées de la région. Elle y enseignait l'anglais. Ce n'est qu'après la mort de miss Evie que Mr. Callender a monté son laboratoire.

– Comment? Miss Leaming a un diplôme d'anglais?

– Bien sûr! Ce n'est pas une simple secrétaire. Naturellement, quand elle a commencé à travailler pour Mr. Callender, elle a abandonné l'enseignement.

– Vous avez donc quitté Garforth House à la mort de Mrs. Callender? Vous n'êtes pas restée pour vous occuper du bébé?

– Ils n'ont pas voulu de moi. Mr. Callender a engagé une de ces jeunes nurses diplômées. Puis, alors que Mark était encore tout petit, ils l'ont envoyé en pension. Son père m'a fait comprendre qu'il ne voulait pas que je voie l'enfant et, après tout, un père a des droits. Je n'aurais pas continué à voir Mr. Mark sachant que c'était contre la volonté de son père. Cela n'aurait fait que mettre le garçon dans une fausse position. Mais à présent il est mort. Nous l'avons tous perdu. Le coroner a dit qu'il s'était suicidé. C'est peut-être vrai...

– Je ne crois pas qu'il se soit suicidé.

– Ah! non? C'est charitable de votre part, mon petit. Mais il est mort, alors cela n'a plus d'importance maintenant. Je pense qu'il est temps pour moi de rentrer à la maison. Je ne vous invite pas à prendre une tasse de thé : je suis un peu fatiguée aujourd'hui. Mais vous savez où me trouver. Si jamais vous voulez me revoir, vous serez la bienvenue. »

Les deux femmes sortirent ensemble du cimetière. A la grille, elles se séparèrent. Mrs. Goddard tapota l'épaule de Cordélia avec l'affection maladroite qu'elle aurait pu montrer à un animal, puis elle partit lentement vers le village.

Quand Cordélia déboucha du virage, elle aperçut le passage à niveau. Un train venait de passer et les barrières se levaient. Trois véhicules avaient été obligés d'attendre. Le dernier de la file redémarra le plus vite, doublant les deux premiers alors que ceux-ci cahotaient par-dessus les rails. Cordélia vit que c'était une fourgonnette noire.

Plus tard, Cordélia se rappela à peine le trajet de retour jusqu'au cottage. Elle conduisit vite, se concentrant sur la route, essayant de maîtriser son excitation croissante en prêtant une extrême attention aux vitesses et au frein. Elle arrêta la mini à quelques centimètres de la haie de devant, sans se préoccuper de ce qu'un passant éventuel pouvait voir la voiture. La maison avait exactement le même aspect et la même odeur que lorsqu'elle l'avait quittée. Elle s'était presque attendue à la retrouver pillée, le livre de prières envolé. Avec un soupir de soulagement, elle constata que le dos blanc était toujours là, entre les reliures plus grandes et plus foncées. Cordélia ouvrit le livre. Elle savait à peine ce qu'elle s'attendait à trouver : une inscription peut-être ou un message, sybillin ou clair, une lettre pliée entre les pages. Mais la seule inscription qu'elle découvrit ne pouvait avoir aucun rapport avec l'affaire qui l'intéressait. L'écriture en était tremblée et démodée; la plume d'acier avait rampé sur la feuille comme une araignée : « A Evelyn Mary à l'occasion de sa confirmation, avec l'affection de sa grand-mère, le 5 août 1934. »

Cordélia secoua le livre. Aucun morceau de papier ne s'en échappa. Elle le feuilleta. Rien.

Elle s'assit sur le lit, terriblement déçue. Avait-il été déraisonnable de sa part d'imaginer que le legs du livre de prières avait une signification? Avait-elle construit un édifice prometteur de conjectures et de mystères sur les souvenirs confus qu'une vieille femme gardait d'un geste tout à fait normal et compréhensible : une mère dévote et mourante laissant un livre de prières à son fils? Et, même si elle avait eu raison, pourquoi le message serait-il encore là? Si Mark avait trouvé une lettre de sa mère glissée entre les pages, il pouvait fort bien l'avoir détruite après l'avoir lue. Et, s'il ne l'avait pas détruite, quelqu'un d'autre pouvait l'avoir fait. La lettre donc, si elle avait jamais existé, faisait peut-être partie intégrante du tas de cendres blanches et de débris carbonisés qui remplissait le fourneau du cottage.

Cordélia se força à sortir de son abattement. Il y avait encore une piste à suivre : essayer de retrouver le Dr Gladwin. Après une seconde de réflexion, elle glissa le livre de prières dans son sac. Consultant sa montre, elle constata qu'il était près d'une heure. Elle décida de faire un pique-nique de fromage et de fruits dans le jardin. Puis elle repartit pour Cambridge : elle voulait se rendre à la bibliothèque centrale y consulter un répertoire médical.

Moins d'une heure plus tard, elle trouvait le renseignement qu'elle cherchait. Sur l'annuaire. Il n'y avait plus qu'un seul Dr Gladwin qui aurait pu soigner Mrs. Callender en tant qu'homme de soixante-dix ans, vingt ans plus tôt. Il s'agissait d'Emlyn Thomas Gladwin qui avait obtenu son diplôme de médecin à l'hôpital St. Thomas en 1904. Cordélia nota l'adresse dans son carnet : 4 Pratts Way, Ixworth Road, Bury St. Edmunds. St. Edmunds! La ville qu'Isabelle avait dit avoir visitée avec Mark quand ils s'étaient rendus à la mer.

Ainsi elle n'avait pas perdu sa journée, après tout : elle suivait Mark Callender à la trace. Impatiente de consulter une carte, elle alla au rayon des atlas de la bibliothèque. Il était maintenant deux heures quinze. Si elle prenait la A45 directement pour Newmarket, elle pouvait arriver à Bury St. Edmunds une heure plus tard environ. En comptant une heure pour la visite au médecin et une heure pour le trajet de retour, elle pouvait être rentrée au cottage avant cinq heures trente.

Elle roulait dans la campagne, jolie et discrète, aux abords de Newmarket quand elle remarqua qu'une fourgonnette noire la suivait. Le véhicule était trop loin pour qu'elle pût distinguer le conducteur, mais elle pensa que c'était Lunn, Lunn tout seul. Elle accéléra, essayant de maintenir la distance entre eux, mais la fourgonnette se rapprocha légèrement. Bien entendu, Lunn pouvait fort bien se rendre à Newmarket afin d'y régler des affaires pour sir Ronald Callender, mais la vue constante de la camionnette trapue dans son rétroviseur la troublait. Elle décida de la semer. Il y avait peu de routes latérales sur son parcours et elle ne connaissait pas la région. Elle résolut d'attendre jusqu'à Newmarket, puis de saisir la première occasion qui s'offrirait.

L'artère principale qui traversait la ville était embouteillée et il semblait impossible de tourner. Ce n'est qu'au deuxième feu de signalisation que Cordélia entrevit une chance. La fourgonnette noire était bloquée au carrefour, à une cinquantaine de mètres derrière elle. Quand le feu passa au vert, elle accéléra et vira à gauche. Il y avait une autre rue à gauche, qu'elle prit, puis une autre à droite. Elle roula dans un quartier qui lui était totalement inconnu, puis au bout de cinq minutes elle s'arrêta à un croisement et attendit. La fourgonnette ne se montra pas. Apparemment, elle avait réussi à s'en débarrasser. Elle attendit cinq autres minutes, puis retourna vers la grand-route où elle s'inséra dans le flot de circulation qui se dirigeait vers l'est. Une demi-heure plus tard, elle avait traversé Bury St. Edmunds et descendait très lentement Ixworth Road, à la recherche du Pratts Way. Elle le trouva une cinquantaine de mètres plus loin : c'était une rangée de six petites maisons enduites de stuc, à quelque distance d'une aire de stationnement. Elle arrêta la mini devant le numéro 4 en pensant à la docile Isabelle à qui Mark avait de toute évidence ordonné de se garer plus loin et d'attendre dans la voiture. Était-ce parce que Mark trouvait la Renault blanche trop voyante? Même l'arrivée de la mini avait provoqué de la curiosité. Des têtes étaient apparues à quelques fenêtres des premiers étages et un petit groupe d'enfants avait mystérieusement surgi de nulle part. Pressés autour d'une porte de jardin voisine, ils la regardaient avec de grands yeux dénués d'expression.

Le numéro 4 était une maison déprimante. Les mauvaises herbes envahissaient le jardin de devant et la clôture présentait des trous aux endroits où les planches avaient pourri ou cassé. La peinture extérieure s'écaillait jusqu'au bois nu au-dessous et celle, marron, de la porte d'entrée se boursouflait. Mais Cordélia vit que les vitres du rez-de-chaussée brillaient et que les rideaux de tulle blanc étaient propres. Mrs. Gladwin était probablement une bonne ménagère qui luttait pour maintenir son intérieur à la hauteur de ses exigences, mais trop vieille pour accomplir les gros travaux et trop pauvre pour s'offrir de l'aide. Cordélia se sentait pleine de bienveillance à son égard. Mais la femme qui, au bout de cinq minutes, ouvrit lorsqu'elle frappa à la porte – la sonnette ne fonctionnait pas – se révéla être un singulier antidote à sa pitié sentimentale. La compassion s'éteignait devant ces yeux durs et méfiants, cette bouche pincée, ces bras décharnés croisés telle une barrière osseuse sur la poitrine comme pour repousser tout contact humain. Il était difficile de lui donner un âge. Rassemblés sur sa nuque en un petit chignon serré, ses cheveux étaient encore noirs mais des rides profondes plissaient sa figure, et ses tendons et ses veines saillaient comme des cordes sur son cou maigre. Elle portait des pantoufles et une blouse de coton aux couleurs criardes.

« Je m'appelle Cordélia Gray, dit Cordélia. Pourrais-je parler au Dr Gladwin, s'il est là? C'est au sujet d'une de ses anciennes patientes.

– Évidemment qu'il est là! Où voulez-vous qu'il soit! Il est au jardin. Entrez. »

La maison sentait un horrible mélange d'extrême vieillesse, d'excréments acides et de relents de nourriture – le tout dominé par une forte odeur de désinfectant.

Cordélia traversa le rez-de-chaussée en direction du jardin, évitant de regarder le vestibule ou la cuisine : sa curiosité aurait pu paraître impertinente.

Le Dr Gladwin était assis au soleil dans un fauteuil en bois tourné. Cordélia n'avait jamais vu d'homme si vieux. Il semblait porter un survêtement; ses jambes enflées s'emboîtaient dans d'énormes pantoufles en feutre et un châle en patchwork de laine tricotée recouvrait ses genoux. Ses deux mains pendaient par-dessus les accoudoirs comme si elles étaient trop lourdes pour ses poignets – des mains tachées et sèches comme des feuilles d'automne qui tremblaient avec insistance. Le crâne fortement bombé, hérissé de quelques poils gris, paraissait aussi petit et vulnérable que celui d'un enfant. Pareils à de pâles jaunes d'œuf, ses yeux nageaient dans leurs blancs visqueux, veinés de bleu.

Cordélia s'approcha de lui et l'appela doucement par son nom. L'homme ne réagit pas. Elle s'agenouilla sur l'herbe à ses pieds et, la tête levée vers lui, le dévisagea.

« Docteur Gladwin, je voulais vous parler d'une patiente. D'une très ancienne patiente. Mrs. Callender. Vous souvenez-vous de Mrs. Callender de Garforth House? »

Il n'y eut pas de réponse. Cordélia comprit qu'il n'y en aurait pas. Même reposer la question eût semblé monstrueux. Mrs. Gladwin se tenait à côté de son mari comme si elle le présentait à une foule émerveillée.

« Allez-y! Interrogez-le! Il a tout dans la tête, vous savez. C'est ce qu'il me disait toujours. “ Les fiches et les dossiers, ce n'est pas mon genre. J'ai tout dans la tête. ”

– Que sont devenus ces dossiers quand il a cessé d'exercer sa profession? Quelqu'un les a-t-il repris?

– Mais non! Je viens de vous le dire : il n'a jamais eu de dossiers. Et ce n'est pas la peine de m'interroger, moi. C'est ce que j'ai dit également à ce garçon. Le Dr Gladwin a été bien content de m'épouser quand il avait besoin d'une infirmière, mais il ne discutait jamais de ses patients. Oh que non! Il dépensait tous les bénéfices de son cabinet à boire, mais cela ne l'empêchait pas de continuer à parler de dé-on-to-lo-gie médicale. »

La femme était remplie d'une terrible amertume. Cordélia n'osa pas la regarder dans les yeux. Juste à cet instant, elle crut voir le vieillard bouger les lèvres. Elle pencha la tête et saisit ce seul mot : « froid ».

« Je crois qu'il essaie de dire qu'il a froid. Peut-être avez-vous un autre châle qu'on pourrait lui mettre sur les épaules?

– Froid? Avec ce soleil! Il a toujours froid.

– Une autre couverture lui serait peut-être agréable. Me permettez-vous d'aller la chercher pour vous?

– Ne vous occupez pas de ça, miss. Ou alors si vous voulez vous charger de lui, à votre aise. Vous verrez si ça vous plaît de le nettoyer comme un bébé, de laver ses couches, de changer ses draps tous les matins. Je veux bien aller lui chercher un autre châle, mais dans deux minutes il l'aura repoussé. Il ne sait pas ce qu'il veut.

– Je suis navrée », fit Cordélia, impuissante.

Elle se demanda si Mrs. Gladwin recevait toute l'aide qu'elle était en droit de recevoir, si l'infirmière visiteuse venait voir son mari, si elle avait prié son médecin de lui trouver un lit d'hôpital. Mais c'étaient là des questions inutiles. Même Cordélia était capable de reconnaître le rejet désespéré de toute aide, la détresse qui n'avait même plus l'énergie de chercher un soulagement. Elle répéta :

« Je suis navrée. Je ne vous dérangerai plus, votre mari et vous. »

Les deux femmes retraversèrent la maison. Il y avait néanmoins une question que Cordélia devait absolument poser. Quand elles atteignirent la porte du jardin, elle demanda :

« Vous avez parlé d'un garçon qui vous a rendu visite. S'appelait-il Mark?

– Oui, Mark Callender. Il voulait avoir des renseignements sur sa mère. Et puis, dix jours plus tard, il est venu un autre visiteur.

– Qui?

– Oh, c'était un " monsieur "! Il est entré ici comme s'il était chez lui. Il n'a pas voulu dire son nom, mais j'avais déjà vu sa tête quelque part. Il a demandé à parler au Dr Gladwin et je l'ai fait entrer. Ce jour-là, nous étions assis dans le salon de derrière parce qu'il y avait du vent. Cet homme s'est approché du Dr et a dit : " Bonjour, Gladwin ", d'une voix forte, comme s'il parlait à un domestique. Puis il s'est penché et l'a regardé. Lui et mon mari étaient nez à nez. Puis il s'est redressé, m'a saluée et est parti. Notre popularité augmente de jour en jour! Si ça continue, je serai obligée de faire payer l'entrée. »

Les deux femmes se tinrent un moment près de la barrière. Cordélia se demanda si elle devait tendre la main, mais elle sentait que Mrs. Gladwin essayait mentalement de la retenir. Soudain elle parla d'un ton brusque, les yeux fixés devant elle :

« Votre ami, ce garçon qui est venu, m'a laissé son adresse. Il a dit qu'il voulait bien tenir compagnie au Dr un dimanche si j'avais besoin d'un jour de repos. Il a dit qu'il leur préparerait un repas à tous les deux. J'ai envie de voir ma sœur à Havervill dimanche prochain. Dites-lui qu'il peut venir s'il veut. »

Elle capitulait de mauvaise grâce et donnait son invitation à contrecœur. Cordélia devina ce qu'il avait dû lui en coûter. Sur une impulsion, elle proposa :

« Moi je pourrais venir dimanche à sa place. J'ai une voiture. Cela me permettrait d'arriver ici plus tôt. »

Ce serait une journée perdue pour sir Ronald Callender, mais elle ne la lui compterait pas. Et même un détective privé devait avoir droit à un congé le dimanche.

« Il ne voudra pas d'une fragile gamine comme vous. Seul un homme peut se charger de certaines choses qu'on doit faire pour lui. Mark Callender a plu à mon mari, je l'ai vu. Dites-lui qu'il peut venir. »

Cordélia se tourna vers la femme.

« Il serait venu, je suis sûre qu'il serait venu. Mais il ne le peut pas. Il est mort. »

Mrs. Gladwin resta silencieuse. Cordélia étendit une main hésitante et lui toucha le bras. La femme ne réagit pas.

« Je suis navrée, murmura de nouveau Cordélia. Je vais partir maintenant. »

Elle faillit ajouter : « Si je peux faire quelque chose pour vous... », mais elle s'arrêta à temps : il n'y avait rien qu'elle, ou n'importe qui d'autre, aurait pu faire.

Alors que la route s'incurvait vers Bury, elle se tourna une fois et vit la silhouette toute raide de Mrs. Gladwin toujours debout près de la barrière.

Cordélia ne comprit jamais très bien pourquoi elle décida de s'arrêter à Bury et de se promener dix minutes dans le jardin de l'abbaye. Mais elle sentait qu'elle n'aurait pas la force de rentrer à Cambridge si elle ne se calmait pas un peu auparavant et la vue de l'herbe et des fleurs à travers le grand arc normand exerçait un attrait irrésistible. Elle gara la mini à Angel Hill, puis marcha dans les jardins jusqu'au bord de la rivière. Là, elle resta assise cinq minutes au soleil. Elle se rappela qu'elle avait acheté de l'essence et devait noter cette dépense. Elle chercha le calepin dans son sac. Sa main ramena le livre de prières. Elle réfléchit tranquillement. Supposons qu'elle se fût trouvée à la place de Mrs. Callender et avait voulu laisser un message, un message que Mark trouverait et que d'autres chercheurs pouvaient ne pas voir. Où l'aurait-elle placé? La réponse, maintenant, semblait d'une simplicité enfantine. Sûrement quelque part sur la page qui portait la collecte, l'évangile et l'épître pour la fête de saint Marc. Il était né un 25 avril. On lui avait donné le nom du saint. Elle trouva rapidement l'endroit. A la vive lumière du soleil reflétée par l'eau, elle aperçut ce qu'un examen rapide avait omis de lui révéler. Là, en marge de la prière de Cranmer pour la grâce de résister à l'influence néfaste de fausses doctrines, il y avait un petit dessin composé d'hiéroglyphes, un dessin si pâle que la marque laissée sur le papier n'était guère plus qu'une légère tache. Elle vit que c'était un groupe de lettres et de chiffres :

EMC
AA
14.1.52

Les trois premières lettres étaient, évidemment, les initiales de la mère de Mark. La date devait correspondre à celle à laquelle elle avait écrit le message. Mrs. Goddard n'avait-elle pas dit que Mrs. Callender était morte quand son fils avait neuf mois? Mais le double A? Dans sa tête, Cordélia passa en revue tous les clubs automobiles qu'elle connaissait avant de se rappeler la carte dans le portefeuille de Mark. Ces deux lettres sous les initiales ne pouvaient sûrement vouloir signifier qu'une seule chose : le groupe sanguin. Mark avait été B, sa mère AA. Il ne pouvait y avoir qu'une seule raison pour laquelle elle avait voulu lui transmettre ce renseignement. Après cela, restait à découvrir le groupe sanguin de sir Ronald Callender.

Poussant presque un cri de triomphe, Cordélia traversa le jardin en courant et tourna la mini en direction de Cambridge. Elle n'avait pas réfléchi jusqu'au bout des implications de sa découverte, pas plus qu'elle ne s'était demandé si ses arguments étaient valables. Mais au moins elle avait quelque chose à faire, une piste à suivre. Elle roula très vite, anxieuse d'arriver en ville avant la fermeture de la poste. Là, si ses souvenirs étaient bons, on pouvait obtenir une liste des médecins locaux. On la lui donna. Maintenant il s'agissait de trouver un téléphone. Cordélia ne connaissait qu'une seule maison à Cambridge où elle avait une chance de pouvoir téléphoner en paix pendant environ une heure. Elle se rendit au 57 Norwich Street.

Sophie et Davie étaient à la maison. Ils jouaient aux échecs dans le salon, leurs têtes brune et blonde se touchant presque au-dessus du tableau. La demande de

Cordélia d'utiliser leur appareil pour une série d'appels ne sembla pas les surprendre.

« Je vous les paierai, évidemment. Je les noterai au fur et à mesure.

– Vous préféreriez être seule dans la pièce, n'est-ce pas? s'enquit Sophie. Viens, Davie, allons terminer notre partie au jardin. »

Merveilleusement peu curieux, ils portèrent précautionneusement l'échiquier à travers la cuisine et l'installèrent dehors sur une table de fer. Cordélia approcha une chaise du téléphone et s'assit avec sa liste. Celle-ci paraissait interminable. Et par où commencer? Peut-être par les cabinets collectifs situés près du centre de la ville. Elle barrerait leur nom après chaque appel. Elle se rappela un autre exemple, rapporté par Bernie, de la sagesse du commissaire : « Le dépistage demande une patiente persévérance qui confine à l'obstination. » Elle pensa à Dalgliesh en composant le premier numéro. Quel chef intolérablement exigeant et irritant il avait dû être! Mais il était certainement vieux à présent : au moins quarante-cinq ans. Il avait dû mettre de l'eau dans son vin.

Toutefois, une heure d'obstination se révéla infructueuse. Elle obtint tous ses correspondants : l'un des avantages de téléphoner à un cabinet médical, c'est qu'il y a toujours quelqu'un pour vous répondre. Mais les réponses elles-mêmes, polies, brusques ou pressées données par une variété d'interlocuteurs allant des médecins en personne à des femmes de ménage obligeantes disposées à transmettre un message, étaient toutes pareilles : « Sir Ronald n'était pas un de nos patients. » Et Cordélia de répéter sa formule : « Je suis désolée de vous avoir dérangé. Je dois avoir mal compris le nom. »

Mais après soixante-dix minutes de patients appels, le sort lui fut favorable. La femme du médecin lui répondit :

« Vous vous trompez de cabinet. C'est le Dr Venables qui soigne la famille de sir Ronald Callender. »

Quel incroyable coup de chance! Le Dr Venables ne figurait pas sur sa première sélection et elle n'aurait pas atteint les V avant au moins une autre heure. Elle fit glisser son doigt le long des noms et composa un dernier numéro.

Ce fut l'infirmière du Dr Venables qui répondit. Cordélia récita son texte :

« Je téléphone de la part de miss Leaming de Garforth Housse. Je suis désolée de vous déranger, mais pourriez-vous nous rappeler le groupe sanguin de sir Ronald Callender, s'il vous plaît. Il voudrait le connaître avant la conférence d'Helsinki, le mois prochain.

– Un instant, s'il vous plaît. »

Il y eut une brève attente, puis le bruit de pas qui revenaient.

« Sir Ronald est du groupe A. A votre place, je le noterais soigneusement. Son fils nous a appelé il y a environ un mois pour nous poser la même question.

– Merci infiniment! Oui, je le noterai sans faute. » Cordélia décida de prendre un risque. « Je suis la nouvelle assistante de miss Leaming et elle m'a dit de le noter la dernière fois. Bêtement, j'ai oublié de le faire. Si par hasard elle vous appelait, soyez gentille de ne pas lui dire que j'ai été obligée de vous déranger encore une fois. »

L'infirmière rit, pleine d'indulgence pour l'inefficacité de la jeunesse. Après tout, cela ne lui coûterait pas grand-chose.

« Ne vous tracassez pas : je ne dirai rien. Je suis contente qu'elle se soit enfin décidée à s'adjoindre une collaboratrice. Tout le monde va bien chez vous, j'espère?

– Oh! oui! Tout le monde va bien. »

Cordélia raccrocha. Regardant par la fenêtre, elle vit que Sophie et Davie venaient de terminer leur partie et rangeaient les pièces dans leur boîte. Une chance qu'elle eût fini! Elle connaissait la réponse à sa question, mais il lui restait à la vérifier. Le renseignement était trop important pour s'en tenir au vague souvenir qu'elle gardait des lois mendéliennes sur l'hérédité glanées dans le livre de médecine légale de Bernie. Davie les connaissait certainement. Le moyen le plus rapide serait de l'interroger maintenant. Mais elle ne pouvait pas interroger Davie. Cela voulait donc dire retourner à la bibliothèque. Et elle devait se dépêcher si elle voulait arriver avant la fermeture.

Elle y parvint juste à temps. Le bibliothécaire, qui commençait à la connaître, se montra aussi serviable que d'habitude. Cordélia vérifia ce qu'elle savait déjà : un homme et une femme qui appartiennent tous deux au groupe sanguin A ne peuvent produire un enfant du groupe B.

Cordélia rentra au cottage, à bout de forces. Cette journée avait été si fertile en événements et en découvertes! Elle avait du mal à croire que moins de douze heures auparavant, elle avait commencé à chercher « nounou Pilbeam » avec simplement un vague espoir que cette femme, si elle parvenait à la trouver, pourrait peut-être lui donner une indication sur la personnalité de Mark Callender, la renseigner sur l'enfance du jeune homme. Elle était heureuse d'avoir réussi, mais hyperexcitée et mentalement trop fatiguée pour démêler le fouillis de conjectures qu'elle avait dans la tête. A présent, les faits se présentaient dans le désordre; il n'y avait pas de fil conducteur, pas de théorie capable d'expliquer à la fois le mystère de la naissance de Mark, la terreur d'Isabelle, le savoir secret de Hugo et de Sophie, l'intérêt obsessionnel que miss Markland portait au cottage, les soupçons que le brigadier Maskell avait émis presque à contrecœur, les bizarreries et inconséquences inexpliquées qui entouraient la mort de Mark.

Elle s'affaira dans le cottage avec l'énergie de l'épuisement mental. Elle nettoya le sol de la cuisine, disposa du bois au-dessus du tas de cendres en prévision d'un rafraîchissement de la température, désherba la plate-bande du jardin de derrière, puis se fit une omelette aux champignons qu'elle mangea, assise, comme Mark avait dû le faire, à la table rustique. Enfin, elle alla chercher le revolver dans sa cachette et le posa sur la table de chevet. Elle ferma soigneusement la porte de derrière à clé, tira les rideaux et vérifia encore une fois si les scellés étaient intacts. Mais elle ne plaça pas de casserole en haut de la porte. Cette nuit, cette précaution lui semblait puérile et vaine. Elle alluma la bougie près de son lit et alla à la fenêtre choisir un livre. Il faisait doux; la flamme de la bougie brûlait sans vaciller dans l'air calme. Dehors, il ne faisait pas encore tout à fait nuit, mais le jardin était tranquille. Seul le crescendo distant d'une voiture sur la grand-route ou le cri d'un oiseau de nuit rompaient le silence. Soudain, dans le crépuscule, elle aperçut une silhouette indistincte à la barrière. C'était miss Markland. Elle hésitait, la main sur le loquet. Cordélia se glissa de côté et se pressa contre le mur. La forme obscure se tenait parfaitement immobile : on aurait dit que, se sentant observée, elle s'était figée comme un animal surpris. Puis, au bout de deux minutes, elle s'éloigna et se perdit parmi les arbres du verger. Cordélia se détentit. Elle prit *The Warden* dans la rangée de livres de Mark et entra en se tortillant dans le sac de couchage. Une demi-heure plus tard, elle souffla la chandelle et s'étendit confortablement pour se laisser emporter par le sommeil.

Au petit matin, elle bougea et se réveilla instantanément, les yeux grands ouverts dans la pénombre. Le temps semblait suspendu, l'air immobile, dans l'expectative, comme si le jour s'était fait surprendre. Elle pouvait entendre le tic-tac de sa montre-bracelet sur la table de chevet et voir à côté le contour réconfortant de son revolver et le cylindre noir de sa lampe de poche. Elle resta couchée et écouta la nuit. On vivait si rarement en ces heures silencieuses – temps passé à dormir ou à rêver – qu'on les abordait avec hésitation et maladresse, comme un nouveau-né. Elle n'avait pas peur; elle ne ressentait qu'une paix totale, une douce lassitude. Sa respiration remplissait la pièce; l'air tranquille et pur semblait respirer à l'unisson.

Soudain elle comprit ce qui l'avait réveillée. Des visiteurs arrivaient au cottage. Dans une brève phase de sommeil agité, elle avait dû inconsciemment reconnaître le bruit d'une voiture. Maintenant elle entendit le grincement de la barrière, un bruissement de pas, aussi furtifs qu'un animal dans un sous-bois, un murmure faible et intermittent de voix. Elle s'extirpa de son sac de couchage et se glissa vers la fenêtre. Mark n'avait pas essayé de nettoyer les vitres de la façade. Il n'en avait peut-être pas eu le temps ou avait voulu garder cet écran protecteur de crasse. Fébrilement, Cordélia frotta les concrétions qui s'étaient formées au cours des années. Enfin, elle sentit le verre froid et lisse. Il couina sous ses doigts comme un petit animal. Cordélia crut que ce bruit trahirait sa présence. Par l'étroite bande de vitre transparente, elle jeta un coup d'œil dans le jardin, en bas.

La haute haie cachait presque la Renault, mais elle pouvait voir le devant du capot luire près de la barrière et les deux ronds de lumière des lanternes briller comme deux lunes jumelles sur le chemin. Isabelle portait un vêtement long et moulant; sa pâle silhouette tremblait comme une vague contre la végétation sombre. Pareil à une ombre noire, Hugo se tenait à ses côtés. Mais, quand il se tourna, Cordélia aperçut l'éclat d'un plastron blanc. Ils étaient tous deux en tenue de soirée. Ils remontèrent doucement le sentier, discutèrent un moment devant la porte de devant, puis contournèrent la maison.

Saisissant sa lampe de poche, Cordélia se précipita, pieds nus, au rez-de-chaussée et, s'élançant à travers le salon, alla ouvrir la porte de derrière. La clé tourna sans bruit dans la serrure. Retenant son souffle, Cordélia se retira dans l'ombre au pied de l'escalier. Il était temps. La porte s'ouvrit, laissant entrer un rayon de lumière plus pâle. La voix de Hugo s'éleva :

« Attends une seconde. Je vais frotter une allumette. »

La flamme jaillit, illuminant d'une lueur douce et fugitive les deux visages graves et légèrement appréhensifs, les yeux immenses et terrifiés d'Isabelle. Puis elle s'éteignit. Cordélia entendit Hugo jurer à voix basse, puis le frottement d'une seconde allumette contre la boîte. Cette fois, le jeune homme la tint plus haut. Elle éclaira la table, le crochet accusateur, l'observatrice silencieuse au pied de l'escalier. Hugo poussa un cri étouffé. Sa main tressaillit et l'allumette s'éteignit. Aussitôt, Isabelle se mit à hurler.

« Que diable se passe-t-il? » gronda Hugo.

Cordélia alluma sa lampe de poche et avança vers eux.

« Ce n'est que moi, Cordélia. »

Mais Isabelle ne l'entendait plus. Elle criait si fort et d'une voix si perçante que Cordélia craignit vaguement qu'elle n'attirât les Markland. C'étaient des cris inhumains, le hurlement d'un animal terrifié. Un geste de Hugo y mit fin; le bruit d'une gifle, un hoquet. Il y eut une seconde de silence total, puis Isabelle s'effondra contre Hugo en sanglotant doucement.

Le jeune homme se tourna vers Cordélia.

« Pourquoi diable avez-vous fait ça?

– Fait quoi?

– Vous l'avez terrifiée. Qu'est-ce que vous foutez ici?

– Je pourrais vous demander la même chose.

– Nous sommes venus récupérer l'Antonello qu'Isabelle avait prêté à Mark le jour où elle est venue lui rendre visite et pour la guérir d'une obsession morbide concernant cet endroit. Nous étions au bal du Pitt Club. Nous avons pensé que c'était une bonne idée de nous arrêter ici au retour. Une idée stupide, manifestement. Y a-t-il quelque chose à boire dans cette maison?

– Seulement de la bière.

– Bon Dieu, je l'aurais parié! Isabelle a besoin d'un alcool fort.

– Il n'y en a pas, mais je ferai du café. Allumez le feu. Il est déjà tout prêt. »

Après avoir posé sa torche à la verticale sur la table, elle alluma la lampe à pétrole, baissa la mèche, puis aida Isabelle à s'asseoir dans l'un des fauteuils près de la cheminée.

La fille tremblait. Cordélia alla chercher un des gros pulls de Mark et le lui posa sur les épaules. Sous les mains expertes de Hugo, le petit bois ne tarda pas à brûler. Cordélia se rendit à la cuisine pour préparer le café. Elle coucha sa torche sur le rebord de la fenêtre pour qu'elle éclairât le réchaud. Elle alluma le plus puissant des deux feux et, d'une étagère, descendit une cruche en faïence marron, les deux chopes à bord bleu et une tasse pour elle. Une deuxième tasse, ébréchée, contenait le sucre. A demi remplie, la bouilloire ne mit que quelques minutes à siffler. Cordélia versa l'eau sur le café moulu. Du salon lui parvenait la voix basse, insistante, consolatrice de Hugo qu'interrompait parfois une réponse monosyllabique d'Isabelle. Sans donner au café le temps d'infuser, elle le plaça sur l'unique plateau, un rectangle déformé en fer blanc décoré d'une image écaillée du château d'Edimbourg, et le porta dans le salon où elle le déposa par terre, devant la cheminée. Les fagots crépitaient et flambaient, lançant une pluie d'étincelles qui couvrait la robe d'Isabelle d'un motif étoilé. Puis une bûche plus grosse s'embrasa et le feu brilla d'un éclat moins intense, plus doré.

Alors qu'elle se penchait pour remuer le café, Cordélia vit un petit cafard courir désespérément le long d'une strie, sur l'une des petites bûches. Prenant une brindille dans le petit bois qui restait dans le foyer, elle la lui tendit en guise de planche de salut. Mais cela ne fit que désorienter l'insecte davantage. Pris de panique, il pivota et retourna à toute allure vers les flammes, rebroussa chemin, puis finit pas tomber dans l'une des fissures du bois. Cordélia se demanda s'il avait brièvement compris son atroce mort. Comment le geste banal d'allumer un feu pouvait-il causer une telle souffrance, une telle terreur?

Elle donna leurs chopes à Isabelle et à Hugo et prit sa tasse. L'arôme réconfortant de café frais se mêlait à la senteur résineuse de bois qui brûle. Le feu formait de longues ombres sur le carrelage et la lampe à pétrole jetait une douce lueur sur leurs visages. Aucun suspect de meurtre ne pouvait être interrogé dans une atmosphère plus douillette, se dit Cordélia. Même Isabelle n'avait plus peur. Que ce fût grâce au bras d'Hugo passé autour de ses épaules, à la stimulation du café, à la chaleur et au pétillement accueillants du feu, elle semblait presque à l'aise.

Cordélia s'adressa à Hugo :

« Vous avez dit qu'Isabelle avait une obsession morbide concernant cette maison. Quelle en est la raison?

– Isabelle est une fille très sensible. Ce n'est pas une dure comme vous. »

En son for intérieur, Cordélia pensa que toutes les belles femmes étaient des dures – sinon comment survivraient-elles? – et que, pour ce qui était de la solidité des fibres, Isabelle n'avait rien à lui envier. Mais que gagnerait-elle à mettre en doute les illusions d'Hugo? La beauté était fragile, transitoire, vulnérable. Il fallait protéger la sensibilité d'Isabelle. Les dures se débrouilleraient seules.

« D'après ce que vous m'avez dit, Isabelle n'est venue ici qu'une fois. Je sais que Mark Callender est mort dans cette pièce, mais vous n'allez tout de même pas me faire croire qu'elle a du chagrin à cause de lui. Tous deux, vous me cachez quelque chose. Vous feriez bien de tout me raconter maintenant, sinon je serai obligée de rapporter à sir Roland Callender qu'Isabelle, votre sœur et vous êtes mêlés à la mort de son fils. Ce sera à lui de décider s'il veut prévenir la police. Je vois mal Isabelle résister même aux plus doux des interrogatoires, et vous? »

Même Cordélia trouva son petit discours guindé et sentencieux : une accusation inconsistante accompagnée d'une vague menace. Elle s'attendait presque à ce qu'Hugo y répliquât par un mépris amusé. Mais le jeune homme regarda sa compagne comme s'il était en train d'évaluer quelque chose de plus que la réalité du danger. Puis il dit tranquillement :

« Ne pouvez-vous pas vous contenter de ma parole? Je vous répète que Mark s'est donné la mort et que, si vous faites intervenir la police, cela n'apportera que chagrin et détresse à son père et à ses amis et ne sera d'aucune utilité à personne.

– Non, Hugo, cela m'est impossible.

– Alors, si nous vous disons ce que nous savons, nous promettez-vous de le garder pour vous?

– Non, pas plus que je ne peux promettre de vous croire. »

Soudain Isabelle s'écria :

« Oh, dis-le-lui, Hugo! Qu'est-ce que ça peut faire?

– Je crois que vous n'avez pas le choix, commenta Cordélia.

– C'est aussi mon impression. Bon, d'accord. »

Hugo posa sa chope de café par terre et regarda le feu.

« Je vous avais dit que Sophie, Isabelle, Davie et moi étions à l'Arts Theatre la nuit de la mort de Mark. Cela, comme vous avez dû le deviner, n'est vrai qu'aux trois quarts. Il ne restait plus que trois places; je les ai donc prises pour les personnes qui étaient les plus susceptibles de s'intéresser vraiment à la pièce. Isabelle va au théâtre plutôt pour être vue que pour voir et elle s'ennuie si le spectacle comporte moins de cinquante acteurs. C'est donc elle qui a été exclue. Ainsi négligée par son amant du moment, elle a décidé, à juste titre, de se consoler avec le suivant. »

Avec un mystérieux sourire, Isabelle protesta :

« Mark n'a jamais été mon amant, Hugo. »

Elle parlait sans la moindre rancune. Il s'agissait simplement de mettre les choses au point.

« Je sais. Mark était romantique. Il n'emmenait jamais une fille au lit – ou ailleurs, pour autant que j'aie pu en juger – avant qu'il n'y eut entre eux la profondeur de communication interpersonnelle voulue, ou quelque chose dans ce goût-là. En fait, je suis injuste. C'est mon père qui emploie ce genre de jargon, ces phrases épouvantables qui ne veulent foutre rien dire. Mais, d'une façon générale, Mark était d'accord avec cette idée. Je crois qu'il n'aurait pas pu prendre plaisir à des rapports sexuels avant de s'être convaincu que la fille et lui s'aimaient. C'était un préliminaire nécessaire, comme se déshabiller. Je suppose qu'avec Isabelle les relations n'avaient pas atteint la profondeur voulue. Ce n'était qu'une question de temps, bien sûr. En ce qui concernait Isabelle, Mark était capable de se raconter des histoires, tout comme nous autres. »

Dans sa voix haut perchée, légèrement hésitante, on décelait une pointe de jalousie.

Lentement, patiemment, comme une mère qui explique quelque chose à un enfant obtus, Isabelle répéta :

« Mark n'a jamais été mon amant, Hugo.

– C'est bien ce que je dis. Pauvre Mark! Il a lâché la proie pour l'ombre et maintenant il a perdu l'une et l'autre.

– Mais que s'est-il passé cette nuit-là? »

Cordélia s'adressait à Isabelle, mais ce fut Hugo qui répondit :

« Isabelle est venue ici en voiture. Elle est arrivée peu après sept heures et demie. Les rideaux de la fenêtre de derrière étaient fermés, mais la porte était ouverte. Isabelle est entrée. Mark était déjà mort. Il pendait au bout d'une courroie, de ce crochet. Mais il n'était pas du tout comme miss Markland l'a trouvé le lendemain matin. »

Il se tourna vers Isabelle :

« Raconte-lui. »

La jeune fille hésitait. Hugo se pencha et l'embrassa légèrement sur les lèvres.

« Vas-y. Dis-lui. Dans la vie, il y a certaines choses désagréables dont même tout l'argent de ton papa ne peut te protéger. Et ceci, ma chérie, en est une. »

Tournant la tête, Isabelle regarda intensément dans les quatre coins de la pièce comme pour s'assurer qu'ils étaient bien seuls tous les trois. A la lueur du feu, ses remarquables iris étaient pourpres. Elle se pencha vers Cordélia, presque avec l'air ravi et confidentiel d'une commère de village sur le point de divulguer le dernier scandale. Cordélia vit qu'elle n'avait plus peur. Les angoisses d'Isabelle étaient élémentaires, violentes mais brèves, faciles à apaiser. Si Hugo le lui avait ordonné, elle aurait gardé son secret, mais elle était contente qu'il lui demandât maintenant de le révéler. Son instinct lui disait probablement qu'une fois racontée, son histoire perdrait son effet terrifiant.

« Je me suis dit : tiens, je vais aller voir Mark et je dînerai peut-être avec lui. Mlle de Congé était souffrante, Hugo et Sophie étaient au théâtre. Je m'ennuyais. Je suis venue directement à la porte de derrière parce que Mark m'avait dit que celle de devant n'ouvrait pas. Je m'attendais à le trouver dans le jardin, mais il n'y était pas. Il n'y avait que la fourche enfoncée dans la terre et ses chaussures à côté de l'entrée. J'ai poussé la porte. Pour faire une surprise à Mark, je n'avais pas frappé. »

Isabelle hésita. Elle contempla le fond de sa chope qu'elle faisait tourner entre ses mains.

« Et alors? l'encouragea Cordélia.

– Alors je l'ai vu. Il pendait par sa ceinture à ce crochet dans le plafond et j'ai compris qu'il était mort. C'était horrible, Cordélia! Il était habillé en femme avec un soutien-gorge noir et un slip en dentelle noire. Il ne portait rien d'autre. Et sa figure! Il avait mis du rouge, mais l'avait fait déborder autour de ses lèvres. Comme un clown, Cordélia! C'était terrible mais drôle en même temps. J'ai eu envie de rire et de hurler à la fois. Il ne ressemblait pas à Mark. Il ne ressemblait pas à un être humain du tout. Et, sur la table, il y avait trois photos. Pas de jolies photos, Cordélia : des photos de femmes nues. »

Isabelle plongea son regard dans les yeux médusés de Cordélia.

« Ne faites pas cette tête, Cordélia, dit Hugo. Ç'a été un moment affreux pour Isabelle. Nous tous, nous en souffrons encore. Mais c'est une chose qui arrive moins rarement qu'on ne pense. Probablement une des perversions sexuelles les plus inoffensives. Mark n'y mêlait personne d'autre. Et il n'avait pas l'intention de se tuer. Il a simplement eu de la malchance : la boucle de ceinture a dû glisser et la courroie l'étrangler avant qu'il ait eu le temps de comprendre ce qui se passait. »

Cordélia déclara :

« Je n'en crois pas un mot.

– Je m'y attendais! Mais c'est vrai, Cordélia! Je vous propose de venir avec nous maintenant et d'appeler Sophie. Elle vous confirmera ce qu'Isabelle vous a raconté.

– Je n'ai pas besoin de confirmation pour l'histoire d'Isabelle. Je l'ai déjà. Je voulais dire : je continue à douter que Mark se soit tué. »

Dès qu'elle eut parlé, elle comprit qu'elle avait commis une erreur. Elle n'aurait pas dû révéler ses soupçons. Mais il était trop tard. Et elle avait des questions à poser. Elle vit Hugo froncer impatiemment le sourcil devant son obstination. Puis elle détecta chez lui un subtil changement d'humeur : irritation, peur ou déception. Elle s'adressa directement à Isabelle :

« Vous avez dit que la porte était ouverte. Avez-vous remarqué la clé?

– Elle était à l'intérieur. Je l'ai vue en sortant.

– Et les rideaux?

– Ils étaient tirés comme maintenant.

– Et où était le rouge à lèvres?

– Quel rouge à lèvres, Cordélia?

– Celui qui a servi à peindre les lèvres de Mark. Il n'était pas dans son jean, sinon la police l'aurait trouvé. Où était-il alors? Sur la table?

– Non, sur la table il n'y avait que les photos.

– De quelle couleur était le rouge à lèvres?

– Mauve. Une couleur de vieille femme. Personne ne choisirait plus cette couleur, je pense.

– Et les sous-vêtements, pouvez-vous les décrire?

– Oh! oui. C'étaient des M et S. Je les ai reconnus.

– Voulez-vous dire que vous avez reconnu ceux-là en particulier, que c'étaient les vôtres?

– Oh! non, Cordélia! Ce n'étaient pas les miens. Je ne porte jamais de lingerie noire. Je n'aime que le blanc sur ma peau. Mais ces sous-vêtements étaient du même style que ceux que j'achète habituellement. Or je me fournis toujours chez M et S. »

Isabelle ne devait pas être la meilleure cliente de ce magasin, se dit Cordélia, mais aucun autre témoin n'aurait pu être aussi sûr en ce qui concernait les détails, surtout les détails vestimentaires. Même à un moment d'absolue terreur et de dégoût, elle avait remarqué le type de lingerie. Et si elle disait qu'elle n'avait pas vu le rouge à lèvres, c'était que le tube n'avait pas été là.

Inexorable, Cordélia poursuivit :

« Avez-vous touché quelque chose, le corps de Mark peut-être pour vous assurer qu'il était mort? »

Isabelle était choquée. Elle était capable d'admettre les faits de la vie, mais non ceux de la mort.

« Je n'aurais pas pu le toucher! Je n'ai rien touché. Et je savais parfaitement qu'il était mort.

– Une bonne citoyenne, sensée et respectueuse des lois, serait allée chercher le téléphone le plus proche et aurait appelé la police, intervint Hugo. Heureusement, Isabelle n'en a rien fait. D'instinct, elle est venue me trouver. Elle a attendu la fin de la pièce devant le théâtre. Quand nous sommes sortis, elle arpentait le trottoir de l'autre côté de la rue. Davie, Sophie et moi sommes retournés ici avec elle, dans la Renault. Nous ne nous sommes arrêtés que brièvement dans Norwich Street pour prendre l'appareil photo et le flash de Davie.

– Pourquoi?

– Ça c'était mon idée. Naturellement, nous n'avions pas l'intention de laisser les flics et Ronald Callender apprendre comment Mark était mort. Notre but, c'était de faire croire à un suicide. Nous voulions lui remettre ses propres vêtements, le débarbouiller, puis laisser quelqu'un d'autre le trouver. Nous n'avions pas pensé à fabriquer un message d'adieu : ce genre de raffinement dépassait un peu nos moyens. Nous avons pris l'appareil photo pour pouvoir photographier Mark tel qu'il était. Nous ne savions pas quelle loi nous transgressions en maquillant la mort de Mark en suicide, mais il y en avait sûrement une. De nos jours, pas moyen de rendre service à un copain sans que les flics l'interprètent de travers. Nous voulions avoir une preuve de la vérité en cas d'éventuels ennuis. A nos différentes façons, nous aimions tous Mark, mais pas assez pour risquer d'être accusés de meurtre. Quoi qu'il en soit, nos bonnes intentions n'ont pas abouti : quelqu'un d'autre était passé au cottage avant nous.

– Racontez-moi ça.

– Il n'y a rien à raconter. Nous avons dit aux deux filles d'attendre dans la voiture. A Isabelle, parce qu'elle en avait déjà assez vu et à Sophie parce qu'Isabelle avait trop peur pour rester seule. De plus, cela nous semblait plus juste vis-à-vis de Mark de ne pas mêler Sophie à cette affaire, de l'empêcher de le voir dans cet état. Ne trouvez-vous pas curieux, Cordélia, le souci que l'on a de la susceptibilité des morts? »

Pensant à son père et à Bernie, Cordélia répondit :

« Peut-être que c'est seulement quand les gens sont morts que nous pouvons montrer en toute sécurité combien nous les aimons. Nous savons alors qu'ils ne risquent plus d'exploiter nos sentiments.

– C'est cynique, mais vrai. Bref, il n'y avait plus rien à faire pour nous ici. Nous avons trouvé le cadavre de Mark et cette pièce comme miss Markland les a décrits pendant l'enquête. La porte était ouverte, le rideau, fermé. Mark portait son jean. Il n'y avait plus de photos de magazine sur la table et plus de rouge à lèvres sur sa figure. Mais il y avait un message glissé dans le rouleau de la machine à écrire et un tas de cendres dans la cuisinière. La personne qui nous avait précédés s'était donné beaucoup de mal. Nous ne nous sommes pas attardés. Quelqu'un d'autre, peut-être un des habitants de Summertrees, aurait pu arriver d'un instant à l'autre. Certes, il était fort tard, mais cet endroit semblait attirer un monde fou ce soir-là. Mark doit avoir eu plus de visiteurs cette nuit que pendant tout son séjour au cottage : d'abord Isabelle, ensuite le samaritain inconnu, puis nous. »

Et il y avait eu quelqu'un avant Isabelle, se dit Cordélia L'assassin de Mark avait été là le premier. Elle demanda brusquement :

« Quelqu'un m'a joué un tour stupide la nuit dernière. En rentrant de la réception d'Isabelle, j'ai trouvé un traversin pendu à ce crochet. Est-ce vous le coupable? »

S'il feignait la surprise, alors Hugo était meilleur acteur que Cordélia ne l'aurait cru.

« Bien sûr que non! Je ne savais même pas que vous étiez ici. Je croyais que vous habitiez à Cambridge. Et pourquoi diable aurais-je fait une chose pareille?

– Pour m'intimider?

– Mais ce serait idiot! Cela ne vous intimiderait pas, n'est-ce pas? Cela terrifierait peut-être certaines femmes, mais pas vous. Nous voulions vous convaincre qu'il n'y avait aucune raison d'enquêter sur la mort de Mark. Ce genre de plaisanterie n'aurait fait que vous convaincre du contraire. Quelqu'un d'autre essayait de vous effrayer. Probablement la personne qui est venue ici avant nous.

– Oui. Quelqu'un a pris des risques pour Mark. Il – ou elle – voit certainement d'un mauvais œil que je furète dans le coin. Mais il se serait débarrassé de moi plus vite en me disant la vérité.

– Comment saurait-il s'il peut vous faire confiance? répliqua Hugo. Et maintenant? Allez-vous retourner en ville? »

Il essayait de paraître désinvolte, mais Cordélia crut distinguer une anxiété sous-jacente dans sa voix.

« Je pense que oui. Il faut que je commence par voir sir Ronald.

– Que lui direz-vous?

– J'inventerai quelque chose. Ne vous tracassez pas. »

L'aube pâlissait le ciel et le premier chœur d'oiseaux contredisait bruyamment le jour nouveau quand Hugo et Isabelle partirent enfin. Ils emportaient l'Antonello. Cordélia les vit le décrocher avec un serrement de cœur, comme si une partie de Mark quittait le cottage. D'un œil expert, Isabelle examina le tableau avant de le coincer sous son bras. Elle devait être assez généreuse de ses biens, amis ou peintures, se dit Cordélia, à condition que ceux-ci ne fussent que des prêts, qu'on les lui retournât aussitôt à la demande et dans le même état que lorsqu'elle s'en était séparée. Debout à la porte de devant, Cordélia regarda Hugo sortir la Renault de l'ombre de la haie. Elle leva la main en un geste poli d'adieu, comme une hôtesse lasse brusquant le départ de ses derniers invités, puis elle rentra dans la maison.

Sans les deux jeunes gens, le salon semblait vide et froid. Le feu s'éteignait. Cordélia se hâta d'y rajouter un peu de petit bois et souffla dessus pour ranimer les flammes. Elle se mit à déambuler dans la petite pièce. Trop éveillée pour retourner au lit, elle se sentait néanmoins énervée de fatigue après sa courte nuit agitée. Mais c'était quelque chose de plus profond que le manque de sommeil qui la tourmentait : pour la première fois, elle avait peur. Le mal existait – elle n'avait pas eu besoin d'être une couventine pour se convaincre de sa réalité – et il avait été présent dans cette chambre. Il y avait eu ici quelque chose de plus fort que la méchanceté, la cruauté ou la recherche sans scrupule de l'intérêt personnel. Le mal. Elle ne doutait pas une seconde que Mark avait été assassiné, mais avec quelle habileté diabolique le crime avait été commis! Si Isabelle racontait son histoire, qui croirait jamais maintenant que Mark n'était pas mort accidentellement, mais de sa propre main? Sans même consulter son livre de médecine légale, Cordélia savait comment la police interpréterait cette affaire. Comme l'avait dit Hugo, ces cas n'étaient pas tellement rares. Lui-même, en tant que fils de psychiatre, avait dû en entendre parler ou lire quelque chose à ce sujet. Qui d'autre connaissait ce genre de perversion ? Probablement toute personne un peu sophistiquée. Mais Hugo ne pouvait pas être l'assassin. Il avait un alibi. L'esprit de Cordélia se révolta à la pensée que Davie ou Sophie pouvaient avoir participé à une telle horreur. Mais c'était bien d'eux d'être allés chercher leur appareil photo. Le souci de leur sécurité personnelle avait été plus fort que leur compassion. Hugo et Davie s'étaient-ils tenus ici, sous le cadavre grotesque de Mark, discutant calmement distance et ouverture de diaphragme avant de prendre la photo qui, si nécessaire, les disculperait aux dépens de leur ami mort ?

Cordélia alla se faire du thé à la cuisine, soulagée d'être libérée de la fascination malfaisante que le crochet au plafond exerçait sur elle. Auparavant, il l'avait à peine gêné; maintenant, il était aussi voyant et importun qu'un fétiche. On aurait dit qu'il avait grandi depuis la nuit précédente, qu'il continuait à grandir tout en lui faisant irrésistiblement lever les yeux. Et le salon lui-même semblait avoir rétréci; ce n'était plus un sanctuaire, mais une cellule claustrophobique, sordide et honteuse comme la baraque où l'on exécute les condamnés. Même l'air lumineux du matin sentait le mal.

En attendant que l'eau chauffe dans la bouilloire, elle se força à réfléchir aux activités de la journée. Il était encore trop tôt pour élaborer des théories; son esprit était encore trop choqué pour pouvoir analyser les nouveaux renseignements d'une manière rationnelle. Au lieu d'éclairer l'affaire, l'histoire d'Isabelle l'avait compliquée. Mais il y avait encore des faits s'y rapportant à découvrir. Elle continuerait à suivre le programme qu'elle s'était déjà fixé. Aujourd'hui, elle irait à Londres examiner le testament du grand-père de Mark.

Il restait cependant deux heures à tuer avant qu'il ne fût temps de partir. Cordélia avait décidé de se rendre à Londres par le train et de laisser sa voiture à la gare de Cambridge : cela serait à la fois plus rapide et plus facile. Elle était ennuyée d'avoir à passer une journée dans la capitale alors que le cœur du mystère se trouvait d'une façon si évidente dans le Cambridgeshire, mais, pour une fois, elle ne regrettait pas d'avoir à quitter le cottage. Traumatisée, énervée, elle erra sans but d'une pièce à l'autre et dans le jardin, impatiente de s'en aller. Finalement, ne sachant plus que faire, elle saisit la fourche de jardinage et finit de retourner la plate-bande non terminée de Mark. Elle se demanda si c'était bien sage : le travail interrompu de Mark faisait partie des preuves de son assassinat. Mais d'autres personnes, y compris le brigadier Maskell, l'avaient vu et pourraient témoigner le cas échéant, et le spectacle de la besogne inachevée, de l'outil enfoncé de travers dans le sol était insupportablement irritant. Parvenue au bout de la bande de terre, elle se sentit plus calme. Elle creusa sans arrêt pendant une autre heure, puis elle nettoya soigneusement la fourche et la rangea avec les autres outils dans la remise.

Enfin, il fut temps de partir. Le bulletin météorologique de sept heures avait annoncé des orages dans le Sud-Est. Aussi mit-elle son ensemble, vêtement le plus épais qu'elle eût apporté. Elle ne l'avait pas mis depuis la mort de Bernie. Elle découvrit que la jupe flottait désagréablement autour de son corps. Elle avait maigri. Après un moment de réflexion, elle prit la ceinture de Mark dans sa trousse de détective et l'enroula deux fois autour de sa taille. Son contact ne la dégoûta pas. Aucun objet que Mark eût touché ou possédé n'aurait pu l'effrayer ou la déprimer. Cela lui paraissait tout à fait impossible. La tension et le poids du cuir si près de sa peau étaient même vaguement réconfortants, rassurants, comme si la ceinture eût été un talisman.

5.

L'orage éclata juste comme Cordélia descendait du bus numéro **11** devant Somerset House. Il y eut un éclair et, presque instantanément, le tonnerre gronda comme un tir de barrage autour de ses oreilles. Elle traversa en courant sous une trombe d'eau la cour intérieure, entre les files de voitures garées; la pluie battait ses chevilles comme si les pavés étaient balayés par une mitrailleuse. Elle ouvrit la porte et, dégoulinante, se tint sur le paillasson, riant tout haut de soulagement. Une ou deux des personnes présentes interrompirent leur lecture de testament pour la regarder en souriant; une femme à l'air maternel émit un petit claquement de langue plein de sollicitude. Cordélia secoua sa veste au-dessus du paillasson, la pendit au dos de l'une des chaises, puis essaya sans succès de se sécher les cheveux avec un mouchoir avant d'approcher du comptoir.

La femme maternelle se montra fort serviable. Consultée par Cordélia sur la manière de procéder, elle désigna les rayons de lourds volumes reliés au milieu de la salle et expliqua que les testaments étaient répertoriés sous le nom du testateur et l'année au cours de laquelle le document avait été déposé à Somerset House. Il incombait à Cordélia de retrouver le numéro de catalogue et d'apporter le livre au comptoir. On rechercherait alors le testament original qu'elle pourrait consulter pour vingt pence.

Ignorant la date de la mort de George Bottley,

Cordélia se demanda par où commencer. Mais elle déduisit que le testament devait avoir été rédigé après la naissance, ou du moins, après la conception de Mark puisque son grand-père lui avait laissé une fortune. Cependant, Mr. Bottley avait aussi laissé de l'argent à sa fille et cette partie-là de ses biens était revenue à Ronald Callender à la mort de sa femme. Mr. Bottley était donc probablement mort avant sa fille, sinon il aurait sûrement refait son testament. Cordélia décida de commencer à chercher à partir de l'anniversaire de Mark, en 1951.

Son raisonnement se révéla juste. George Albert Bottley était mort le 26 juillet 1951, exactement trois mois et un jour après la naissance de son petit-fils et seulement trois semaines après avoir rédigé son testament. Cordélia se demanda si sa mort avait été soudaine et inattendue ou si ses dernières volontés étaient celles d'un homme sur le point de mourir. Elle apprit qu'il avait laissé un héritage de près de trois quarts d'un million de livres. Comment avait-il fait tout cet argent? Uniquement avec la laine? Impossible. Elle hissa le lourd registre sur le comptoir; l'employée inscrivit les détails sur un formulaire blanc et indiqua le chemin de la caisse. Chose surprenante, quelques minutes seulement après avoir payé ce qui lui sembla être une somme modique, Cordélia se trouva assise sous la lampe de l'un des bureaux près de la fenêtre avec le testament entre les mains.

Elle n'avait pas beaucoup aimé ce que « nounou Pilbeam » lui avait dit du personnage, mais elle l'aima encore moins après avoir lu ses dernières volontés. Elle avait craint que le document ne fût long, compliqué et difficile à comprendre; or il était au contraire court, simple et intelligible. Mr. Bottley ordonnait que tous ses biens fussent vendus « vu que je désire éviter les inconvenantes querelles coutumières au sujet de bric-à-brac ». Il laissait de modestes sommes aux domestiques à son service au moment de sa mort, mais, comme le remarqua Cordélia, il ne mentionnait pas son jardinier. Il léguait la moitié du reliquat de la succession à sa fille « maintenant qu'elle a prouvé qu'elle possède au moins un des attributs normaux de la femme ». L'autre moitié, il la léguait à son cher petit-fils Mark Callender le jour de son vingt-cinquième anniversaire, « date à laquelle, s'il n'a pas appris la valeur de l'argent, il sera au moins en âge d'éviter qu'on ne l'exploite ». Les intérêts du capital allaient à six membres de la famille Bottley dont certains, apparemment, n'étaient que des parents éloignés. Le testament recréait un fidéicommis résiduel : lorsqu'un des bénéficiaires mourrait, sa part serait distribuée parmi les survivants. Le testateur exprimait sa conviction que cet arrangement éveillerait chez tous les grevés de restitution un vif intérêt pour leur santé et survie mutuelles tout en les encourageant à se distinguer par leur longévité, seule distinction dont ils étaient capables. Si Mark mourait avant son vingt-cinquième anniversaire, le fidéicommis familial serait maintenu jusqu'au décès du dernier bénéficiaire, puis le capital serait partagé entre une formidable liste d'œuvres de bienfaisance choisies, dans la mesure où Cordélia pouvait en juger, pour leur prestige et leur réussite plutôt que par une sympathie particulière du testateur à leur égard. On aurait dit que Mr. Bottley avait demandé à ses avocats d'établir une liste des œuvres les plus sérieuses, ne s'intéressant pas vraiment à ce qui pouvait advenir de ses biens si sa propre descendance ne vivait plus pour en hériter.

C'était un étrange testament. Mr. Bottley n'avait rien légué à son gendre, mais, apparemment, la possibilité que sa fille – dont il connaissait pourtant la santé délicate – pût mourir et laisser son argent à son mari ne l'avait pas tracassé. Sous certains aspects, c'était un testament de joueur et Cordélia s'interrogea de nouveau sur l'origine de la fortune de George Bottley. Toutefois, en dépit de la dureté cynique de ses commentaires, ses dernières volontés n'étaient ni injustes ni dénuées de générosité. A la différence de certains hommes très riches, il n'avait pas essayé de contrôler son patrimoine depuis l'au-delà, obsessionnellement résolu à ne pas laisser un seul penny tomber entre des mains non approuvées. Sa fille et son petit-fils avaient tous deux hérité de leurs fortunes sans condition. Il était impossible d'aimer Mr. Bottley, mais, par ailleurs, difficile de ne pas le respecter. Et les implications de son testament étaient claires : la mort de Mark ne profitait à personne sauf à de nombreuses bonnes œuvres hautement respectables.

Cordélia nota les clauses principales de l'acte, plus parce que Bernie avait toujours exigé une méticuleuse documentation que par peur de les oublier; elle glissa le reçu pour les vingt pence entre les pages de la partie « frais » de son calepin, y ajouta le prix de son billet de retour à Cambridge et celui de son ticket d'autobus, puis alla rendre le testament au comptoir. L'orage avait été aussi court que violent. Un chaud soleil séchait déjà les vitres et des flaques étincelaient dans la cour. Cordélia décida qu'elle ne compterait qu'une demi-journée de travail à sir Ronald : elle passerait au bureau les quelques heures qui lui restaient avant de rentrer. Il y avait peut-être du courrier à prendre. Peut-être même qu'une autre affaire l'y attendait.

Mais son idée se révéla être une erreur. Le bureau paraissait encore plus sordide que lorsqu'elle l'avait quitté et, comparé aux rues lavées par la pluie, l'air y avait une odeur aigrelette. Une épaisse couche de poussière recouvrait les meubles et la tache de sang sur le tapis avait viré au rouge brique, ce qui produisait un effet encore plus sinistre que le rouge vif original. Dans la boîte aux lettres, elle ne trouva qu'un dernier rappel pour le règlement de la note d'électricité et une facture de la papeterie. Bernie avait payé très cher – ou plutôt, pas payé du tout – le papier à lettres méprisé.

Cordélia libella un chèque à l'ordre de la compagnie d'électricité, essuya la poussière et entreprit une dernière et vaine fois de nettoyer le tapis. Puis elle referma la porte à clé et se mit en route pour Trafalgar Square. Elle irait se consoler à la National Gallery.

Elle prit le 16 h 16 à Liverpool Street. Le temps d'arriver au cottage, il était presque huit heures. Elle gara la mini à l'endroit habituel, à l'abri du bosquet, et gagna la maison par le côté. Elle hésita un moment, se demandant si elle devait récupérer le revolver, puis décida que cela pouvait attendre. Elle avait faim et le plus important était de se préparer un repas. Elle avait soigneusement fermé la porte de derrière et collé une mince bande d'adhésif en travers de l'appui de la fenêtre avant de partir, le matin. S'il y avait eu d'autres visiteurs secrets, elle en serait avertie. Mais le papier collant était intact. Elle fouilla dans son sac à main pour trouver la clé, puis, se baissant, l'introduisit dans la serrure. Elle ne s'attendait pas à avoir des ennuis à l'extérieur de la maison, aussi l'attaque la prit complètement par surprise. Une demi-seconde avant, elle pressentit ce qui allait arriver, puis la couverture s'abattit sur elle et il fut trop tard. Une corde s'enroula autour de son cou, plaquant l'étouffant masque laineux contre sa bouche et ses narines. Suffoquant, elle eut le goût du tissu sec et sentant fort sur la langue. Puis une douleur aiguë explosa dans sa poitrine et elle n'eut plus conscience de rien.

Sa libération fut à la fois une chose miraculeuse et horrible. On lui arracha la couverture de la tête. Elle ne vit pas son agresseur : pendant une seconde elle respira l'air exquis et vivifiant, eut un aperçu si bref qu'elle put à peine l'enregistrer du ciel éclatant à travers le feuillage, puis elle se sentit tomber, stupéfaite et impuissante dans de froides ténèbres. La chute ressembla à un mélange de vieux cauchemars – quelques secondes incroyables de souvenirs de terreurs enfantines. Puis son corps frappa l'eau. Des mains glaciales l'entraînèrent dans un tourbillon d'épouvante. Instinctivement, elle avait fermé la bouche au moment de l'impact; elle refit surface à travers ce qui lui parut être une éternité d'obscurité emprisonnante. Elle secoua la tête et leva ses yeux irrités. Le tunnel noir qui s'étendait au-dessus d'elle débouchait sur une lune de jour bleu. Alors même qu'elle regardait, le couvercle du puits se referma lentement comme un obturateur. La pleine lune devint demi-lunc, puis croissant. Pour finir, il ne resta que huit minces raies de lumières.

Elle pédala désespérément, cherchant le fond. Il n'y en avait pas. Bougeant frénétiquement les pieds et les mains, s'efforçant de ne pas céder à la panique, elle tâta les parois du puits dans l'espoir de rencontrer une prise éventuelle. Il n'y en avait pas. Lisse et suintante, la cheminée de briques la cernait de toutes parts comme une tombe circulaire. Alors qu'elle regardait vers le haut, le cylindre se tordit, s'élargit, ondula comme le ventre d'un monstrueux serpent.

Puis une saine colère l'envahit. Elle ne se laisserait pas noyer, elle ne mourrait pas, seule et terrifiée, dans cet affreux endroit. Le puits était profond, mais étroit. Son diamètre dépassait à peine quatre-vingt-dix centimètres. En gardant son sang-froid et en prenant son temps, elle pouvait s'arc-bouter des jambes et des épaules contre la brique et grimper vers l'ouverture.

Elle ne s'était pas blessée ni cogné la tête en tombant. Elle était miraculeusement indemne. Elle était en vie et capable de penser. Elle avait toujours su survivre. Elle survivrait.

Elle flotta sur le dos, les épaules appuyées contre la paroi, les bras étendus, les coudes enfoncés dans les interstices pour avoir une meilleure prise. Se débarrassant de ses chaussures, elle planta ses deux pieds contre la paroi opposée. Juste sous la surface de l'eau, une des briques semblait légèrement décalée. Elle l'entoura de ses orteils. Cela lui donna un point d'appui précaire mais précieux pour commencer son ascension : elle put hisser son corps hors de l'eau et soulager un instant la tension dans les muscles de son dos et de ses cuisses.

Lentement, elle se mit à grimper, déplaçant ses pieds l'un après l'autre en de minuscules pas glissants, puis arquant son corps, centimètre par centimètre. Elle gardait les yeux résolument fixés sur la courbe opposée du mur, s'interdisant de regarder en bas ou en haut, mesurant sa progression à la largeur de chaque brique. Du temps s'écoula. Elle ne pouvait pas voir la montre de Bernie; pourtant son tic-tac lui paraissait étrangement bruyant : un métronome régulier et importun qui battait au rythme de son cœur affolé et de ses halètements. Elle avait extrêmement mal aux jambes et un liquide chaud, presque réconfortant, qu'elle savait être du sang, collait son chemisier à son dos. Elle s'efforça de ne pas penser à l'eau au-dessous ni aux fentes lumineuses, qui allaient s'élargissant, au-dessus. Si elle voulait survivre, elle devait concentrer toute son énergie sur le prochain pénible centimètre.

Une fois, ses jambes glissèrent et elle redescendit de quelques mètres. Tâtant les murs visqueux avec ses pieds, elle trouva enfin un point d'appui. Dans sa chute, elle s'était écorché le dos. S'apitoyant sur son sort, malade de déception, elle se mit à geindre doucement. Puis elle rassembla de nouveau son courage et recommença à grimper. Une autre fois, elle fut prise d'une crampe et resta couchée comme sur un chevalet de torture jusqu'à ce que la douleur s'atténuât et qu'elle pût de nouveau mouvoir ses muscles ankylosés. De temps à autre, ses pieds rencontraient une autre petite prise, ce qui lui permettait d'étendre les jambes et de se reposer. La tentation de rester là, dans une sécurité et un confort relatifs, était presque irrésistible et elle devait s'obliger à reprendre sa lente et torturante ascension.

Elle avait l'impression de grimper depuis des heures, bougeant comme si elle était dans les douleurs d'un terrible enfantement. La nuit tombait. La lumière qui venait de la margelle était maintenant plus large, mais plus faible. Cordélia se dit que son ascension n'était pas vraiment difficile. Seules l'obscurité et la solitude la faisaient paraître ainsi. S'il s'était agi d'une course d'obstacles organisée ou d'un exercice de gymnastique au lycée, elle les aurait accomplis sans trop de mal. Elle évoqua des images rassurantes d'échelles suédoises et de chevaux d'arçons, les cris d'encouragement des élèves de seconde.

Sœur Perpétua était là. Mais pourquoi ne la regardait-elle pas? Pourquoi lui tournait-elle le dos? La silhouette pivota lentement et lui sourit. Mais au lieu de sœur Perpétua, c'était miss Leaming, sa maigre et pâle figure portant une expression sardonique sous le voile blanc.

Puis au moment où Cordélia comprit que, sans aide, elle n'irait pas plus loin, elle aperçut le salut. A quelque distance au-dessus d'elle, une courte échelle de bois était fixée sous la margelle. Cordélia crut d'abord à une illusion, à une hallucination provoquée par l'épuisement et le désespoir. Elle ferma les yeux quelques instants; ses lèvres remuèrent. Puis elle rouvrit les paupières. L'échelle était toujours là. Dans la lumière déclinante, on voyait faiblement sa réconfortante solidité. Cordélia leva vers elle des mains impuissantes. Elle savait néanmoins que les barreaux étaient inaccessibles. Ils pouvaient lui sauver la vie, mais elle n'avait pas la force de les atteindre.

C'est alors que, sans pensée ni plan conscients, elle se rappela la ceinture. Sa main descendit à sa taille et tâta la lourde boucle de cuivre. Elle la défit et ôta le long serpent de cuir de son corps. Avec précaution, elle lança le bout muni de la boucle vers la traverse inférieure. Les trois premières fois, le métal frappa le bois sans tomber par-dessus le barreau; la quatrième fois fut la bonne. Cordélia poussa doucement l'autre bout de la lanière vers le haut. La boucle descendit vers elle. Finalement, elle put étendre la main et la saisir. Elle la fixa à l'autre extrêmité, formant ainsi un solide anneau. Puis elle tira, d'abord doucement, ensuite plus fort, jusqu'à ce que la plus grande partie de son poids reposât sur la sangle. Elle en ressentit un soulagement indescriptible. Elle s'arc-bouta de nouveau contre la brique, rassemblant ses forces pour le dernier et triomphant effort. Puis la catastrophe arriva. Le barreau, pourri aux joints, cassa avec un craquement et tomba en tournoyant dans les ténèbres au-dessous d'elle, lui frôlant la tête au passage. Il lui sembla que des minutes, plutôt que des secondes, s'écoulèrent avant que le bruit lointain d'éclaboussures ne se répercutât sur les parois.

Cordélia défit la boucle de ceinture et essaya de nouveau. Le deuxième barreau se trouvait à une trentaine de centimètres du premier; le lancer était plus difficile. Cordélia ne compta pas le nombre de ses tentatives, mais enfin la boucle passa au-dessus de l'échelon et retomba vers elle. Quand le rectangle métallique parvint à proximité, elle découvrit qu'elle ne pouvait fermer la courroie que de justesse. Le prochain barreau serait trop haut. Si celui-ci cassait, elle était perdue.

Mais il résista. Elle ne se rappela que vaguement la dernière demi-heure de son ascension, mais elle finit par atteindre l'échelle et s'attacha solidement aux montants. Pour la première fois, elle était en sécurité. Tant que l'échelle tenait, elle n'avait pas à craindre de chute. Elle se permit de sombrer brièvement dans l'insconscience. Puis les rouages de son esprit, qui avaient merveilleusement tourné à vide, s'engrenèrent de nouveau et elle se mit à réfléchir. Elle savait qu'elle n'avait aucune chance de soulever le lourd couvercle toute seule. Étendant ses deux mains, elle le poussa, mais il ne bougea pas d'un pouce et le haut dôme concave l'empêchait de s'arc-bouter des épaules contre le bois. Il lui faudrait compter sur une aide extérieure et celle-ci n'arriverait pas avant le jour. Et peut-être même pas alors. Mais Cordélia écarta cette pensée. Tôt ou tard, quelqu'un viendrait. Ainsi liée, elle pouvait espérer tenir plusieurs jours. Même si elle perdait connaissance elle avait une chance d'être secourue vivante. Miss Markland savait qu'elle était au cottage; elle y trouverait ses affaires. Miss Markland viendrait.

Elle se demanda comment elle allait attirer son attention. Si seulement elle avait eu un objet assez dur, elle aurait pu le glisser dans un interstice, entre les planches de bois. Si elle réussissait à s'attacher plus étroitement, le bord de la boucle de ceinture ferait peut-être l'affaire. Mais elle devait attendre le matin. Pour l'instant, elle ne pouvait rien faire. Elle se détendrait, dormirait et attendrait.

Puis l'horreur finale de sa situation lui apparut. Il n'y

aurait pas de sauvetage. Quelqu'un viendrait au puits, viendrait à pas de loup sous le couvert de la nuit. Mais ce serait son assassin. Il fallait qu'il revienne : cela faisait partie de son plan. L'attaque qui, sur le moment, avait paru si étonnamment, si brutalement stupide, n'avait pas été stupide du tout. Il fallait maquiller le meurtre en accident. Son assassin reviendrait cette nuit et en lèverait de nouveau le couvercle. Puis le lendemain, ou quelques jours plus tard, miss Markland entrerait dans le jardin et découvrirait ce qui s'était passé. Personne ne serait capable de prouver que Cordélia n'était pas morte accidentellement. Elle se rappela les paroles du brigadier Maskell : « L'important ce ne sont pas les soupçons, mais les preuves. » Mais cette fois y en aurait-il même, des soupçons? Dans ce cas, il s'agissait d'une jeune femme impulsive et trop curieuse qui avait vécu dans le cottage sans l'autorisation du propriétaire. De toute évidence, elle avait voulu explorer le puits. Elle avait brisé le cadenas, tiré le couvercle en arrière et, tentée par l'échelle, avait entrepris de descendre. Le dernier barreau avait cédé sous son poids. Sur l'échelle on ne trouverait que ses propres empreintes – si jamais la police se donnait la peine de les relever. Le cottage était désert : qui verrait revenir son assassin? Elle ne pouvait rien faire à part attendre jusqu'à ce qu'elle entendît le bruit de ses pas, sa respiration haletante et que le couvercle glissât doucement, révélant son visage.

Passé le premier moment d'une terreur intense, Cordélia attendit la mort sans espoir et sans lutter davantage. Il y avait même une sorte de paix dans sa résignation. Attachée comme une victime aux montants de l'échelle, elle sombra brièvement dans une miséricordieuse inconscience et pria pour qu'elle fût dans cet état à l'instant du retour de son meurtrier. Cela ne l'intéressait plus de voir son visage. Elle ne s'abaisserait pas à le supplier de l'épargner, ne demanderait pas grâce à l'homme qui avait pendu Mark. Elle savait qu'il n'y aurait pas de pitié.

Mais quand le couvercle du puits commença à bouger

lentement, elle était pleinement consciente. La lumière apparut au-dessus de sa tête penchée. La fente s'agrandit. Puis elle entendit une voix, une voix basse, pressante, de femme que l'effroi rendait aiguë.

« Cordélia! »

Elle leva les yeux.

Au bord de la margelle, un immense et pâle visage de femme semblait flotter, désincarné, dans l'espace, pareil à une apparition cauchemardesque : miss Markland. Dans ses yeux se lisait la même terreur que dans ceux de Cordélia.

Dix minutes plus tard, Cordélia était affalée dans un des fauteuils près de la cheminée. Elle avait mal partout et ne parvenait pas à maîtriser un violent tremblement. Son léger chemisier collait à son dos blessé et le moindre mouvement lui était douloureux. Miss Markland avait allumé le petit bois dans le foyer et était en train de préparer du café. Cordélia l'entendait aller et venir dans la petite cuisine, sentit la flamme du réchaud montée au maximum, puis, bientôt, l'arôme évocateur du café. D'habitude, ces détails familiers l'auraient rassurée et réconfortée, mais à présent, elle n'avait qu'un seul désir : être seule. L'assassin reviendrait tout de même. Il reviendrait nécessairement et elle voulait être là pour l'affronter. Miss Markland entra avec deux chopes; elle en pressa une entre les mains frissonnantes de Cordélia. D'un pas lourd, elle monta au premier d'où elle redescendit avec un pull de Mark qu'elle noua autour du cou de sa protégée. Elle n'avait plus peur, mais elle était aussi agitée qu'une jeune fille partageant sa première aventure honteuse. Elle avait les yeux fous et tout son corps tremblait d'excitation. S'asseyant en face de Cordélia, elle la scruta du regard :

« Comment est-ce arrivé? Vous devez me le dire. »

Cordélia pensait toujours aussi vite.

« Je n'en sais rien. Je ne me rappelle rien jusqu'au moment où j'ai touché l'eau. J'ai dû vouloir explorer le puits et perdre l'équilibre.

– Mais le couvercle du puits! Il était en place.

– Je sais. Quelqu'un doit l'avoir remis.

– Mais pourquoi? Et qui peut bien venir ici?

– Je n'en sais rien. Mais quelqu'un doit l'avoir vu et traîné jusqu'à la margelle. »

Cordélia ajouta d'une voix plus douce :

« Vous m'avez sauvé la vie. Comment avez-vous remarqué qu'il se passait quelque chose d'anormal?

– Je suis venue au cottage pour voir si vous y étiez encore. C'est ma seconde visite, aujourd'hui. Il y avait un morceau de corde – celui que vous avez utilisé, je suppose – abandonné au milieu du sentier et j'ai trébuché dessus. Puis j'ai constaté que le couvercle n'était pas bien en place et que le cadenas avait été cassé.

– Vous m'avez sauvé la vie, répéta Cordélia, mais je vous en prie, partez maintenant. Je vais très bien, je vous assure.

– Mais vous n'êtes pas en état de rester seule! Et cet homme – celui qui a remis le couvercle – risque de revenir. L'idée que des inconnus rôdent autour du cottage alors que vous y êtes seule m'est fort désagréable.

– Je suis en parfaite sécurité. De plus, j'ai un revolver. Je désire simplement me reposer en paix. Je vous en prie, ne vous inquiétez pas pour moi! »

Cordélia détecta une note de désespoir, presque d'hystérie, dans sa propre voix.

Miss Markland ne sembla pas l'entendre. Soudain elle se trouva à genoux devant Cordélia et d'une voix aiguë, excitée, commença à déverser un torrent de paroles. Sans considération ni pitié pour la jeune femme, elle lui confia sa terrible histoire : à l'âge de quatre ans, l'enfant qu'elle avait eu avec son amant s'était faufilé à travers la haie du cottage et était tombé dans le puits. Cordélia essaya de fuir ses yeux déments. Il s'agissait sûrement d'un fantasme. Cette femme devait être folle. Et, s'il s'agissait de la vérité, celle-ci était atroce, impensable, Cordélia ne voulait pas l'entendre. Plus tard, elle se souviendrait de chacun des mots prononcés, penserait au gosse, à son ultime terreur, à ses cris pour appeler sa mère, à l'eau froide et suffocante qui l'entraînait dans la mort. Elle vivrait ses angoisses dans des cauchemars, tout comme elle revivrait les siennes. Mais pas maintenant. Le flot de paroles, les reproches que s'adressait la femme, l'évocation de sa douleur avaient un accent libérateur. Ce qui, pour Cordélia, avait été une espérance horrible représentait pour miss Markland une délivrance. Une vie en échange d'une vie. Soudain Cordélia n'y tint plus. Elle dit brutalement :

« Je m'excuse! Vous m'avez sauvé la vie et je vous en suis reconnaissante, mais je ne supporte pas d'en entendre davantage. Je ne veux voir personne. Pour l'amour du ciel, allez-vous en! »

Jamais elle n'oublierait l'expression blessée qui apparut sur le visage de la femme, sa silencieuse retraite. Cordélia ne l'entendit pas partir, ne se rappela pas avoir entendu la porte se fermer. Une seule chose comptait : elle était seule. Bien qu'elle eût encore froid, elle avait cessé de trembler. Elle monta au premier, mit son pantalon, dénoua le pull de Mark qu'elle avait autour du cou et l'enfila. Le chandail couvrirait les taches de sang sur sa chemise. Sa chaleur lui procura un réconfort immédiat. Elle se mouvait avec rapidité. A tâtons, elle chercha les munitions, prit sa lampe de poche et se glissa dehors par la porte de derrière. La revolver était à l'endroit où elle l'avait laissé : dans la fourche de l'arbre. Elle le chargea, le palpa, sentit son poids familier dans sa main. Puis elle se dissimula derrière des buissons et attendit.

Il faisait trop sombre pour voir le cadran de sa montre, mais Cordélia jugea qu'elle devait avoir attendu une demi-heure là, immobile dans l'ombre, avant de percevoir le bruit qu'elle guettait. Le ronronnement du moteur atteignit un bref crescendo, puis s'affaiblit. Une voiture était passée sans s'arrêter. Il était rare qu'un véhicule empruntât le chemin près de la maison, la nuit. Cordélia se demanda qui cela pouvait être. S'enfonçant davantage sous le sureau protecteur, de façon à pouvoir s'adosser contre le tronc, elle reprit sa surveillance. Elle avait serré l'arme si fort que son bras droit lui faisait mal.

Changeant le pistolet de main, elle fit tourner doucement son poignet, étira ses doigts gourds.

Les minutes s'écoulèrent avec lenteur. Seuls le frôlement furtif de quelque petit animal nocturne dans l'herbe ou le hululement soudain d'un hibou rompaient de temps à autre le silence. Puis, de nouveau, on entendit un bruit de moteur. Cette fois, le son était faible et il ne se rapprocha pas. Quelqu'un avait garé sa voiture un peu plus bas sur la route.

Saisissant le revolver dans sa main droite, Cordélia en entoura le canon de sa main gauche. Son cœur battait si fort qu'elle avait l'impression qu'il allait trahir sa présence. Elle imagina, plutôt qu'elle ne l'entendit, le faible grincement de la barrière de devant, mais le bruit de pas qui contournaient la maison était clair et net. Puis l'homme arriva en vue : une silhouette trapue qui se détachait, noire, contre la lumière. Il avança dans la direction de Cordélia. Celle-ci put voir son sac bandoulière pendre à l'épaule de l'intrus. Cette découverte la déconcerta. Elle avait complètement oublié son sac. Mais elle comprit pourquoi l'autre l'avait pris. Il avait voulu le fouiller pour y chercher des preuves, mais, pour finir, on devait le trouver avec le corps de sa victime, dans le puits.

Il approcha sur la pointe des pieds, ses longs bras simiesques raides et écartés du corps comme une caricature de cow-boy de cinéma prêt à dégainer. Parvenu à quelques mètres de la margelle, il attendit; le clair de lune fit luire le blanc de ses yeux tandis qu'il promenait lentement son regard autour de lui. Puis il se pencha et, à tâtons, chercha le bout de corde dans l'herbe. Cordélia l'avait posée à l'endroit où miss Markland l'avait trouvée, mais quelque chose, une légère différence peut-être dans la façon dont elle ondulait, parut le frapper. Hésitant, il se leva. Il resta un moment immobile, la corde oscillant au bout de son bras. Cordélia essaya de réprimer sa respiration. Comment pouvait-il ne pas l'entendre, la sentir ou la voir? se demanda-t-elle. Comment pouvait-il être aussi semblable à un prédateur et pourtant manquer de l'instinct qui permet à l'animal de déceler son ennemi dans le noir? Il avança. Maintenant il était au puits. Il se baissa et enfila une extrémité de la corde dans l'anneau de fer.

Cordélia fit un pas hors de l'obscurité. D'une main ferme, elle tenait son arme droite, comme Bernie le lui avait enseigné. Cette fois, la cible était très proche. Elle savait qu'elle ne tirerait pas, mais, à cet instant, elle comprit aussi ce qui pouvait pousser un homme au meurtre. Elle dit à haute voix :

« Bonsoir, monsieur Lunn. »

Elle ne sut jamais s'il avait vu le revolver. Mais, pendant une inoubliable seconde, alors que la lune surgissait d'un nuage, elle distingua clairement son visage, distingua son expression de haine, de désespoir, d'angoisse et son rictus de terreur. Avec un cri rauque, il jeta le sac à main et la corde par terre et fonça à travers le jardin dans une panique aveugle. Cordélia s'élança à sa poursuite, sachant à peine pourquoi ni ce qu'elle espérait obtenir; elle voulait simplement l'empêcher de parvenir à Garforth House avant elle. Et elle ne tira toujours pas.

Mais Lunn avait un atout. Alors qu'elle se précipitait par la porte du jardin, elle vit qu'il avait garé la fourgonnette à une cinquantaine de mètres plus bas et avait laissé tourner le moteur. Elle courut après lui, mais comprit que c'était inutile. Son seul espoir de le rattraper était de prendre la mini. Elle fila le long du chemin, fouillant dans son sac tout en courant. Le livre de prières et son calepin avaient disparu, mais elle trouva ses clés de voiture. Elle ouvrit la mini, se jeta à l'intérieur et, en marche arrière, la ramena brutalement sur la route. Les feux arrière de la camionnette brillaient à une centaine de mètres devant elle. Elle ne connaissait pas sa puissance, mais il était peu probable qu'elle pût battre la mini. Elle appuya sur l'accélérateur et la prit en chasse. Elle tourna à gauche, quittant le chemin pour la route secondaire. Lunn était toujours devant elle. Il roulait vite et maintenait la distance entre eux. Puis il disparut dans un virage. Il devait approcher de la bifurcation où la route de Duxford débouchait sur celle de Cambridge.

Elle entendit le fracas juste avant de parvenir elle-même au carrefour : une explosion instantanée de sons qui agita les haies et fit trembler sa petite voiture. Les mains de Cordélia se crispèrent sur le volant et la mini s'arrêta brusquement. Elle descendit et se hâta de sortir du tournant : devant elle s'étendait la surface brillante, éclairée par les phares, de la route de Cambridge. Elle grouillait de silhouettes qui couraient. Immense masse oblongue, le poids lourd, toujours debout, bloquait l'horizon comme une barricade. Sous ses roues de devant gisait la fourgonnette, écrasée comme un jouet d'enfant. Cela sentait l'essence; une femme criait; on entendait le grincement de pneus freinant sur la chaussée. Cordélia s'approcha lentement du camion. Le conducteur était encore assis sur son siège; il regardait fixement devant lui; son visage, rigide comme un masque, exprimait la plus grande concentration. Des gens l'appelaient, levaient les bras vers lui. Il ne bougeait pas. Un homme vêtu d'un lourd manteau de cuir et portant des lunettes de motocycliste déclara :

« Il est en état de choc. Nous ferions bien de le descendre. ».

Trois personnes s'interposèrent entre Cordélia et le camionneur. Leurs épaules se soulevèrent à l'unisson. L'effort leur arracha un grognement. Ils extirpèrent le routier de sa cabine. L'homme était aussi raide qu'un mannequin; il avait les genoux pliés, les mains fermées et tendues comme s'il serrait encore son énorme volant. Ses sauveteurs se penchèrent au-dessus de lui en un conciliabule secret.

D'autres silhouettes entouraient la fourgonnette accidentée. Cordélia se joignit à ce groupe de visages anonymes. Des bouts de cigarettes brillaient, puis s'éteignaient comme des feux de signalisation, jetant une lueur passagère sur les mains tremblantes, les yeux agrandis par l'horreur. Elle demanda :

« Est-il mort? »

L'homme aux lunettes répondit laconiquement :

« Y a des chances! »

Puis une jeune fille demanda d'une voix hésitante, oppressée :

« A-t-on appelé une ambulance?

– Oui oui. Ce type à la Cortina est allé téléphoner. »

Un flottement se produisit dans le groupe. La fille et le garçon au bras duquel elle s'accrochait commencèrent à s'éloigner. Une autre voiture s'arrêta. Un homme de haute stature se fraya un passage à travers la foule. Cordélia l'entendit dire d'une voix forte, autoritaire :

« Je suis médecin. A-t-on appelé une ambulance?

– Oui, monsieur », répondit quelqu'un avec respect.

Les badauds laissèrent passer l'homme de l'art. Celui-ci se tourna vers Cordélia, sans doute parce qu'elle était la plus proche de lui.

« Si vous n'avez pas assisté à l'accident, mademoiselle, je vous conseille de reprendre la route. Écartez-vous, vous autres. Il n'y a rien que vous puissiez faire. Et éteignez-moi ces cigarettes! »

Cordélia regagna lentement la mini. Elle mettait avec précaution un pied devant l'autre, comme une convalescente faisant péniblement ses premiers pas. Avec la voiture, elle contourna l'accident, cahotant sur le bas-côté herbeux. Un hurlement de sirènes s'approchait. Alors qu'elle quittait la route principale, son rétroviseur refléta soudain une lueur rouge. On entendit un brusque ronflement, suivi d'un long gémissement poussé par plusieurs personnes à l'unisson et que traversa le cri aigu d'une femme. Un mur de flammes se dressa sur la route. L'avertissement du médecin était venu trop tard. La fourgonnette brûlait. Il n'y avait plus d'espoir pour Lunn; y en avait-il jamais eu?

Cordélia se rendait compte qu'elle conduisait d'une façon désordonnée. Des voitures qui la croisaient klaxonnaient et lui faisaient des appels de phare; un motocycliste ralentit et lui cria quelque chose d'un air furieux. Apercevant une barrière sur le côté, elle se gara devant et coupa le contact. Autour d'elle, un silence absolu. Elle avait les mains moites et tremblantes. Elle les essuya avec son mouchoir et les posa sur ses genoux comme si elles étaient séparées du reste de son corps. C'est à peine si elle remarqua qu'une voiture passait, ralentissait, stoppait. Un visage apparut à sa portière. L'inconnu avait du mal à articuler. Il parla d'une voix nerveuse, mais horriblement mielleuse.

« Z'avez des ennuis, miss?

– Pas du tout. Je me suis simplement arrêtée pour me reposer.

– Faut pas vous reposer toute seule... une jolie fille comme vous... »

Il avait déjà la main sur la poignée. Cordélia fouilla dans son sac et en sortit le revolver. Elle le braqua sur la figure de l'importun.

« Il est chargé. Foutez le camp ou je tire. »

La menace dans sa voix l'impressionna elle-même. Le visage pâle et moite de l'individu se décomposa de surprise, sa mâchoire s'affaissa. Il recula.

Cordélia attendit que la voiture de l'homme eût disparu. Puis elle remit le contact. Mais elle savait qu'elle ne pourrait pas continuer. Elle arrêta de nouveau le moteur. Des vagues de fatigue la submergeaient, une marée irrésistible, douce comme une bénédiction, auxquelles ni son esprit ni son corps épuisés n'avaient la force de résister. Sa tête tomba en avant et elle s'endormit.

6.

Cordélia dormit profondément, mais brièvement. Elle ne sut jamais si elle fut réveillée par la lumière aveuglante d'une autre voiture balayant ses paupières closes ou par le sentiment inconscient qu'elle devait limiter son repos à une courte demi-heure, minimum nécessaire qui lui permettrait de faire ce qu'elle avait à faire avant de s'abandonner au sommeil. Se redressant, elle sentit une douleur aiguë dans ses muscles surmenés et la démangeaison presque agréable du sang séché sur son dos. L'air nocturne était chargé de la tiédeur et des odeurs du jour; même la route qui serpentait devant elle semblait poisseuse à la lueur de ses phares. Mais son corps glacé et endolori continuait à apprécier la chaleur que lui dispensait le pull de Mark. Pour la première fois depuis qu'elle l'avait enfilé, elle vit qu'il était vert foncé. Bizarre! Elle n'avait pas remarqué sa couleur auparavant.

Pendant le reste du trajet, elle conduisit comme une débutante : très droite, les yeux fixés droit devant elle, les mains et les pieds crispés sur les commandes. Enfin, la grille de Garforth House se dressa devant elle. A la lumière des phares, elle lui parut plus haute et plus ornée que dans son souvenir. Elle était close. Cordélia sauta de la mini priant le ciel qu'elle ne fût pas fermée à clé. Bien qu'opposant une résistance, le lourd loquet de fer se leva dans ses mains impatientes. La grille s'ouvrit silencieusement.

Il n'y avait pas d'autres voitures dans l'allée. Elle gara la sienne à quelque distance de la maison. Les fenêtres étaient sombres. Une seule lumière brillait, douce et accueillante, à travers la porte d'entrée ouverte. Cordélia prit le revolver dans sa main et, sans sonner, pénétra dans le vestibule. Bien que beaucoup plus fatiguée physiquement que lors de sa première visite à Garforth House, elle vit l'endroit avec une intensité nouvelle, ses nerfs sensibles au moindre détail. L'entrée était vide. On aurait dit que la maison l'avait attendue. Elle perçut le même parfum de rose et de lavande, mais cette nuit, elle se rendit compte que la lavande provenait d'une grande coupe chinoise posée sur un guéridon. Elle se rappelait le tic-tac insistant de l'horloge, mais cette fois, elle nota la boiserie ouvragée, les volutes et les spirales du cadran. Chancelant légèrement, elle s'arrêta au milieu du vestibule, le revolver dans sa main lâche, et regarda par terre. Le tapis avait un motif géométrique dans les tons vert olive, bleu pâle et cramoisi; chaque dessin avait la forme de l'ombre d'un homme agenouillé. Elle eut l'impression qu'elle devait tomber à genoux. Était-ce un tapis de prière oriental?

Elle se rendit compte que miss Leaming descendait lentement l'escalier vers elle, sa longue robe de chambre rouge ondulant autour de ses chevilles. D'un geste ferme, elle lui ôta le revolver. A sa main devenue plus légère, Cordélia comprit qu'elle ne le tenait plus. Cela lui était égal. Elle ne pourrait jamais s'en servir pour se défendre, ne pourrait jamais tuer un homme. Elle avait appris cela sur elle-même quand Lunn s'était enfui, terrifié.

« Personne ne vous attaquera ici, miss Gray, lui dit miss Leaming.

– Je suis venue faire mon rapport à sir Ronald. Où est-il?

– Là où vous l'avez vu la dernière fois : dans son bureau. »

Comme avant, Ronald Callender était assis à son bureau. Il avait dicté; le magnétophone se trouvait à sa droite. Apercevant Cordélia, il arrêta l'appareil, puis alla au mur, le débrancher. Il revint à sa table. Sa visiteuse et lui s'installèrent l'un en face de l'autre. Callender croisa ses mains dans le rond de lumière dispensé par la lampe et regarda Cordélia. Celle-ci faillit pousser un cri. La figure de sir Ronald lui rappelait ces visages grotesquement réfléchis dans les vitres sales de trains, la nuit : hâves, décharnés, les yeux enfoncés dans les orbites – des visages de ressuscités.

Il parla d'une voix basse, rêveuse.

« Il y a une demi-heure, j'ai appris la mort de Chris Lunn. C'était le meilleur laborantin que j'aie jamais eu. Je l'ai sorti d'un orphelinat il y a quinze ans. Il n'avait jamais connu ses parents. C'était un garçon laid, difficile, qui avait déjà eu des ennuis avec la justice et était en liberté surveillée. A l'école, il n'avait rien appris. Mais Lunn était un scientifique né. S'il avait reçu une éducation convenable, il aurait été aussi bon que moi.

– Pourquoi ne lui avez-vous pas donné sa chance, alors? Pourquoi ne l'avez-vous pas fait étudier?

– Parce qu'il m'était plus utile comme laborantin. Il aurait pu être aussi bon que moi, ai-je dit. En fait, ce n'est pas tout à fait cela. D'aussi bons scientifiques que moi, je peux en trouver beaucoup. Je n'aurais jamais trouvé un autre laborantin du niveau de Lunn. Personne ne savait manier les instruments comme lui. »

Callender dévisagea Cordélia, mais sans manifester de curiosité.

« Vous êtes venue faire votre rapport, bien sûr. Il est fort tard, miss Gray, et, comme vous le voyez, je suis fatigué. Cela ne peut-il attendre jusqu'à demain? »

Posée par un homme tel que lui, cette question ressemblait presque à une prière, pensa Cordélia.

« Non. Moi aussi je suis fatiguée. Mais je veux terminer cette affaire ce soir, tout de suite. »

Callender prit un coupe-papier d'ivoire sur son bureau et, sans regarder Cordélia, le plaça en équilibre sur son index.

« Alors dites-moi pourquoi mon fils s'est suicidé. Je

suppose que vous avez des nouvelles pour moi? Si vous n'aviez rien à m'apprendre, vous n'auriez sûrement pas fait irruption dans mon bureau à cette heure.

– Votre fils ne s'est pas suicidé. Il a été assassiné. Assassiné par quelqu'un qu'il connaissait extrêmement bien, quelqu'un qu'il n'a pas hésité à faire entrer chez lui, quelqu'un qui venait dans un dessein criminel. Mark a été étranglé ou asphyxié, puis pendu à un crochet fixé au plafond par sa propre ceinture. Pour finir, son assassin lui a mis du rouge à lèvres, des sous-vêtements féminins et a étalé des photos de nus sur la table devant lui. Cette mise en scène était destinée à faire croire à une mort accidentelle pendant une expérience sexuelle. De tels cas ne sont pas si rares. »

Il y eut quelques secondes de silence, puis sir Ronald dit avec un calme parfait :

« Et qui est le coupable, miss Gray?

– Vous. Vous avez tué votre fils.

– Pour quelle raison? »

Il aurait pu être un examinateur sévère posant d'inexorables questions.

« Parce qu'il avait découvert que votre femme n'était pas sa mère, que l'argent que son grand-père leur avait laissé, à elle et à lui, était le fruit d'une supercherie. Parce qu'il n'avait pas l'intention d'en bénéficier un instant de plus, ni d'accepter son héritage quatre ans plus tard. Vous avez eu peur qu'il ne divulgue son secret. Qu'aurait alors fait la Wolvington? Si la vérité avait éclaté, ce trust ne vous aurait jamais donné la subvention promise. L'avenir de votre laboratoire était en jeu. Vous ne pouviez pas prendre ce risque.

– Et qui a rhabillé Mark, tapé son message d'adieu et essuyé le rouge à lèvres?

– Je crois le savoir, mais je ne vous le dirai pas. C'est cela que vous vouliez que je découvre, n'est-ce pas? C'est pour cela que vous m'avez engagée? C'était cela que vous ne supportiez pas de ne pas savoir. Mais vous avez tué Mark. Vous aviez même préparé un alibi juste pour le cas où vous en auriez eu besoin. Vous avez demandé à Lunn de vous appeler au collège en se faisant passer pour votre fils. Lunn était la seule personne en laquelle vous pouviez avoir une confiance absolue. Il n'était que votre laborantin. Il n'a pas exigé d'explications, il a fait ce que vous lui avez demandé de faire. Et même s'il avait deviné la vérité, il était sûr, n'est-ce pas? Vous aviez préparé un alibi, mais vous n'avez pas osé l'utiliser parce que vous ignoriez à quel moment le cadavre de Mark serait découvert. Si quelqu'un l'avait trouvé et avait mis en scène ce suicide avant l'heure où vous prétendiez lui avoir parlé, cela aurait démoli votre alibi. Or un alibi démoli est fatal. Alors vous vous êtes arrangé pour parler à Benskin et remettre les choses au point. Vous lui avez dit la vérité : que c'était Lunn qui vous avait appelé. Vous étiez convaincu que Lunn confirmerait vos dires. De toute façon, cela n'avait pas grande importance. S'il avait parlé, personne ne l'aurait cru.

– Exact, pas plus que personne ne vous croira, vous. Vous avez tenu à justifier vos honoraires, miss Gray. Votre explication est ingénieuse; certains détails semblent même assez plausibles. Mais vous savez comme moi qu'aucun inspecteur de police au monde ne la prendrait au sérieux. Malheureusement pour vous, vous n'avez pas pu interroger Lunn. Mais Lunn, comme je vous l'ai dit, est mort. Il a brûlé dans un accident de la route.

– Je sais, je l'ai vu. Il a essayé de me tuer, cette nuit. Étiez-vous au courant? Et, auparavant, il a essayé de m'effrayer pour que j'interrompe mon enquête. Est-ce parce qu'il commençait à soupçonner la vérité?

– S'il a essayé de vous tuer, il a dépassé les instructions que je lui avais données. Je l'avais simplement chargé de vous surveiller. Si vous vous rappelez, j'avais loué vos services exclusifs et à plein temps. Je voulais être sûr d'en avoir pour mon argent. Et, dans un sens, c'est ce que j'ai eu. Mais vous ne devez pas vous laisser emporter par votre imagination en dehors de cette pièce. Ni la justice ni la police n'aiment la diffamation ou les délires hystériques. Et quelle preuve avez-vous? Aucune. Ma femme a été incinérée. Plus rien ni personne ne pourrait prouver que Mark n'était pas son fils.

– Vous avez rendu visite au Dr Gladwin pour vous assurer qu'il était trop sénile pour témoigner contre vous. Vaine inquiétude. Il ne s'est jamais douté de rien, n'est-ce pas? Vous l'aviez choisi pour soigner votre femme parce qu'il était vieux et incompétent. Mais j'ai une toute petite pièce à conviction. Lunn vous l'apportait.

– Vous auriez dû en prendre meilleur soin. Il ne subsiste rien de Lunn, à part ses os.

– Il reste les sous-vêtements féminins, le slip et le soutien-gorge noirs. Quelqu'un pourrait se rappeler qui les a achetés, surtout s'ils l'ont été par un homme.

– Les hommes achètent souvent de la lingerie pour leurs femmes. Mais si j'avais l'intention de commettre un crime pareil, ce ne serait pas l'acquisition des accessoires qui me tracasserait. Quelle caissière débordée d'un magasin à succursales multiples se souviendrait d'une emplette unique payée en numéraire, une emplette d'articles fort courants présentés en même temps que beaucoup d'autres à une heure de grande affluence? Et puis cet homme pourrait avoir porter un déguisement. Je doute même qu'elle aurait remarqué sa figure. Croyez-vous que plusieurs semaines plus tard, elle pourrait identifier l'un de ces milliers de clients et cela avec assez de certitude pour convaincre un jury? Et même si elle le pouvait, qu'est-ce que cela prouverait, à moins que vous n'ayez la lingerie en question en votre possession? Soyez sûre d'une chose, miss Gray : si je devais tuer, je le ferais d'une manière efficace. On ne me découvrirait jamais. Si la police apprend jamais dans quel état on a trouvé mon fils, comme cela est fort possible puisque, apparemment, quelqu'un d'autre que vous le sait, ils seront encore plus persuadés que Mark s'est tué. Sa mort était nécessaire et, à la différence de la plupart des morts, utile. Les êtres humains ont un besoin irrésistible de sacrifice. Ils meurent pour n'importe quelle raison ou aucune, pour des abstractions dénuées de sens telles que la patrie, la justice, la paix : pour les idéaux ou pour la puissance d'autres hommes, pour quelques mètres de terre. Vous, vous donneriez certainement votre vie pour sauver un enfant ou si vous étiez convaincue que votre sacrifice permettrait de trouver un remède contre le cancer.

– Peut-être. Du moins, je l'espère. Mais je tiendrais à ce que cette décision fût la mienne, et non la vôtre.

– Bien sûr. Cela vous procurerait la satisfaction morale nécessaire. Mais cela ne changerait rien au fait que vous mourriez ni au résultat de votre mort. Et ne me dites pas que ce que je fais ici ne vaut pas une seule vie humaine. Épargnez-moi cette hypocrisie. Vous ne connaissez pas, vous êtes incapable de comprendre la valeur de mes travaux. Qu'est-ce que ça peut vous faire que Mark soit mort? Avant d'arriver à Garforth House, vous n'en aviez jamais entendu parler.

– Cela fait quelque chose à Gary Webber.

– Dois-je perdre tout le fruit de mon travail ici parce que Gary Webber a besoin d'un copain pour jouer au squash ou pour discuter d'histoire? »

Soudain sir Callender regarda Cordélia droit dans les yeux. Il demanda d'un ton brusque :

« Qu'avez-vous? Êtes-vous malade?

– Non, pas malade. Je savais que je devais avoir raison. Je savais que mon raisonnement était juste. Mais je n'arrive pas à le croire. Je n'arrive pas à croire qu'un être humain puisse être aussi mauvais.

– Si vous êtes capable de l'imaginer, alors je suis capable de le faire. N'avez-vous pas encore découvert cela au sujet des êtres humains, miss Gray? C'est la clé de ce que vous appelleriez la méchanceté humaine. »

Tout à coup, Cordélia ne put supporter plus longtemps ce discours cynique. Elle protesta avec véhémence :

« Mais à quoi cela sert-il de rendre le monde plus beau si les gens qui l'habitent ne peuvent s'aimer les uns les autres? »

Enfin elle avait réussi à le mettre en colère.

« Aimer! Le mot le plus galvaudé de notre langue! A-t-il le moindre sens à part la connotation personnelle que vous choisissez de lui donner? Qu'entendez-vous par aimer? Que les êtres humains doivent apprendre à vivre ensemble en se souciant suffisamment de leur bien-être mutuel? La loi est là pour y veiller. Le plus grand bien pour le plus grand nombre. Comparées à cette déclaration fondamentale de bon sens, toutes les autres philosophies sont des abstractions métaphysiques. Ou voulez-vous parler de l'amour dans un sens chrétien, la *caritas*? Lisez l'histoire, miss Gray. Voyez à quelles horreurs, à quelle violence, à quelles haine et répression la religion de l'amour a conduit l'humanité. Mais peut-être préférez-vous une définition plus féminine, plus individuelle : l'amour en tant qu'attachement passionné à une autre personnalité? Un fort attachement personnel aboutit toujours à la jalousie et à l'esclavage. L'amour est plus destructeur que la haine. Si vous devez consacrer votre vie à quelque chose, consacrez-la à une idée.

– Je veux dire : aimer comme un père aime son enfant.

– Pour leur plus grand dommage à tous deux, peut-être. Mais si un père n'aime pas son enfant, rien au monde ne pourra l'inciter ou l'obliger à le faire. Et là où il n'y a pas d'amour, il ne peut y avoir aucune des obligations de l'amour.

– Vous auriez pu le laisser vivre! Cet argent lui était indifférent. Il aurait compris vos besoins et se serait tu.

– Vous croyez? Et, dans quatre ans, comment aurait-il – ou aurais-je – expliqué son refus d'une énorme fortune? Les gens qui agissent selon ce qu'ils appellent leur conscience ne sont jamais sûrs. Mon fils était un pharisien. Comment aurais-je pu mettre ma personne et mon œuvre entre ses mains?

– Vous êtes entre les miennes, sir Ronald.

– Erreur. Je ne suis entre les mains de personne. Malheureusement pour vous, ce magnétophone n'est pas en marche. Nous n'avons pas de témoins. Vous ne répéterez pas un mot de ce qui a été dit dans cette pièce à quiconque dehors. Si vous le faites, je serai obligé de vous ruiner, de vous rendre inemployable, miss Gray. D'abord je mettrai en faillite votre agence minable. D'après ce que miss Leaming m'en a dit, cela devrait être facile. La diffamation est un plaisir qui peut revenir fort cher. Pensez-y, si jamais vous êtes tentée de parler. Pensez également à ceci : vous vous nuirez à vous-même, vous nuirez à la mémoire de Mark, mais vous ne me nuirez pas à moi. »

Cordélia ne sut jamais combien de temps la haute silhouette en robe de chambre les avait observés et écoutés, cachée dans l'ombre de la porte. Elle ne sut jamais ce que miss Leaming avait entendu de leur conversation, ni à quel moment elle s'était éloignée sans bruit. Mais maintenant elle prit conscience de la forme écarlate qui avançait silencieusement sur le tapis, les yeux fixés sur l'homme derrière le bureau, le revolver serré contre sa poitrine. Paralysée par l'horreur, Cordélia la regarda, le souffle coupé. Elle savait exactement ce qui allait se passer. L'attente dura sans doute moins de trois secondes, mais celles-ci s'écoulèrent aussi lentement que des minutes. Sûrement Cordélia aurait eu le temps de pousser un cri d'alarme, de bondir en avant et d'arracher l'arme à cette main ferme? Sûrement Callender aurait eu le temps de crier? Mais il n'émit pas un son. Il se leva à demi, incrédule, et contempla le canon du revolver avec étonnement. Puis il tourna la tête vers Cordélia comme pour la supplier. La jeune femme ne devait jamais oublier ce dernier regard : un regard au-delà de la terreur, au-delà de l'espoir. Il n'exprimait qu'une totale acceptation de la défaite.

Suivit alors une exécution propre, mesurée, rituellement précise. La balle entra derrière l'oreille droite. Le corps bondit en l'air, les épaules voûtées, se ramollit sous les yeux de Cordélia comme si les os se transformaient en cire, et s'affala enfin, simple rebut, sur le bureau. Une chose inerte, comme Bernie, comme son père.

« Il a tué mon fils, dit miss Leaming.

– Votre fils?

– Bien sûr. Mark était mon fils. Son fils et le mien. Je pensais que vous l'aviez deviné. »

Le revolver à la main, les yeux dénués d'expression, miss Leaming regarda par la fenêtre ouverte qui donnait sur la pelouse. Un silence absolu régnait. Pas une feuille ne bougeait. Miss Leaming reprit :

« Ronald avait raison : il était intouchable. Il n'y avait pas de preuve. »

Cordélia s'écria, horrifiée :

« Comment pouviez-vous le tuer, alors? Comment pouviez-vous avoir une certitude? »

Sans lâcher le revolver, miss Leaming enfonça sa main dans la poche de sa robe de chambre, puis la posa sur le bureau. Un petit cylindre argenté roula sur le bois ciré, s'immobilisa.

« Ce rouge à lèvres était à moi. Je l'ai trouvé il y a une minute dans son smoking. Il n'avait pas porté ce vêtement depuis le dîner de gala au collège. Il avait la manie d'empocher les petits objets. »

Cordélia n'avait jamais douté de la culpabilité de sir Ronald, mais à présent elle voulait à tout prix qu'on la rassurât.

« Mais quelqu'un d'autre a pu le mettre là! Lunn, par exemple, pour compromettre sir Ronald.

– Lunn n'a pas tué Mark. A l'heure où mon fils mourait, il était au lit avec moi. Il ne m'a quittée que cinq minutes pour donner un coup de fil, peu après huit heures.

– Vous étiez amoureuse de Lunn!

– Ne me regardez pas comme ça! J'ai aimé un seul homme dans ma vie : celui que je viens de tuer. Parlez de choses que vous comprenez. L'amour n'entrait pour rien dans ce que Lunn et moi nous demandions l'un à l'autre. »

Au bout d'un moment de silence, Cordélia s'enquit :

« Y a-t-il quelqu'un d'autre dans la maison?

– Non. Les domestiques sont à Londres. Et personne ne travaille tard au laboratoire cette nuit. »

Et Lunn était mort. Miss Leaming dit avec une résignation lasse :

« Ne devriez-vous pas appeler la police?

– Est-ce vraiment ce que vous voulez?

– Qu'importe?

– La prison importe. Perdre sa liberté importe. Et voulez-vous vraiment que la vérité soit étalée au grand jour? Voulez-vous que tout le monde apprenne comment votre fils est mort et qui l'a tué? Est-ce cela que Mark aurait voulu?

– Non. Mark n'a jamais cru à l'utilité du châtiment. Dites-moi ce que je dois faire.

– Nous devons agir vite et nous préparer soigneusement. Nous devons nous faire mutuellement confiance et nous montrer intelligentes.

– Nous sommes intelligentes. Que devons-nous faire? »

Cordélia sortit son mouchoir et, le jetant par-dessus le revolver, ôta l'arme à miss Leaming et la posa sur le bureau. Elle saisit le mince poignet de la femme et poussa sa main réticente contre la paume de sir Ronald, luttant contre son recul instinctif, forçant les doigts raides mais vivants à toucher la main docile du mort.

« Il y a peut-être des résidus de tir sur votre peau, expliqua-t-elle. Je ne m'y connais pas très bien en la matière, mais la police en cherchera peut-être la trace sur le corps. Et maintenant allez-vous laver les mains et rapportez-moi une paire de gants fins. Vite! »

Miss Leaming sortit sans dire un mot. Restée seule, Cordélia se tourna vers le cadavre du savant. Il était tombé le menton sur la surface du bureau, les bras ballants, dans une position gauche, fort inconfortable en apparence, qui lui donnait l'air de lorgner la jeune femme avec malveillance. Cordélia hésita à regarder ses yeux, mais elle eut conscience de n'éprouver ni haine, ni colère, ni pitié. Rien. Entre elle et le corps écroulé se balançait une forme excessivement étirée, la tête hideusement tordue, les orteils pitoyablement pointés. Elle s'approcha de la fenêtre ouverte et contempla le jardin avec la curiosité polie d'un hôte que l'on fait attendre dans une pièce inconnue. L'air était chaud et très calme. Un parfum de roses montait vers elle par vagues successives, d'une douceur écœurante, puis insaisissable comme un souvenir fugitif.

Ce curieux hiatus de paix et d'éternité devait avoir duré moins d'une demi-minute. Ensuite, Cordélia se mit à réfléchir. Elle pensa à l'affaire Clandon. Sa mémoire évoqua l'image de Bernie et d'elle-même assis à califourchon sur un tronc d'arbre dans la forêt d'Epping, en train de pique-niquer. Elle crut sentir l'odeur de levure de leurs petits pains frais, du beurre et du fromage, l'odeur prononcée de champignons qui imprègne les bois en été. Bernie avait posé le revolver sur l'écorce entre eux et avait marmonné à travers sa bouchée de sandwich :

« Comment vous tireriez-vous une balle derrière l'oreille droite? Allez-y, montrez-moi ça. »

Cordélia avait pris l'arme dans sa main droite, l'index reposant légèrement sur la détente et, avec quelque difficulté, avait mis son bras en arrière pour placer le canon à la base de son crâne.

« Comme ça?

– Non. Pas si vous aviez l'habitude de manier un revolver. C'est la petite erreur qu'a commise Mrs. Clandon et qui l'a presque conduite à la potence. Elle a tué son mari en lui tirant une balle derrière l'oreille droite avec le pistolet d'ordonnance de la victime, puis a essayé de maquiller le meurtre en suicide. Mais elle avait posé le mauvais doigt du mari sur la détente. S'il s'était vraiment tué lui-même, il aurait appuyé sur la gâchette avec son pouce et tenu le revolver, la paume à l'arrière de la crosse. Je me souviens fort bien de cette affaire. C'était le premier meurtre sur lequel j'ai travaillé avec le commissaire Dalgliesh – alors simple inspecteur. Mrs. Clandon a fini par avouer.

– Et qu'est-il advenu d'elle, Bernie?

– Réclusion à perpétuité. Elle s'en serait probablement tirée avec une condamnation pour homicide involontaire si elle n'avait pas tenté de faire croire à un suicide. Les petites manies du major Clandon, révélées à l'enquête, avaient indisposé le jury. »

Mais miss Leaming ne pourrait pas s'en tirer avec une condamnation pour homicide involontaire, à moins de raconter toute l'histoire de la mort de Mark.

Elle était de retour dans la pièce. Elle tendit à Cordélia une paire de minces gants en coton.

« Il vaut mieux que vous attendiez dehors, dit Cordélia. Si vous ne voyez pas certaines choses, vous n'aurez pas à les oublier. Où alliez-vous quand vous m'avez rencontrée dans le vestibule?

– Chercher un whisky pour m'aider à dormir.

– Alors vous m'auriez rencontrée de nouveau au moment où je sortais du bureau et où vous remontiez dans votre chambre. Allez chercher le verre maintenant et laissez-le sur la table de l'entrée. C'est le genre de détail qu'un policier est entraîné à remarquer. »

De nouveau seule, Cordélia ramassa le revolver. A présent, le poids inerte du métal lui répugnait étrangement. Comment avait-elle jamais pu le considérer comme un jouet inoffensif? Elle le frotta méticuleusement avec le mouchoir, effaçant les empreintes de miss Leaming. Puis elle le tripota. C'était *son* revolver. Les policiers s'attendraient à trouver quelques empreintes d'elle sur la crosse, en même temps que celles du mort. Elle replaça l'arme sur le bureau et enfila les gants. Venait alors la partie la plus difficile. Maniant le pistolet avec précaution, elle l'approcha de la main droite inerte. Elle pressa fermement le pouce du cadavre sur la détente, puis serra la paume froide et docile autour du dos de la crosse. Enfin elle relâcha ses doigts et laissa tomber le revolver. L'arme atterrit sur le tapis avec un bruit sourd. Cordélia ôta les gants et sortit rejoindre miss Leaming dans l'entrée. Elle ferma silencieusement la porte du bureau derrière elle.

« Tenez, vous feriez bien de ranger ces gants. Il ne faudrait pas que la police les voit traîner ici. »

Miss Leaming ne s'absenta que quelques secondes. Quand elle revint, Cordélia dit :

« Maintenant, nous devons jouer le reste du drame comme il se serait passé. Vous tombez sur moi au moment où je sors de la pièce. Je me suis entretenue avec sir Ronald pendant deux minutes environ. Vous posez votre verre de whisky sur la table de l'entrée et m'accompagnez jusqu'à la porte. Vous dites... Que diriez-vous?

– Vous a-t-il payée?

– Non, je dois revenir chercher l'argent demain. Je regrette que cette affaire se solde par un échec. J'ai dit à sir Ronald que je voulais abandonner l'enquête.

– Cela vous regarde, miss Gray. De toute façon, c'était une idée stupide. »

Les deux femmes franchissaient la porte maintenant. Soudain miss Leaming se tourna vers Cordélia. De sa voix normale, elle déclara :

« Il y a une chose que je devrais vous dire : c'est moi qui ai trouvé Mark la première et qui ai maquillé sa mort en suicide. Mark m'avait téléphoné un peu plus tôt ce jour-là pour me demander de passer le voir. Je n'ai pu y aller qu'après neuf heures du soir à cause de Lunn. Je ne voulais pas éveiller ses soupçons.

– Mais, quand vous avez découvert le cadavre de Mark, il ne vous est pas venu à l'esprit que sa mort pouvait être suspecte? La porte ouverte, les rideaux fermés, le rouge à lèvres manquant... Ces détails ne vous ont pas étonnée?

– Non. Je n'ai rien soupçonné jusqu'à ce soir, quand, cachée dans la pénombre, je vous ai entendus parler. Nous sommes tous un peu pervertis de nos jours. J'ai cru ce que j'ai vu. C'était horrible, mais je savais ce que j'avais à faire. Je me suis dépêchée, terrifiée à l'idée que quelqu'un pouvait me surprendre. J'ai nettoyé la figure de Mark avec mon mouchoir trempé dans l'eau de l'évier. J'ai eu l'impression que le fard ne partirait jamais. Je l'ai déshabillé et je lui ai passé son jean qui avait été jeté sur le dossier d'une chaise. Je ne me suis pas attardée à lui mettre ses chaussures; cela ne me semblait pas important. Le pire, ça été de taper le message. Je savais que Mark aurait son Blake quelque part dans le cottage et que le passage que j'y choisirais serait plus convaincant qu'une lettre d'adieu ordinaire. Dans le silence environnant, le cliquetis de la machine à écrire m'a paru extraordinairement bruyant. Je craignais que quelqu'un ne l'entende. Mark avait tenu une sorte de journal intime. Je n'avais pas le temps de le lire; j'ai brûlé le manuscrit dans la cheminée du salon. Pour finir, j'ai pris la lingerie et les photos et les ai apportées ici pour les détruire dans l'incinérateur du labo.

– Vous avez laissé tomber une des photos dans le jardin. Et vous n'avez pas réussi à enlever entièrement le rouge à lèvres.

– Est-ce cela qui vous a mise sur la piste? »

Cordélia ne répondit pas tout de suite. Quoi qu'il arrivât, elle ne devait pas compromettre Isabelle de Lasterie.

« Je n'étais pas sûre que c'était vous qui étiez passée au cottage la première, mais je m'en doutais. A cause de quatre éléments. Vous vous opposiez à ce que j'enquête sur la mort de Mark; ayant étudié la littérature anglaise à Cambridge, vous étiez à même de trouver cette citation de Blake; vous êtes une dactylo expérimentée et je n'ai jamais cru que le mot d'adieu avait été tapé par un amateur, bien que vous ayez essayé, à la fin, de rendre la frappe moins parfaite; lors de ma première visite à Garforth House, quand je vous ai interrogée au sujet du message, vous m'avez récité toute la citation de Blake; la version dactylographiée était amputée de dix mots. Je l'ai remarqué pour la première fois quand on m'a montré le message original au commissariat. Cela vous accusait directement. C'était ma meilleure preuve. »

Ayant atteint la voiture, les deux femmes s'arrêtèrent. Cordélia déclara :

« Nous ne devrions pas tarder à appeler la police. Quelqu'un pourrait avoir entendu le coup de feu.

– C'est peu probable. Nous sommes assez loin du village. L'entendons-nous maintenant?

– Oui. Nous l'entendons maintenant. »

Cordélia se tut une seconde avant de reprendre :

« Qu'était donc ce bruit? On aurait dit un coup de feu.

– Impossible. C'était sans doute une voiture qui a eu un raté d'allumage. »

Miss Leaming parlait comme une mauvaise actrice, d'une façon guindée, peu convaincante. Mais au moins elle avait dit sa réplique; elle ne l'oublierait pas.

« Mais la route est déserte. Et cela venait de la maison. »

Les deux femmes échangèrent un regard, puis rentrèrent en courant dans le vestibule. Avant d'ouvrir la porte du bureau, miss Leaming hésita un instant et dévisagea Cordélia. Celle-ci la suivit dans la pièce. Miss Leaming s'écria :

« Quelqu'un l'a tué d'un coup de revolver! Je vais appeler la police.

– Vous ne diriez jamais cela! Ne pensez jamais en ces termes! Vous vous approcheriez du corps, puis vous diriez : " Il s'est tiré une balle dans la tête. Je vais appeler la police. " »

Miss Leaming jeta un regard dénué d'émotion au cadavre de son amant, puis promena les yeux autour de la pièce. Oubliant son rôle, elle demanda :

« Qu'avez-vous fait ici? Les empreintes?

– Ne vous inquiétez pas, je m'en suis occupée. Tout ce que vous devrez vous rappeler, c'est que vous ignoriez que j'avais un revolver quand je suis venue pour la première fois à Garforth House; vous ignoriez que sir Ronald me l'avait confisqué. Vous n'aviez jamais vu cette arme jusqu'à maintenant. Quand je suis arrivée, ce soir, vous m'avez introduite dans le bureau, puis vous m'avez de nouveau rencontrée deux minutes plus tard, quand je suis sortie. Vous m'avez accompagnée à la voiture et nous avons bavardé comme nous venons de le faire. Nous avons entendu le coup de feu. Nous avons fait ce que nous venons de faire. Oubliez tout le reste. Quand la police vous interrogera, ne brodez pas, n'inventez pas, ne craignez pas de dire que vous ne vous souvenez pas. Et maintenant, appelez le commissariat de Cambridge. »

Trois minutes plus tard, elles se tenaient ensemble à la porte d'entrée ouverte, attendant l'arrivée de la police. Miss Leaming dit :

« Une fois qu'ils seront là, nous devrons cesser de nous parler. Et, ensuite, nous éviterons de nous revoir ou de manifester le moindre intérêt l'une pour l'autre. Ils comprendront qu'il ne peut s'agir d'un meurtre, sauf si nous y trempions toutes les deux. Or pour quelle raison comploterions-nous ensemble? Nous ne nous sommes vues qu'une seule fois avant ce soir et nous ne nous trouvons même pas sympathiques. »

Elle avait raison, pensa Cordélia. Il n'y avait pas d'amitié entre elles. A dire vrai, il lui était presque égal qu'Elizabeth Leaming allât en prison; mais la mère de Mark, elle, devait rester en liberté. Une autre chose lui importait aussi : que personne ne connût jamais les circonstances de la mort du jeune homme. Sa détermination lui parut irrationnelle. Qu'est-ce que ça pouvait faire à Mark maintenant? Même de son vivant, il ne s'était jamais beaucoup préoccupé de ce que les autres pensaient de lui. Mais son père avait profané son corps après sa mort, avait voulu faire de lui au pire un objet de mépris, au mieux un objet de pitié. Elle s'était dressée contre Ronald Callender. Elle n'avait pas désiré sa mort, aurait été incapable d'appuyer elle-même sur la détente. Mais il était mort et elle ne pouvait pas éprouver de regrets ni devenir un instrument de châtiment pour sa meurtrière. Alors qu'elle contemplait la nuit d'été en guettant le son des voitures de police, Cordélia accepta une fois pour toutes l'énormité et la justification de ce qu'elle avait fait et avait encore l'intention de faire. Par la suite, elle ne devait jamais avoir le moindre remords.

« Sans doute voudrez-vous me demander certaines explications, dit miss Leaming. Je suppose que vous êtes en droit de les avoir. Nous pourrions nous donner rendez-vous dans la chapelle de King's College après l'office du soir, le premier dimanche qui suivra l'enquête. Je passerai par la clôture du chœur, vous m'attendrez dans la nef. Cela paraîtra normal que nous nous rencontrions là, par hasard... à condition, bien sûr, que nous soyons toujours en liberté. »

Cordélia constata avec intérêt que miss Leaming reprenait le commandement.

« Nous le serons. Si nous gardons notre sang-froid, tout ira bien. »

Il y eut un moment de silence, puis miss Leaming commenta :

« Ils prennent leur temps. Ils devraient déjà être ici, non?

– Ils ne tarderont pas. »

Miss Leaming éclata soudain de rire. Avec une amertume révélatrice, elle demanda :

« Qu'y a-t-il à craindre? Nous n'avons affaire qu'à des hommes. »

Elles attendirent donc tranquillement. On entendit d'abord les voitures avant de voir leurs phares balayer l'allée, éclairant chaque caillou, mettant en valeur les petites plantes en bordure des plates-bandes, illuminant la glycine vaporeuse, éblouissant les deux femmes. Puis ils furent mis en veilleuse et les véhicules s'arrêtèrent devant la maison. Des formes noires en émergèrent qui avancèrent sans hâte, mais avec résolution. Le vestibule s'emplit soudain de calmes et solides gaillards, dont certains étaient en civil. Cordélia s'effaça, se pressant contre le mur. Ce fut miss Leaming qui se porta à leur rencontre, leur parla à voix basse et les conduisit dans le bureau.

Deux hommes en uniforme restèrent dans l'entrée. Ils

se mirent à bavarder sans prêter la moindre attention à Cordélia. Leurs collègues tardèrent à revenir. Ils devaient s'être servis du téléphone dans le bureau car d'autres voitures et d'autres hommes commencèrent à arriver. D'abord le médecin de la police, reconnaissable à sa trousse, même si personne ne lui avait dit :

« Bonsoir, docteur. Par ici, s'il vous plaît. »

Combien de fois n'avait-il pas dû entendre cette phrase! Alors qu'il traversait le vestibule d'un pas pressé, il dévisagea brièvement Cordélia avec curiosité. C'était un petit homme corpulent, échevelé, à la figure chiffonnée et renfrognée d'un enfant qu'on a tiré du sommeil. Puis vinrent un photographe civil avec son appareil, son trépied et sa boîte de matériel, un expert en empreintes digitales; deux autres civils en qui Cordélia, initiée par Bernie, devina des enquêteurs de la police judiciaire. Ils traitaient donc cette affaire comme une mort suspecte. Et pourquoi pas? Elle l'était.

Le maître de maison était mort, mais la maison elle-même semblait s'être animée. Les policiers parlaient, non pas en chuchotant, mais d'une voix normale pleine d'assurance à laquelle la présence du défunt ne mettait aucune sourdine. C'étaient des professionnels qui faisaient leur travail. On les avait initiés aux mystères de la mort violente; les victimes ne les impressionnaient pas. Ils avaient vu trop de cadavres : déchiquetés sur l'autoroute, de la bouillie qu'on chargeait dans les ambulances; repêchés au moyen d'un crochet et d'un filet des profondeurs de la rivière; sortis, putréfiés, de la terre gluante. Pareils à des médecins, ils se montraient gentils et condescendants envers les profanes, gardant farouchement leur terrible savoir. Alors qu'il respirait encore, le corps dont ils s'occupaient avait eu plus d'importance que d'autres. Il avait cessé d'en avoir, mais il pouvait encore leur créer des ennuis. Ils n'en seraient que plus méticuleux, que plus diplomates. Mais, pour l'instant, ce n'était encore qu'une enquête.

Assise seule dans son coin, Cordélia attendit. Elle fut

soudain submergée de fatigue. Elle n'avait qu'un unique désir : poser sa tête sur la table du vestibule et dormir. C'est à peine si elle s'aperçut que miss Leaming traversait le vestibule en direction du salon, accompagnée par un policier de haute stature. Ils passèrent devant elle en parlant. Ni l'un ni l'autre ne firent attention à la petite silhouette enfouie dans un immense pull-over. Cordélia s'efforça de rester éveillée. Elle savait ce qu'elle devait dire; tout cela était assez clair dans sa tête. Si seulement ils pouvaient venir l'interroger maintenant, puis la laisser dormir!

Ce n'est que lorsque le photographe et le spécialiste des empreintes eurent terminé leur besogne que l'un des policiers de grade plus élevé sortit la voir. Plus tard, elle fut incapable de se rappeler son visage, mais elle se souvenait de sa voix, une voix posée, neutre d'où toute émotion avait été bannie. Il lui montrait le pistolet. Celui-ci reposait sur sa paume; un mouchoir le protégeait de la contamination de sa main.

« Reconnaissez-vous cette arme, miss Gray? »

Cordélia trouva étrange qu'il employât le mot « arme ». Pourquoi ne disait-il pas simplement « revolver »?

« Je crois que oui. Ça doit être la mienne.

– Vous n'êtes pas sûre?

– Ça doit être la mienne, à moins que sir Ronald en ait eu une de la même marque. Il me l'a prise quand je suis venue ici pour la première fois, il y a quatre ou cinq jours. Il avait promis de me la rendre demain, quand je reviendrais chercher mes honoraires.

– Ce n'est donc que votre deuxième visite dans cette maison?

– Oui.

– Aviez-vous jamais rencontré sir Ronald Callender ou miss Leaming auparavant.

– Non. Pas avant le jour où sir Ronald m'a convoquée ici pour me confier cette affaire. »

L'inspecteur partit. Cordélia appuya sa tête contre le

mur et fit plusieurs petits sommes. Un autre inspecteur arriva. Celui-ci était accompagné d'un policier en uniforme qui prenait des notes. Il posa d'autres questions. Cordélia lui raconta l'histoire qu'elle avait préparée. Après avoir consigné son témoignage par écrit, les deux hommes s'éloignèrent.

Elle devait s'être endormie. A son réveil, elle découvrit un policier en uniforme debout devant elle. Il dit :

« Miss Leaming est en train de préparer du thé à la cuisine, miss. Voulez-vous lui donner un coup de main? Ça vous occupera. »

Ils vont emporter le corps, pensa Cordélia. Elle répondit :

« Je ne sais pas où se trouve la cuisine. »

Elle vit le policier cligner des paupières.

« Ah! non? Vous n'êtes pas de la maison, alors? C'est par là. »

La cuisine était à l'arrière du bâtiment. Il y flottait des odeurs d'épices, d'huile et de sauce tomate qui rappelèrent à Cordélia des souvenirs de repas en Italie, avec son père. Miss Leaming descendait des tasses d'un énorme buffet. Une bouilloire électrique était déjà en train de cracher de la vapeur. Le policier resta. Il avait donc reçu l'ordre de ne pas laisser les deux femmes seules ensemble. Cordélia demanda :

« Je peux vous aider?

– Il y a des biscuits dans cette boîte, répondit miss Leaming sans la regarder. Disposez-les sur le plateau. Le lait est dans le frigidaire. »

Cordélia se mouvait comme un automate. Pareille à une colonne gelée, la bouteille de lait lui glaça les mains; le couvercle de la boîte à biscuits résista à ses doigts fatigués et elle se cassa un ongle en l'ouvrant. Elle nota les détails de la cuisine. Un calendrier mural représentant sainte Thérèse d'Avila. La sainte avait un visage bizarrement allongé et pâle; elle ressemblait à une miss Leaming auréolée. Un âne en porcelaine portant deux paniers de fleurs artificielles, sa tête mélancolique coiffée d'un chapeau de paille miniature. Un énorme saladier bien rempli d'œufs bruns.

Il y avait deux plateaux. L'agent de police déchargea miss Leaming du plus grand et ouvrit la marche vers le vestibule. Cordélia le suivit avec le deuxième. Elle le tenait haut contre sa poitrine, comme une enfant à qui l'on a accordé le privilège d'aider sa mère. Les autres policiers se rassemblèrent autour. Cordélia prit elle-même une tasse et retourna à sa chaise habituelle.

Soudain on entendit le bruit d'une autre voiture. Une femme d'âge mûr entra, accompagnée d'un chauffeur en uniforme. A travers le brouillard de sa fatigue, Cordélia l'entendit dire d'une voix professorale et haut perchée :

« Ma chère Eliza, mais c'est épouvantable! Vous devez absolument venir chez nous au collège ce soir. J'insiste. Le commissaire est-il là?

– Non, Marjorie, mais ces messieurs ont été fort aimables.

– Laissez-leur votre clé. Ils fermeront la maison quand ils auront terminé. Vous ne pouvez pas rester seule ici cette nuit. »

Il y eut des présentations, des délibérations avec les inspecteurs pendant lesquelles on entendit surtout la voix de la nouvelle venue. Miss Leaming monta au premier avec sa visiteuse. Elle réapparut peu après avec une petite valise, son manteau sur le bras. Les deux femmes partirent ensemble, escortées à la voiture par le chauffeur et l'un des détectives. Aucun des membres du petit groupe ne regarda Cordélia.

Cinq minutes plus tard, un des inspecteurs s'approcha d'elle, une clé à la main.

« Nous fermons la maison pour la nuit, miss Gray. Il est temps de rentrer chez vous. Comptez-vous rester au cottage?

– Seulement quelques jours de plus, si le major Markland me le permet.

– Vous avez l'air fatiguée. Un de mes hommes vous ramènera dans votre voiture. J'aimerais que vous me fassiez une déclaration écrite. Pourriez-vous passer au commissariat le plus tôt possible demain matin? Vous connaissez l'adresse?

– Oui. »

Une des voitures pie partit en avant, la mini suivit. Le chauffeur de la police roulait vite et le petit véhicule faisait des embardées dans les virages. Appuyée contre le dossier du siège, la tête de Cordélia était projetée de temps à autre contre le bras du conducteur. L'homme ayant enlevé sa veste, Cordélia percevait vaguement la tiédeur réconfortante de sa chair à travers le coton de la chemise. Par la vitre baissée, elle sentait l'air chaud de la nuit frapper son visage, elle voyait les nuages filer au ciel, les premières incroyables couleurs du jour teinter l'horizon, à l'est. La route lui paraissait inconnue, le temps, éclaté. Elle se demanda pourquoi l'auto s'était soudain arrêtée et mit une minute à reconnaître la haute haie qui surplombait le chemin comme une ombre menaçante, la barrière délabrée. Elle était arrivée chez elle. Le chauffeur dit :

« C'est bien ici?

– Oui. Mais, d'habitude, je laisse ma voiture un peu plus loin, à droite. Il y a là un bosquet où on peut la garer.

– Entendu, miss. »

Le chauffeur descendit pour consulter son collègue. Ils parcoururent lentement les quelques derniers mètres du trajet. Puis la voiture pie partit enfin et Cordélia se retrouva seule à la barrière. Repoussant les mauvaises herbes qui la bloquaient, elle l'ouvrit avec effort. Telle une ivrogne, elle contourna la maison en chancelant. Elle mit un certain temps à introduire la clé dans la serrure, mais c'était le dernier de ses soucis. Il n'y avait plus de revolver à cacher, elle n'avait plus besoin de vérifier le papier collant qui scellait les fenêtres. Lunn était mort et elle, vivante. Toutes les nuits où elle avait dormi au cottage, Cordélia était rentrée fatiguée, mais jamais comme ce matin-là. Elle monta au premier comme une somnambule et, trop épuisée pour ouvrir le sac de couchage et entrer dedans, elle se glissa au-dessous et sombra dans le sommeil.

Enfin – après ce qui sembla à Cordélia des mois, et non pas des jours, d'attente – une autre enquête eut lieu. Elle se déroula avec la même lenteur, le même cérémonial discret que celle de Bernie, mais elle présentait une différence. Cette fois, au lieu d'une poignée de clochards qui s'étaient introduits en douce dans la salle pour profiter de la chaleur et écouter l'oraison funèbre de Bernie, on voyait les visages graves de collègues et d'amis de Ronald Callender, on entendait les voix assourdies de l'assistance, les murmures préliminaires des avocats et des policiers. Et l'on avait l'impression indéfinissable qu'il allait se passer quelque chose d'important. Cordélia supputa que l'homme aux cheveux gris qui escortait miss Leaming était son avocat. Elle put le voir à l'œuvre, affable, mais non déférent, avec les policiers, plein d'une calme sollicitude pour sa cliente. Toute son attitude semblait vouloir prouver que les personnes présentes ne faisaient qu'accomplir une formalité ennuyeuse mais nécessaire, un rituel aussi dénué de conséquences que l'office du dimanche.

Miss Leaming était très pâle. Elle portait le tailleur gris dans lequel Cordélia l'avait vue pour la première fois, un petit chapeau noir, des gants noirs et un petit foulard de tulle noir noué autour du cou. Cordélia trouva une place au bout d'un banc et s'assit là, non représentée et seule. Un ou deux des policiers plus jeunes lui sourirent avec une gentillesse rassurante mais mêlée de pitié.

Miss Leaming témoigna la première d'une voix basse et posée. Au lieu de prêter serment, elle fit une déclaration solennelle, décision qui assombrit momentanément le visage de son avocat. Mais elle ne lui donna pas d'autres motifs d'inquiétude. Elle affirma que sir Ronald avait été très affecté par la mort de son fils et, pensait-elle, s'était fait des reproches parce qu'il n'avait pas compris que quelque chose tourmentait Mark. Il lui avait dit qu'il avait l'intention d'engager une détective privée et c'était elle qui avait pris contact avec miss Gray avant de l'emmener à Garforth House. Miss Leaming précisa qu'elle s'était opposée à cette idée : elle n'en avait pas vu l'utilité et avait jugé que cette vaine enquête ne ferait que raviver en sir Ronald le souvenir de la tragédie. Elle n'avait pas su que miss Gray avait un revolver ni que sir Ronald le lui avait confisqué. Elle n'avait assisté qu'à une partie de leur première entrevue. Sir Ronald avait fait visiter à miss Gray la chambre de son fils pendant qu'elle, miss Leaming, était partie chercher une photo de Marc Callender que miss Gray lui avait demandée.

Le coroner lui demanda avec douceur de lui parler de la nuit où sir Ronald était mort.

Miss Leaming déclara que miss Gray était arrivée peu après dix heures et demie dans l'intention de faire son premier rapport. Elle-même passait justement dans le vestibule quand la jeune fille était apparue. Miss Leaming lui avait fait remarquer l'heure tardive, mais miss Gray avait répondu qu'elle voulait abandonner l'enquête et rentrer à Londres. Elle avait introduit miss Gray dans le bureau où sir Ronald travaillait encore. Leur entrevue, estimait-elle, avait duré moins de deux minutes. Puis miss Gray était sortie du bureau et elle l'avait accompagnée à sa voiture. Elles n'avaient échangé que quelques paroles. Sir Ronald, avait dit miss Gray, l'avait priée de repasser le lendemain prendre son chèque. Elle n'avait pas mentionné de revolver.

Une demi-heure à peine plus tôt, sir Ronald avait reçu un coup de fil de la police lui annonçant que son assistant de laboratoire, Christopher Lunn, était mort dans un accident de voiture. Miss Leaming n'avait pas parlé de cette nouvelle à miss Gray avant son entretien avec sir Ronald; elle n'y avait pas pensé. La jeune fille était entrée presque aussitôt dans le bureau pour voir sir Ronald. Miss Leaming dit qu'elles se tenaient toutes les deux près de la voiture en train de bavarder, quand elles avaient entendu le coup de feu. Elles avaient d'abord cru qu'il s'agissait d'un raté d'allumage, puis elles s'étaient rendu compte que le bruit était venu de la maison. Elles s'étaient précipitées dans le bureau et avaient trouvé sir Ronald écroulé sur sa table. Le revolver était tombé de sa main sur le plancher.

Non, sir Ronald ne lui avait jamais donné à penser qu'il avait l'intention de se suicider. Elle avait l'impression que la mort de Mr. Lunn l'avait beaucoup affecté, mais c'était difficile à dire : sir Ronald n'était pas homme à montrer ses sentiments. Il avait énormément travaillé ces derniers temps et, depuis la mort de son fils, n'avait pas paru lui-même. Mais, pas un seul instant, miss Leaming n'aurait imaginé que sir Ronald pouvait mettre fin à sa vie.

Les policiers témoins la remplacèrent à la barre. Ils se montrèrent respectueux, professionnels, mais parvinrent à donner l'impression que rien de tout cela ne les étonnait : ils l'avaient déjà vu des centaines de fois auparavant et le reverraient encore.

Puis vinrent les médecins, y compris le médecin légiste, qui parla d'un détail manifestement jugé inutile par la cour : les ravages qu'une balle dum-dum blindée produit dans un cerveau humain. Le coroner demanda :

« Vous avez entendu ce qu'ont dit ces messieurs de la police : la détente du revolver portait l'empreinte du pouce de sir Ronald et la crosse, des marques de sa paume. Qu'en déduisez-vous? »

Un peu surpris par cette question, le médecin légiste répondit que, de toute évidence, sir Ronald avait tenu le revolver, le pouce sur la gâchette, quand il avait pressé l'arme contre sa tête. Vu le point d'impact, c'était probablement la position la plus confortable.

Cordélia fut la dernière à déposer. Elle prêta serment. Elle s'était interrogée sur la justesse de cette décision et demandé si elle ne devait pas suivre l'exemple de miss Leaming. Il y avait des moments, généralement par une belle matinée de Pâques, où elle souhaitait pouvoir sincèrement se dire chrétienne, mais le reste de l'année, elle ne se faisait aucune illusion sur ce qu'elle était : une incurable agnostique, sujette toutefois à d'imprévisibles rechutes dans la foi. Cependant, dans les circonstances présentes, elle ne pouvait guère se permettre de scrupules religieux. Les mensonges qu'elle s'apprêtait à dire ne seraient pas plus odieux, fussent-ils teintés de blasphémie.

Le coroner la laissa raconter son histoire sans l'interrompre. Cordélia sentit que la cour était déconcertée, mais plutôt bienveillante. Pour une fois, son accent soigneusement modulé de la bourgeoisie moyenne qu'elle avait inconsciemment acquis pendant les six années de sa vie au couvent, et qui, chez les autres, l'irritait souvent autant que sa propre voix avait irrité son père, se révélait être un avantage. Elle portait son ensemble et s'était acheté un foulard de tulle noir pour s'en couvrir la tête.

Quand elle eut brièvement confirmé la version que miss Leaming avait donnée de son engagement comme détective, le coroner demanda :

« Et maintenant, miss Gray, pouvez-vous expliquer à la cour ce qui s'est passé la nuit de la mort de sir Ronald Callender?

– J'avais décidé d'abandonner l'affaire. Je n'avais rien découvert d'utile et je pensais qu'il n'y avait rien à découvrir. J'habitais dans le cottage où Mark Callender avait passé les dernières semaines de sa vie et j'étais parvenue à la conclusion que ce que je faisais était mal. Je demandais de l'argent pour fouiller dans sa vie privée. Sur une impulsion, j'ai décidé de dire à sir Ronald que je voulais interrompre l'enquête. J'ai pris ma voiture et suis partie à Garforth House. J'y suis arrivée vers dix heures et demie. Je savais qu'il était tard, mais je tenais à rentrer à Londres le lendemain matin. J'ai vu miss Leaming alors qu'elle traversait le vestibule et elle m'a aussitôt introduite dans le bureau.

– Veuillez décrire à la cour l'impression que sir Ronald a produite sur vous.

– Il m'a paru fatigué et anxieux. J'ai essayé de lui expliquer pourquoi je voulais mettre fin à l'enquête, mais je crois qu'il ne m'écoutait pas. Il m'a demandé de revenir le lendemain pour le règlement. Je lui ai dit que je ne lui compterais que mes frais, mais que j'aurais aimé récupérer mon revolver. Pour toute réponse, il m'a congédiée d'un geste de la main : “ Demain matin, miss Gray, m'a-t-il dit. Demain matin. ”

– Là-dessus, vous l'avez quitté?

– Oui, monsieur. Miss Leaming m'a accompagnée à la voiture. J'étais sur le point de partir, quand nous avons entendu le coup de feu.

– Avez-vous vu sir Ronald en possession du revolver pendant que vous étiez avec lui dans son bureau?

– Non, monsieur.

– Vous a-t-il parlé de la mort de Mr. Lunn ou donné la moindre indication qu'il envisageait le suicide?

– Non, monsieur. »

Le coroner griffonna quelque chose sur le bloc de papier posé devant lui. Sans regarder Cordélia, il dit :

« Et maintenant, miss Gray, veuillez expliquer à la cour comment le revolver est parvenu entre les mains de sir Ronald. »

C'était la partie la plus difficile mais Cordélia l'avait déjà répétée. La police de Cambridge s'était montrée très minutieuse. Elle lui avait posé et reposé les mêmes questions. Cordélia savait parfaitement comment le revolver était parvenu entre les mains de sir Ronald. Elle se rappela un passage du catéchisme « dalglieshien ». A l'époque où Bernie le lui avait transmis, le conseil lui avait paru plus approprié pour un criminel que pour un détective. « Ne dites jamais de mensonges inutiles; la vérité a beaucoup de poids. Plus d'un assassin intelligent s'est fait pincer, non pas parce qu'il disait le seul mensonge indispensable, mais parce qu'il continuait à mentir à propos de détails insignifiants, alors que la vérité n'aurait pas pu lui nuire. »

Cordélia déclara :

« Ce revolver appartenait à mon associé, Mr. Pryde. Il en était très fier. Quand il s'est suicidé, j'ai compris qu'il voulait que j'en hérite. Il s'était en effet coupé les veines au lieu de se tirer une balle dans la tête, ce qui aurait été plus facile et plus rapide. »

Le coroner leva vivement les yeux.

« Avez-vous assisté à son suicide?

– Non, monsieur. Mais j'ai trouvé son cadavre. »

L'auditoire émit un murmure de sympathie. Cordélia sentit sa sollicitude.

« Saviez-vous que votre associé n'avait pas de permis de détention d'arme?

– Non, monsieur, mais je me doutais qu'il pouvait en être ainsi. Si j'ai emporté le revolver, c'est parce que je ne voulais pas le laisser au bureau et qu'il me procurait un certain sentiment de sécurité. J'avais l'intention de me renseigner sur sa légalité dès mon retour. Je n'ai jamais pensé m'en servir. Je ne le considérais pas comme une arme mortelle. Simplement, j'étais sur ma première affaire, Bernie m'avait légué ce revolver et cela me rassurait de l'avoir avec moi.

– Je vois », dit le coroner.

Sans doute comprenait-il vraiment, songea Cordélia, et le jury aussi. Ils la croyaient sans peine parce qu'elle leur disait une vérité quelque peu invraisemblable. Maintenant qu'elle allait mentir, ils continueraient à la croire.

« A présent, pouvez-vous expliquer à la cour comment sir Ronald vous a pris ce revolver?

– Cela s'est passé lors de ma première visite à Garforth House, pendant que sir Ronald me montrait la chambre de son fils. Il savait que je dirigeais l'agence de détective toute seule. Il m'a demandé si je ne trouvais pas ce métier difficile et un peu effrayant pour une femme. Je lui ai répondu que je n'avais pas peur, que, de plus, j'avais le revolver de Bernie. Apprenant que je le transportais dans mon sac, il m'a obligée à le lui remettre. Il n'avait pas l'intention d'engager une personne qui pouvait représenter un danger pour d'autres ou pour elle-même, m'a-t-il dit. Il refusait cette responsabilité. Il a pris l'arme et les munitions.

– Et qu'en a-t-il fait? »

Cordélia avait longuement réfléchi à cette question.

De toute évidence, sir Ronald n'avait pas pu descendre l'escalier le pistolet à la main, sinon miss Leaming l'aurait vu. Cordélia aurait bien voulu dire qu'il l'avait rangé dans la table de chevet de Mark, mais elle ne se rappelait pas si ce meuble avait des tiroirs. Elle répondit :

« Il est sorti de la pièce avec; il ne m'a pas dit où il allait. Il ne s'est absenté qu'un instant, puis nous sommes redescendus ensemble.

– Et vous n'avez jamais revu votre revolver jusqu'au moment où vous l'avez aperçu par terre, près de la main de sir Ronald, quand vous et miss Leaming avez découvert son cadavre?

– Non, monsieur. »

Cordélia était le dernier témoin. Prononcé peu après, le verdict montrait que la cour avait voulu honorer la pensée scrupuleusement exacte et scientifique de sir Ronald : le défunt s'était suicidé, mais on n'avait aucune preuve quant à son état d'esprit. Le coroner développa longuement l'obligatoire avertissement sur le danger des armes à feu. Les armes, informa-t-il l'auditoire, pouvaient tuer des gens. Cela était encore plus vrai des armes non autorisées. Il s'abstint de blâmer Cordélia personnellement, mais on voyait qu'il lui en coûtait beaucoup. Il se leva; la cour l'imita.

Après le départ du coroner, l'assistance se divisa en petits groupes. On entoura aussitôt miss Leaming. Cordélia la vit serrer des mains, recevoir des condoléances, écouter avec un visage grave et consentant des gens lui proposer pour la première fois un service commémoratif. Cordélia se demanda comment elle avait jamais pu craindre que miss Leaming put être soupçonnée. Elle-même se tenait un peu à l'écart, coupable. Elle savait que la police l'accuserait de port d'arme illégal. Ils ne pourraient pas faire moins. Certes, sa condamnation serait légère, si on la condamnait, mais, pour le restant de ses jours, elle serait la fille dont la négligence et la naïveté avaient fait perdre à l'Angleterre un de ses meilleurs savants.

Comme l'avait dit Hugo, les suicidés de Cambridge

étaient tous brillants. En ce qui concernait celui-ci, cela ne faisait pas de doute. Par sa mort, sir Ronald accéderait probablement au rang de génie.

Sans que personne ne fît attention à elle, elle sortit seule de la salle d'audience et se retrouva dans la rue. Hugo devait l'avoir attendue. Il lui emboîta le pas.

« Comment cela s'est-il passé? La mort semble vous suivre à la trace, on dirait.

– Cela s'est bien passé. C'est moi qui semble suivre la mort.

– Il s'est suicidé, je suppose?

– Oui.

– Avec votre revolver?

– Comme vous devez le savoir, si vous étiez dans la salle. Je ne vous ai pas vu.

– Je n'y étais pas. J'avais des travaux dirigés. Mais les nouvelles circulent vite. Ne vous laissez pas abattre par tout cela. Ronald Callender n'était pas quelqu'un d'aussi important que certaines personnes, ici, à Cambridge, veulent bien le croire.

– Vous ne savez rien de lui. C'était un être humain, et il est mort. Ce fait-là est toujours important.

– Vous vous trompez, Cordélia. Rien de plus banal que la mort dans notre vie. Consolez-vous avec Joseph Hall : "La mort et la naissance se touchent; notre berceau se trouve dans la tombe." Et sir Ronald a choisi son heure et son arme. Il en avait assez de lui. Il n'était certainement pas le seul. »

Ils descendirent ensemble St. Edward's Passage en direction de King's Parade. Cordélia se demandait où ils allaient. A présent, elle avait simplement besoin de parler, mais, de plus, la compagnie de Hugo lui était assez agréable.

« Où est Isabelle? demanda-t-elle.

– De retour à Lyon. Papa lui a fait une visite surprise hier et a jugé que mademoiselle ne méritait pas son allocation mensuelle. Il a déclaré que sa chère Isabelle tirait moins – ou était-ce plus? – d'avantages de son séjour à Cambridge qu'il ne l'avait prévu. Ne vous inquiétez pas pour elle. Isabelle est pratiquement en sécurité maintenant. Même si la police trouvait utile de se rendre en France pour l'interroger – et pourquoi diable ferait-elle une chose pareille? – cela ne la mènerait à rien. Papa entourerait sa fille d'un rempart d'avocats. Vu son humeur du moment, il ne faudrait pas que des Anglais viennent l'embêter.

– Et vous? Si jamais quelqu'un vous demandait comment Mark est mort, le lui diriez-vous?

– Quelle idée! Sophie, Davie et moi sommes des gens sûrs. Pour les questions importantes, on peut compter sur moi. »

Pendant un instant, Cordélia souhaita qu'on pût compter sur lui pour des questions moins importantes. Elle demanda :

« Regrettez-vous le départ d'Isabelle?

– Assez, je l'avoue. La beauté est une chose extrêmement déroutante; elle altère le bon sens. Je n'ai jamais pu accepter totalement qu'Isabelle fût ce qu'elle est : une fille généreuse, indolente, hyperaffectueuse et stupide. Pour moi, une femme possédant sa beauté devait avoir une connaissance intuitive de la vie, devait avoir accès à quelque sagesse secrète au-delà de la simple intelligence. Chaque fois qu'elle ouvrait sa ravissante bouche, je croyais qu'elle allait m'initier. J'aurais sans doute pu passer ma vie à la regarder et à attendre ses oracles. Hélas! elle ne savait que parler chiffons.

– Pauvre Hugo!

– Pas du tout! Je ne suis pas malheureux. Le secret du bonheur c'est de ne jamais se permettre de désirer une chose qu'on n'a raisonnablement aucune chance d'obtenir. »

Il était jeune, aisé, intelligent, même s'il ne l'était pas tout à fait assez, et beau, pensa Cordélia. Son critère lui donnerait rarement l'occasion de renoncer à quoi que ce fût. Elle l'entendit dire :

« Pourquoi ne restez-vous pas à Cambridge une

semaine de plus? Je pourrais vous faire visiter la ville. Sophie vous logera dans sa chambre d'amis.

– Non merci, Hugo. Je dois rentrer à Londres. »

Rien d'intéressant ne l'attendait là-bas, mais rien d'intéressant non plus ne l'attendait, avec Hugo, à Cambridge. Sa seule raison de demeurer dans cette dernière ville, c'était son rendez-vous du dimanche avec miss Leaming. Ensuite, en ce qui la concernait, l'affaire Mark Callender serait définitivement terminée.

Les vêpres touchaient à leur fin. Les fidèles qui, dans un silence respectueux, avaient écouté l'un des meilleurs chœurs du monde chanter les répons, les psaumes et le motet, se levèrent et, joignant leurs voix à celles des choristes, entonnèrent l'hymne final avec entrain. Cordélia les imita. Elle s'était installée au bout d'une travée, près de la clôture richement ouvrée. De là, elle apercevait le chœur. Les robes rouges et blanches des chanteurs luisaient, les cierges vacillaient en rangées alternées et en cercles élevés de lumière dorée; deux d'entre eux flanquaient le Rubens doucement illuminé du maître-autel. De loin, l'œil n'en distinguait que des taches rouges, bleues et or. Le prêtre donna la bénédiction, les choristes chantèrent impeccablement un amen final, puis l'un derrière l'autre, ils quittèrent la nef avec dignité. La porte côté sud était ouverte, laissant entrer un flot de lumière dans la chapelle. Les membres du collège qui avaient assisté à l'office sortirent nonchalamment et en désordre à la suite du principal et des chargés de cours. Leurs surplis réglementaires usés et informes tombaient au-dessus d'une variété incongrue et colorée de velours côtelé et de tweed. Le grand orgue soufflait et grognait comme un animal reprenant haleine avant de faire entendre sa voix magnifique dans une fugue de Bach. Cordélia resta tranquillement assise à écouter et à attendre. A présent, l'assemblée remontait la nef principale : de petits groupes habillés de cotonnades claires, chuchotant avec discrétion; de graves jeunes hommes endimanchés dans de stricts complets noirs; des touristes, leurs guides illustrés à la main et un peu embarrassés par leurs appareils photo trop voyants; quelques religieuses aux visages calmes et joyeux.

Miss Leaming se trouvait parmi les derniers fidèles, sa haute silhouette vêtue d'une robe de lin grise, gantée de blanc, tête nue, un gilet blanc jeté négligemment sur ses épaules pour la protéger contre la fraîcheur de la chapelle. De toute évidence, elle était seule et non surveillée; la surprise qu'elle feignit en apercevant Cordélia fut probablement une précaution inutile. Les deux femmes sortirent ensemble.

Dehors, le sentier recouvert de gravier grouillait de monde. Quelques Japonais bardés d'appareils et d'accessoires de photo mêlaient leur jacasserie saccadée au murmure des conversations du dimanche après-midi. De là, le ruban argenté de la Cam était invisible, mais les corps tronqués des canotiers glissaient comme des marionnettes de théâtre le long de la rive opposée; ils levaient les bras au-dessus de la perche, puis se tournaient pour la pousser violemment en arrière; on aurait dit qu'ils participaient à quelque danse rituelle. La grande pelouse s'étendait sans une ombre au soleil, quintessence de vert teintant l'air embaumé. Un vieux et frêle professeur en toge et mortier avançait sur l'herbe en boitillant; une brise soudaine gonfla ses manches, lui donnant l'air d'une monstrueuse corneille peinant pour s'envoler. Comme si Cordélia lui avait demandé une explication, miss Leaming murmura :

« C'est un membre du conseil d'administration du collège. Ses pieds, par conséquent, ne peuvent profaner le gazon sacré. »

Les deux femmes passèrent en silence devant le Gibbs Building. Cordélia se demanda si miss Leaming allait se décider à parler. Quand elle le fit, sa première question la déconcerta :

« Croyez-vous pouvoir réussir? »

Sentant la surprise de Cordélia, miss Leaming ajouta avec impatience :

« Avec votre agence de détective. Croyez-vous pouvoir vous en sortir?

– Il faudra bien que j'essaie. C'est le seul métier que je sache faire. »

Elle n'avait pas l'intention d'expliquer à miss Leaming son affectueuse fidélité à Bernie; elle aurait eu du mal à se l'expliquer à elle-même.

« Vos frais généraux sont trop élevés. »

Cette remarque tomba comme une sentence.

« Voulez-vous parler du bureau et de la voiture? demanda Cordélia.

– Oui. Dans votre métier, je ne vois pas comment une seule personne travaillant sur le terrain peut gagner assez d'argent pour couvrir les frais. Vous ne pouvez pas être à la fois à votre bureau, en train de prendre les commandes et de taper des lettres et dehors, en train de résoudre des énigmes. Par ailleurs, je suppose que vous ne pouvez pas vous permettre d'engager une secrétaire.

– Pas encore. J'envisage de louer un répondeur automatique. Cela résoudra le problème des commandes, quoique les clients préfèrent naturellement venir au bureau pour discuter de leur affaire. Si je parvenais à vivre des indemnités, les honoraires pourraient servir à couvrir les frais généraux.

– En supposant qu'il y ait des honoraires. »

Cordélia ne sut que répondre à cela. Les deux femmes marchèrent quelques secondes en silence. Puis miss Leaming reprit :

« De toute façon, en ce qui concerne cette affaire-ci, vous serez entièrement défrayée. Cela vous aidera au moins à payer l'amende que vous aurez pour port d'arme illégal. J'en ai parlé à mes avocats. Vous devriez bientôt recevoir un chèque.

– Je ne veux pas prendre d'argent pour cette affaire.

– Je vous comprends. Comme vous l'avez fait remarquer à Ronald, cela fait partie de votre clause *fair play.* A proprement parler, vous n'y avez aucun droit. Je pense toutefois que cela paraîtrait moins suspect si vous acceptiez le remboursement de vos frais. Est-ce que la somme de trente livres vous conviendrait?

– Absolument. Merci. »

Elles avaient atteint le coin de la pelouse et tourné pour marcher vers King's Bridge. Miss Leaming dit :

« Je vous devrai de la reconnaissance jusqu'à la fin de mes jours. Pour moi, cela représente une humilité inhabituelle qui, à vrai dire, me déplaît assez.

– Eh bien, laissez tomber la reconnaissance. Je pensais à Mark et non pas à vous.

– Je croyais que vous aviez agi par amour de la justice ou de quelque abstraction de ce genre.

– Je n'avais pas la moindre abstraction en tête. Je l'ai fait pour une personne. »

Elles avaient atteint le pont. Côte à côte, elles se penchèrent pour regarder l'eau étincelante, en bas. Pendant quelques minutes, les sentiers alentour restèrent déserts.

« Feindre une grossesse est facile, vous savez, dit miss Leaming. Bien entendu, c'est humiliant pour la femme, presque indécent si elle est stérile. Mais c'est facile, surtout si personne ne la surveille. C'était le cas d'Evelyn. Elle avait toujours été une femme timide, indépendante. Qu'elle se montrât excessivement pudique au sujet de sa grossesse n'étonna donc personne. Garforth House n'était pas rempli d'amis et de parents qui échangeaient d'affreuses histoires d'hôpitaux et de maternités et lui tapotaient le ventre. Bien entendu, nous avons été obligés de nous débarrasser de cette idiote de nourrice. Ronald considérait son départ comme un avantage accessoire de la soi-disant grossesse. Il ne supportait plus qu'on lui parlât comme s'il était encore Ronnie Callender, le petit génie de Harrogate.

– Mrs. Goddard m'a dit que Mark ressemblait beaucoup à sa mère.

– Cela ne m'étonne pas. Elle était aussi sentimentale que stupide. »

Cordélia resta silencieuse. Au bout d'un moment, miss Leaming reprit :

« J'ai découvert que je portais l'enfant de Ronald au même moment, à peu près, où un spécialiste de Londres confirmait ce que nous trois avions déjà deviné : Evelyn avait fort peu de chances de concevoir. Je voulais garder l'enfant; Ronald désirait désespérément un fils; le père d'Evelyn était obsédé par l'idée d'avoir un petit-fils et prêt à se séparer d'un demi-million de livres si son rêve se réalisait. Ç'a été tellement facile. J'ai quitté mon poste d'enseignante et je me suis retirée dans l'anonymat protecteur de Londres. Evelyn a annoncé à son père qu'elle était enfin enceinte. Ni Ronald ni moi n'avions le moindre scrupule à escroquer George Bottley. C'était un imbécile arrogant, brutal et content de lui qui ne voyait pas comment le monde pouvait continuer sans un de ses descendants pour le diriger. Il a même contribué financièrement à organiser la supercherie. Evelyn a commencé à recevoir des chèques de lui, chacun accompagné d'un mot dans lequel il la suppliait de veiller à sa santé, de consulter les meilleurs médecins de Londres, de se reposer, de prendre des vacances au soleil. Evelyn avait toujours aimé l'Italie, et l'Italie entra dans notre plan. Evelyn, Ronald et moi nous rencontrions tous les deux mois à Londres et prenions l'avion pour Pise. Ronald avait loué une petite villa aux abords de Florence. Une fois là, je devenais Mrs. Callender et Evelyn devenait moi. Les domestiques ne logeaient pas à la maison et nous n'avons jamais eu à montrer nos passeports. Ils se sont habitués à nos visites, tout comme le médecin local que Ronald avait chargé de surveiller ma santé. Les gens de la région trouvaient flatteur qu'une Anglaise aimât l'Italie au point d'y revenir si souvent, malgré l'imminence de son accouchement. »

Cordélia demanda :

« Mais comment Evelyn a-t-elle pu supporter d'être là avec vous dans la maison? De vous voir avec son mari, de savoir que vous alliez lui donner un enfant?

– Elle l'a fait parce qu'elle aimait Ronald et voulait le

garder à tout prix. Elle n'avait pas tellement réussi en tant que femme. Si elle perdait son mari, que lui restait-il? Elle n'aurait pas pu retourner chez son père. De plus, nous avions un moyen de chantage : l'enfant deviendrait le sien. Si elle refusait, Ronald la quitterait et divorcerait pour m'épouser.

– Moi j'aurais préféré partir et faire des ménages pour vivre.

– Tout le monde n'a pas votre talent pour faire des ménages ni votre faculté d'indignation morale. Étant une femme religieuse, Evelyn avait l'habitude de se mentir. Elle s'est donc persuadée que nous agissions dans l'intérêt de l'enfant.

– Et son père? Ne s'est-il jamais douté de rien?

– Il méprisait Evelyn pour sa piété. Depuis toujours. D'un point de vue psychologique, il pouvait difficilement lui reprocher sa dévotion et la croire en même temps capable de tromperie. De plus, il avait désespérément besoin de ce petit-fils. Il ne lui serait jamais venu à l'idée que cet enfant pouvait ne pas être celui de sa fille. Et puis il avait le rapport du médecin. A notre troisième visite en Italie, nous avons dit au Dr Sartori que le père de Mrs. Callander était inquiet au sujet de la santé de la future mère. A notre demande, il a rédigé un rapport médical qui rassurait Mr. Bottley sur le cours de la grossesse. Nous sommes allés à Florence quinze jours avant la date prévue de l'accouchement et y sommes restés jusqu'à la naissance de Mark. L'enfant, heureusement, est arrivé avec un ou deux jours d'avance. Comme nous avions eu la prudence d'annoncer une date plus reculée, Evelyn a vraiment eu l'air d'accoucher d'un prématuré. Avec beaucoup de compétence, le Dr Sartori a fait le nécessaire et nous avons pu rentrer tous trois en Angleterre avec le bébé et un certificat de naissance établi au nom qu'il fallait.

– Et, neuf mois plus tard, Mrs. Callender était morte.

– Ronald ne l'a pas tuée, si c'est ce que vous pensez. Il

n'était pas vraiment aussi monstrueux que vous l'imaginez, du moins, pas à cette époque. Mais, dans un sens, nous l'avons détruite. Elle aurait dû consulter un spécialiste, ou en tout cas un meilleur docteur que cet imbécile de Gladwin. Mais un bon médecin nous faisait peur : il aurait pu s'apercevoir qu'Evelyn n'avait jamais eu d'enfant. Evelyn partageait notre inquiétude. Elle a refusé de faire venir un autre praticien. Elle s'était beaucoup attaché au bébé. Elle est donc morte. On l'a incinérée et nous nous sommes crus en sécurité pour toujours.

– Avant de mourir, elle a laissé un message à Mark : quelques hiéroglyphes griffonnés dans son livre de prières. Son groupe sanguin, à elle.

– Nous savions que la question des groupes sanguins représentait un danger. Ronald nous a fait des prises de sang à tous les trois, puis a effectué les analyses nécessaires. Mais, avec la mort de sa femme, même ce souci-là disparaissait. »

Il y eut un long silence. Cordélia vit un petit groupe de touristes descendre le sentier en direction du pont. Miss Leaming reprit :

« Ce qu'il y a d'ironique dans tout cela, c'est que Ronald n'a jamais vraiment aimé son fils. Le grand-père, lui, adorait Mark : de ce côté-là, donc, il n'y a eu aucun problème. Il a légué la moitié de sa fortune à Evelyn. Cet argent est revenu automatiquement à son mari. Mark devait recevoir l'autre moitié le jour de son vingt-cinquième anniversaire. Mais Ronald ne s'est jamais intéressé à son fils. Il a constaté qu'il était incapable de l'aimer, et moi, je n'en avais pas le droit. Je l'ai vu grandir et entrer à l'école. Mais je n'avais pas le droit de l'aimer. Je lui tricotais sans cesse des pulls. Au fil des ans, les points devenaient de plus en plus compliqués, les laines, plus grosses. Pauvre Mark! Il a dû me croire folle. Qui était cette étrange femme, perpétuellement mécontente, dont son père ne pouvait se passer, mais qu'il n'épousait pas?

– Il y a un ou deux pulls au cottage. Que voudriez-vous que j'en fasse?

– Emportez-les et donnez-les à quelqu'un qui en a besoin. Ou devrais-je les défaire et utiliser la laine pour tricoter autre chose? Ne serait-ce pas un geste approprié – un symbole de l'effort gaspillé, de la souffrance, de la futilité?

– Je leur trouverai un emploi. Et ses livres?

– Débarrassez-m'en aussi. Je ne peux pas retourner au cottage. Débarrassez-moi de toutes ses affaires, s'il vous plaît. »

Les touristes étaient tout près d'elles maintenant, mais ils semblaient absorbés dans leur conversation. Miss Leaming sortit une enveloppe de sa poche et la tendit à Cordélia.

« J'ai rédigé une brève confession. Je n'y fais aucune allusion à Mark, à la façon dont il est mort ni à ce que vous avez découvert à son sujet. J'avoue simplement que j'ai tué Ronald Callender aussitôt après votre départ de Garforth House et que je vous ai obligée à corroborer mes mensonges. Mettez ce document en lieu sûr. Vous pourriez en avoir besoin un jour. »

Cordélia vit que l'enveloppe lui était adressée. Elle ne l'ouvrit pas.

« C'est trop tard, dit-elle. Si vous regrettez votre acte, vous auriez dû le dire plus tôt. L'affaire est classée maintenant.

– Je ne regrette rien. Je suis contente que nous ayons agi comme nous l'avons fait. Mais, contrairement à ce que vous pensez, l'affaire n'est peut-être tout à fait terminée.

– Comment ça? Il y a eu un verdict!

– Ronald a plusieurs amis très puissants. Ils ont de l'influence et, périodiquement, ils aiment en jouer pour se prouver qu'ils l'ont toujours.

– Mais ils ne peuvent pas faire rouvrir le dossier! Pour changer le verdict d'un coroner, c'est tout juste si l'on n'a pas besoin d'une nouvelle loi.

– Je ne dis pas qu'ils essaieront de le faire. Mais ils poseront peut-être des questions. Ils en glisseront peut-être un mot à l'oreille qu'il faut. Ce serait bien dans leur style.

– Avez-vous du feu? » demanda brusquement Cordélia.

Sans poser de questions ni protester, miss Leaming ouvrit son sac et lui tendit un élégant tube en argent. Ne fumant pas, Cordélia n'avait pas l'habitude des briquets. Elle dut le battre trois fois pour l'allumer. Puis elle se pencha et mit le feu à un coin de l'enveloppe.

La flamme était invisible au soleil. Alors qu'elle dévorait le papier et que s'élargissaient les bords carbonisés, Cordélia ne distingua qu'une mince bande tremblante de lumière pourpre. La brise emporta l'âcre odeur de brûlé. Dès que la flamme teinta ses doigts, Cordélia lâcha l'enveloppe, toujours incandescente. Elle la regarda tomber en tournoyant, aussi petite et fragile qu'un flocon de neige, et se perdre enfin dans l'eau de la Cam.

« Votre amant s'est tiré une balle dans la tête. C'est la seule chose que vous ayez à vous rappeler, maintenant et à jamais. »

Elles ne reparlèrent pas de la mort de Ronald Callender. En silence, elles descendirent le sentier planté d'ormes en direction des Backs. A un moment donné, miss Leaming regarda Cordélia et s'écria d'un ton irrité :

« Vous avez étonnamment bonne mine! »

Cordélia attribua ce bref mouvement d'humeur à la jalousie que peut provoquer chez une femme d'âge mûr la rapidité avec laquelle les jeunes sont capables de récupérer. Il lui avait suffi d'une seule nuit de long et profond sommeil pour redevenir « fraîche comme une rose » – ainsi que Bernie avait coutume de la décrire avec une affligeante banalité. Même sans le secours d'un bain chaud, les écorchures de son dos et de ses épaules s'étaient bien cicatrisées. Physiquement, les événements des derniers quinze jours ne l'avaient pas marquée. Pour miss Leaming, c'était moins certain. Ses cheveux argentés épousaient toujours d'une façon impeccable la forme de son crâne; elle portait toujours ses vêtements avec la même élégance hautaine que si elle jouait encore le rôle de la collaboratrice compétente et organisée d'un homme célèbre. Mais son teint avait viré au gris, des cernes profonds entouraient ses yeux et les rides naissantes de la bouche et du front s'étaient creusées. Pour la première fois, elle avait l'air vieille et fatiguée.

Les deux femmes franchirent King's Gate et tournèrent à droite. Cordélia avait pu se garer à quelques mètres de là; la Rover de Garforth House se trouvait un peu loin, dans Queen's Road. Miss Leaming donna à Cordélia une ferme mais brève poignée de main, puis elle dit au revoir d'un air impassible. On aurait dit deux connaissances de Cambridge se séparant avec une politesse exceptionnelle après une rencontre fortuite à l'office du dimanche. Miss Leaming ne sourit pas, Cordélia regarda sa haute silhouette osseuse descendre l'allée en direction de John's Gate. Miss Leaming ne se retourna pas et Cordélia se demanda si elle la reverrait un jour. Elle avait peine à croire qu'elle ne l'avait vue que quatre fois dans sa vie. Les deux femmes n'avaient rien de commun, à part leur sexe, mais au cours des jours qui avaient suivi le meurtre de Ronald Callender, Cordélia avait pu prendre conscience de la force de cette solidarité féminine. Comme miss Leaming l'avait dit elle-même, elles n'éprouvaient pas de sympathie l'une pour l'autre. Pourtant, chacun d'elle tenait la sécurité de l'autre entre ses mains. Parfois, l'énormité de leur secret horrifiait presque Cordélia. Mais ces moments deviendraient de plus en plus rares. Inévitablement, le temps diminuerait l'importance de l'événement. La vie continuerait. Tant que leurs cerveaux fonctionneraient, aucune d'elles ne l'oublierait jamais complètement; mais Cordélia pouvait imaginer qu'un jour viendrait où elles s'apercevraient de l'autre côté d'une salle de théâtre ou de restaurant, où elles se croiseraient passivement sur deux escaliers roulants de métro et se demanderaient si l'événement que l'autre leur rappelait avec une telle brutalité avait réellement eu lieu. Déjà quatre jours à peine après l'enquête, le meurtre de Ronald Callender commençait à s'intégrer dans le paysage du passé.

Plus rien ne retenait Cordélia au cottage. Elle passa une heure à nettoyer et à ranger avec frénésie des chambres où personne n'entrerait sans doute pendant des semaines. Elle changea l'eau du bouquet de primevères sur la table du salon. Dans trois jours elles seraient mortes, personne ne s'en apercevrait, mais Cordélia ne pouvait se résoudre à jeter ces fleurs encore vivantes. Elle se rendit dans la remise et contempla la bouteille de lait tourné et le ragoût de viande. Son premier réflexe fut de les prendre et de les vider dans les toilettes. Mais c'étaient des pièces à conviction. Elle n'en aurait plus besoin, mais devait-on les détruire complètement? Elle se rappela la recommandation maintes fois répétée de Bernie : « Ne détruisez jamais une pièce à conviction. » Pour souligner l'importance de cette règle, le commissaire avait cité quantité d'exemples édifiants. Finalement, elle décida de photographier les objets. Elle les posa sur la table de la cuisine et régla son appareil avec le plus grand soin. Cette activité lui parut vaine et un peu ridicule. Elle fut contente d'en avoir terminé et de pouvoir jeter les contenus nauséabonds de la bouteille et de la marmite. Ensuite, elle lava soigneusement les deux récipients et les laissa dans la cuisine.

Pour terminer, elle fit ses bagages et rangea ses affaires dans la mini avec les pulls et les livres de Mark. En pliant les épais lainages, elle pensa au Dr Gladwin assis dans son jardin, ses veines rétrécies insensibles au soleil. Les chandails auraient pu lui être utiles, mais elle ne les lui apporterait pas : il les aurait peut-être acceptés de Mark, mais d'elle, c'était une autre question.

Elle ferma la porte et cacha la clé sous une pierre. Elle n'avait pas le courage de revoir miss Markland ni un autre membre de la famille. De retour à Londres, elle enverrait un mot à miss Markland pour la remercier de sa gentillesse et lui expliquer où se trouvait la clé. Elle fit une dernière fois le tour du jardin. Quelque chose la poussa vers le puits, mais quand elle s'en approcha, elle eut un choc de suprise. On avait désherbé et retourné la terre autour de la margelle et aménagé un parterre de pensées, de marguerites, d'alysses et de lobélies. Chaque plante semblait bien enracinée dans son cercle creux de terre arrosée. Une oasis bariolée parmi les mauvaises herbes. Bien que joli, l'effet produit était ridicule, voire un peu inquiétant. Glorifié de cette étrange manière, le puits lui-même paraissait obscène : un sein en bois surmonté d'un monstrueux mamelon. Comment Cordélia avait-elle jamais pu voir ce couvercle comme une innocente, une élégante fantaisie?

Cordélia était déchirée entre la pitié et le dégoût. Cette décoration devait être l'œuvre de miss Markland. Objet d'horreur, de remords et d'une involontaire fascination pendant des années, le puits serait entretenu comme le tombeau d'un saint. C'était absurde, pathétique. Cordélia aurait préféré n'avoir rien vu. Elle fut soudain terrifiée à l'idée de rencontrer miss Markland, de noter la folie naissante dans ses yeux. Elle sortit presque en courant du jardin, referma la barrière sur la jungle de mauvaises herbes, monta en voiture et s'éloigna du cottage sans un seul regard en arrière. L'affaire Mark Callender était terminée.

7.

Le lendemain, matin, à neuf heures précises, elle se rendit au bureau de Kingsley Street. La chaleur anormale des derniers jours avait cessé. Quand elle ouvrit la fenêtre, un air vif souleva la poussière qui couvrait le bureau et les classeurs. Il n'y avait qu'une seule lettre : une épaisse enveloppe oblongue qui portait l'en-tête des avocats de Ronald Callender. Le texte était bref :

« Chère Madame,

« Je vous envoie ci-joint un chèque de trente livres représentant le montant de vos frais relatifs à l'enquête que vous avez menée pour le regretté sir Ronald Callender sur la mort de son fils, Mark Callender. Si vous êtes d'accord sur cette somme, veuillez signer et nous retourner le reçu ci-inclus. »

Comme l'avait dit miss Leaming, ce chèque couvrirait au moins une partie de son amende. Cordélia avait assez d'argent pour maintenir l'agence ouverte un autre mois. Si aucune affaire ne se présentait entre-temps, il restait toujours miss Feakins et un autre emploi temporaire. Cordélia pensa sans enthousiasme à l'agence d'intérim de miss Feakins. C'était un bureau aussi petit et sordide que le sien, à la différence qu'on avait désespérément essayé de lui donner un petit air gai : murs de plusieurs teintes, fleurs en papier disposées dans divers récipients semblables à des urnes, bibelots de porcelaine et un poster.

Celui-ci avait toujours fasciné Cordélia : une blonde bien roulée, vêtue d'un short très court et riant comme une folle, qui franchissait sa machine à écrire à saute-mouton – exploit qu'elle réalisait en exhibant le maximum de sa personne – tout en serrant une poignée de billets de cinq livres dans chaque main. En légende, on lisait : « Devenez une mademoiselle Vendredi. Joignez-vous à ceux qui savent vivre. Nous comptons les meilleurs Crusoe parmi nos clients. »

Au-dessous de cette affiche, miss Feakins, émaciée, infatigablement joyeuse et couverte de bijoux clinquants, recevait une série de femmes âgées, laides, déprimées et virtuellement impossibles à placer. Ses vaches à lait avaient peu de chances de lui échapper en gardant leur emploi. Elle les avertissait, sans les spécifier, des dangers d'un emploi permanent, un peu comme les mères victoriennes mettaient leurs filles en garde contre la sexualité. Mais Cordélia l'aimait bien. Miss Feakins lui ferait bon accueil, sa défection en faveur de Bernie oubliée. Elle passerait un autre de ses furtifs coups de fil à un riche Crusoe, un œil brillant fixé sur Cordélia : une tenancière de bordel vantant une de ses dernières recrues à un client difficile. « Une fille remarquable. Cultivée. Et travailleuse avec ça! » Le ton émerveillé avec lequel elle soulignait cette dernière qualité était justifié. Trompées par la publicité, peu de ses intérimaires s'attendaient sérieusement à devoir travailler. Il existait d'autres agences plus efficaces, mais il n'y avait qu'une seule miss Feakins. Liée à elle par la pitié et une bizarre fidélité, Cordélia avait peu d'espoir de pouvoir se dérober à son œil étincelant. En effet, une série d'emplois temporaires chez les Crusoe de miss Feakins était peut-être tout ce qui lui restait. Une condamnation pour détention illégale d'arme ne vous donnait-elle pas un casier judiciaire? Et, par conséquent, ne vous écartait-elle pas à vie des postes sûrs et responsables de la fonction publique et de l'administration locale?

Elle s'installa devant la machine à écrire, l'annuaire des professions près d'elle, pour finir d'envoyer la lettre circulaire aux vingt derniers avocats figurant sur la liste. La lettre elle-même l'embarrassait et la déprimait. Elle avait été concoctée par Bernie après une douzaine de brouillons. A l'époque, elle lui avait semblé assez sensée. Mais la mort de son associé et l'affaire Callender avaient tout changé : à présent, les phrases pompeuses qui annonçaient des enquêtes complètes et approfondies, un service immédiat en n'importe quel point du pays, des agents discrets et expérimentés, des honoraires modérés lui paraissaient ridicules et même dangereusement prétentieuses. N'y avait-il pas une loi punissant la publicité mensongère? La promesse d'honoraires peu élevés et de discrétion absolue demeurait toutefois valable. Dommage, pensa-t-elle, qu'il fût impossible de demander une recommandation à miss Leaming. Arrangement d'alibis; assistance aux enquêtes; dissimulation efficace de meurtres; parjures à des tarifs spéciaux.

La sonnerie rauque du téléphone la fit sursauter. Le silence et la tranquillité qui régnaient dans le bureau l'avaient persuadée que personne n'appellerait. Les yeux écarquillés et soudain effrayée, elle regarda l'appareil pendant quelques secondes avant de décrocher.

La voix à l'autre bout était calme, assurée, polie, mais sans la moindre déférence. Elle s'exprimait d'un ton aimable; cependant, pour Cordélia, chacun des mots prononcés était lourd de menace.

« Miss Cordélia Gray? Ici New Scotland Yard. Nous nous demandions si vous étiez de retour à votre bureau. Auriez-vous l'obligeance de passer chez nous un peu plus tard dans la journée? Le commissaire Dalgliesh voudrait vous voir. »

Dix jours plus tard, Cordélia était convoquée pour la troisième fois à New Scotland Yard. Entre-temps, le bastion de verre et de béton situé à quelques mètres de Victoria Street lui était devenu familier. Elle continuait toutefois à y pénétrer avec le sentiment de laisser une partie de son identité à la porte, comme des chaussures à l'entrée d'une mosquée.

Le bureau du commissaire Dalgliesh était peu marqué par la personnalité de son occupant. Les livres qu'on voyait sur les étagères réglementaires étaient manifestement des manuels de droit, des copies du règlement et des lois adoptées par le Parlement, des dictionnaires et des ouvrages de référence. Il n'y avait qu'une seule image au mur : une grande aquarelle représentant le vieux bâtiment de Norman Shaw sur l'Embankment, vu de la Tamise – une agréable étude en gris et ocre pâles éclairée par l'or brillant des ailes du monument à la R.A.F. Comme lors de ses précédentes visites, Cordélia remarqua qu'il y avait un vase rempli de roses sur le bureau – des roses de jardin aux tiges épaisses et aux épines recourbées comme des becs féroces, et non pas de ces plantes étiolées et inodores qu'on trouve chez les fleuristes du West End.

Bernie n'avait jamais décrit le commissaire Dalgliesh. Il lui avait seulement attribué la paternité de sa propre philosophie terre à terre et peu élaborée. Cordélia, que la seule mention de son nom faisait bâilller, n'avait pas posé de questions. Mais l'homme qu'elle avait imaginé n'avait aucun rapport avec la haute et austère silhouette qui s'était levée pour lui serrer la main lorsqu'elle était entrée pour la première fois dans ce bureau. La dichotomie entre sa représentation personnelle et la réalité l'avait troublée. D'une façon tout à fait irrationnelle, elle en avait voulu à Bernie de l'avoir mise dans cette situation. Dalgliesh était vieux, bien sûr – et il avait plus de quarante ans – mais pas aussi vieux qu'elle l'avait cru. Il était brun, très grand et dégingandé alors qu'elle l'avait vu blond et râblé. Grave, il lui parlait comme à une adulte responsable, sans paternalisme ni condescendance. Son visage exprimait de la sensibilité, mais sans trace de mollesse; elle aimait ses mains, sa voix et la façon dont son ossature apparaissait sous la peau. Il avait l'air doux et gentil – ruse suprême puisque Cordélia le savait dangereux et cruel. Elle devait sans cesse se rappeler à elle-même le traitement qu'il avait infligé à Bernie. A certains moments, durant l'interrogatoire elle s'était même demandé s'il pouvait être Adam Dalgliesh, le poète.

Ils n'avaient jamais été seuls. A chacune des visites de Cordélia, une femme policier, le brigadier Mannering, avait assisté à l'entretien, assise à un bout de la table avec son bloc-notes. Cordélia avait l'impression de la connaître : elle l'avait rencontrée au lycée en la personne de Teresa Camion-Hook, le porte-parole de la classe terminale. Les deux filles auraient pu être sœurs. L'acné n'avait jamais marqué leurs peaux luisantes de propreté; leurs cheveux blonds frisaient exactement à la longueur réglementaire au-dessus de leurs cols d'uniforme; elles avaient des voix calmes, autoritaires, résolument gaies mais jamais stridentes; de leurs personnes se dégageait une ineffable confiance en la justice et la logique de l'univers et en la justesse de leur propre place dans cet univers. Quand Cordélia était entrée, le brigadier lui avait souri. Elle avait un regard ouvert, pas trop franchement amical, un trop large sourire pouvant préjuger de la conclusion de l'affaire, mais, par ailleurs, dénué de sévérité. C'était le genre d'expression qui incitait Cordélia à l'imprudence : elle détestait avoir l'air d'une imbécile devant un regard aussi expert.

Avant sa première visite, elle avait au moins eu le temps de préparer sa tactique. Il y avait peu d'avantages et beaucoup de risques à cacher des faits qu'un homme intelligent n'aurait aucune difficulté à découvrir lui-même. Si on l'interrogeait à ce sujet, elle révélerait qu'elle avait parlé de Mark Callender avec les Tilling et avec son directeur d'études; qu'elle avait dépisté Mrs. Goddard et l'avait questionnée; qu'elle avait rendu visite au Dr Gladwin. Elle décida de taire l'agression criminelle dont elle avait été victime ou sa visite à Somerset House. Elle savait quels étaient les faits qu'elle devait à tout prix cacher : le meurtre de Ronald Callender; l'indice du livre de prières; la façon dont Mark était mort en réalité. Elle prit la ferme résolution de ne pas se laisser entraîner à discuter de l'affaire, d'elle-même, de sa vie, de son travail actuel, de ses ambitions. Elle se rappela les paroles de Bernie : « Dans ce pays, quand des suspects refusent de parler, on ne peut hélas! rien faire pour les y obliger. Heureusement pour la police, la plupart des gens sont bavards. Surtout les types intelligents. Il faut absolument qu'ils se fassent mousser et, une fois qu'ils commencent à discuter de l'affaire, même sur un plan général, vous les tenez. » Cordélia se rappela également à elle-même le conseil qu'elle avait donné à Elizabeth Leaming : « Ne brodez pas, n'inventez pas, ne craignez pas de dire que vous ne vous souvenez pas. »

« Avez-vous pensé à consulter un avocat, miss Gray?

– Je n'ai pas d'avocat.

– Vous pourriez en trouver un de tout à fait efficace et digne de confiance par l'intermédiaire de leur association. A votre place, j'y songerais sérieusement.

– Mais il faudrait que je le paie, n'est-ce pas? Et pourquoi paierai-je un avocat alors que je dis la vérité?

– C'est quand les gens commencent à dire la vérité qu'ils ont souvent le plus besoin d'un avocat.

– Mais je dis la vérité depuis le début. Pourquoi mentirais-je? »

Cette question posée pour la forme se révéla être une erreur. Dalgliesh y répondit sérieusement, comme si c'était cela qu'elle attendait.

« Eh bien, pour vous protéger, peut-être – ce que je crois improbable –, ou pour protéger quelqu'un d'autre. Dans ce dernier cas, vous pourriez être motivée par l'amour, la peur ou le sens de la justice. Vous n'avez connu aucune des personnes concernées dans cette affaire depuis assez longtemps pour vous attacher à elles, cela exclut donc l'amour. Et je pense qu'on ne vous effraie pas facilement. Reste donc la justice. Une notion très dangereuse, miss Gray. »

Elle avait déjà subi des interrogatoires serrés. La police de Cambridge s'était montrée très méticuleuse. Mais c'était la première fois que celui qui la questionnait savait : savait qu'elle mentait; savait que Mark Callender ne s'était pas suicidé; savait, se dit-elle avec désespoir, tout ce qu'il y avait à savoir. Elle devait faire un effort pour accepter cette réalité. Mais il ne pouvait avoir aucune certitude. Il n'avait aucune preuve légale et n'en aurait jamais. A part Elizabeth Leaming et elle-même, il n'y avait aucune personne vivante qui aurait pu lui dire la vérité. Et ce n'était pas elle qui allait la lui dire. Dalgliesh pourrait essayer d'entamer sa résistance avec son implacable logique, son étrange gentillesse, sa courtoisie, sa patience. Mais elle ne parlerait pas et, en Angleterre, on n'avait aucun moyen de l'y obliger.

Comme elle ne répondait pas, le commissaire dit d'un ton enjoué :

« Eh bien, faisons un peu le point. De votre enquête, vous avez déduit que Mark Callender pouvait avoir été assassiné. Vous ne m'en avez pas soufflé mot, mais vous avez clairement exprimé vos soupçons au brigadier Maskell, lors de votre visite à la police de Cambridge. Ensuite, vous avez retrouvé la trace de la vieille nourrice de Mark Callender; elle vous a parlé de l'enfance du jeune homme, du mariage des Callender et de la mort de Mrs. Callender. A la suite de cet entretien, vous êtes allée voir le Dr Gladwin, le généraliste qui avait soigné Mrs. Callender avant sa mort. Au moyen d'une ruse, vous vous êtes renseignée sur le groupe sanguin de Ronald Callender. Cette initiative n'avait de sens que si vous soupçonniez Mark de n'être pas issu du mariage de ses parents. Puis vous avez fait ce que j'aurais fait à votre place : vous vous êtes rendue à Somerset House pour consulter le testament de Mr. George Bottley. Très judicieux. Quand on suspecte un meurtre, il faut toujours se demander à qui il peut profiter. »

Il avait donc découvert sa visite à Somerset House et son coup de téléphone au cabinet du Dr Venables. C'était normal, après tout. Il lui avait attribué sa propre intelligence. Elle avait agi comme il l'aurait fait.

Comme elle restait muette, Dalgliesh reprit :

« Vous ne m'avez pas parlé de votre chute dans le puits. C'est par miss Markland que j'ai appris cet événement.

– C'était un accident. Je ne me souviens de rien à ce sujet. J'ai dû vouloir explorer le puits et perdre l'équilibre. Cela m'a beaucoup intriguée moi-même.

– Je ne crois pas que c'était un accident, miss Gray. Vous n'auriez pas pu enlever le couvercle sans l'aide d'une corde. Miss Markland a bien trébuché sur une corde, mais celle-ci était soigneusement enroulée et à moitié dissimulée dans les buissons. Vous seriez-vous donné la peine de l'ôter de l'anneau si vous aviez simplement voulu vous livrer à une exploration?

– Je ne sais pas. Je n'ai aucun souvenir de ce qui s'est passé avant ma chute. La première chose que je me rappelle, c'est de toucher l'eau. Et je ne vois pas le rapport que cet accident peut avoir avec la mort de sir Ronald Callender.

– Il pourrait en avoir beaucoup. Si quelqu'un a essayé de vous tuer – et je pense que c'est le cas – cette personne pouvait être venue de Garforth House.

– Pourquoi?

– Parce que cet attentat était probablement lié à votre enquête sur la mort de Mark Callender. Vous menaciez la sécurité de quelqu'un. Tuer est une affaire sérieuse. Les professionnels du crime ne s'y résolvent qu'à contrecœur, quand c'est absolument nécessaire, et même les amateurs le prennent beaucoup moins à la légère qu'on pourrait s'y attendre. Vous avez dû devenir très dangereuse pour quelqu'un. Quelqu'un a remis le couvercle du puits en place, miss Gray. Vous n'êtes pas tombée à travers du bois. »

Cordélia continua à se taire. Il y eut un silence, puis Dalgliesh poursuivit :

« Miss Markland m'a dit qu'après vous avoir sauvée, elle hésitait à vous laisser seule. Mais vous avez insisté pour qu'elle parte. Vous lui avez assuré que vous n'aviez pas peur parce que vous aviez un revolver. »

Cordélia constata avec étonnement à quel point cette petite trahison la blessait. Pourtant, comment pouvait-elle la reprocher à miss Markland? Le commissaire avait sûrement su la manipuler, avait dû la persuader qu'en étant franche elle agissait dans l'intérêt de Cordélia. Mais elle, Cordélia, pouvait s'offrir le luxe de la trahir à son tour. Et l'explication qu'elle allait donner aurait au moins le poids de la vérité.

« Je voulais me débarrasser d'elle. Elle m'avait raconté une histoire affreuse : son enfant naturel était tombé dans le puits et s'était noyé. Je venais juste d'échapper à la mort. Je ne voulais pas entendre cette horreur; cela m'était insupportable à ce moment-là. Je lui ai dit le mensonge au sujet du revolver uniquement pour la faire partir. Je ne l'avais pas invitée à me faire des confidences. Ce n'était pas très chic de sa part. Elle avait employé ce moyen pour me demander de l'aide. Or j'étais bien incapable de lui en donner.

– Est-ce que vous ne vouliez pas vous débarrasser d'elle pour une autre raison? Ne saviez-vous pas que votre agresseur reviendrait forcément cette nuit? Qu'il devait retirer le couvercle du puits pour que votre mort pût passer pour un accident?

– Si je m'étais vraiment crue en danger, j'aurais supplié miss Markland de m'emmener avec elle à la grande maison. Je n'aurais pas attendu seule dans le cottage cette nuit-là, pas sans mon revolver.

– C'est certain, miss Gray. Vous n'auriez pas attendu là, seule dans le cottage cette nuit, sans votre revolver. »

Cordélia eut soudain très peur. Cette fois, ce n'était pas un jeu. Cela ne l'avait jamais été, quoique, à Cambridge, l'interrogatoire de police avait eu un petit côté irréel : celui d'un tournoi dont le résultat était à la fois prévisible et rassurant, vu que l'un des adversaires ne savait même pas qu'il jouait. A présent, c'était joliment réel. Si Dalgliesh parvenait à lui arracher la vérité par la ruse, la persuasion ou la menace, elle irait en prison. Elle était complice par assistance. Combien d'années écopait-on pour dissimulation de meurtre? Elle avait lu quelque part que Holloway puait. On lui prendrait ses vêtements. On l'enfermerait dans une cellule qui la rendrait claustrophobique. Il y avait des remises de peine pour bonne conduite, mais comment pouvait-on être bon en prison? On la mettrait peut-être en prison ouverte. Ouverte. Deux termes contradictoires. Et comment vivrait-elle ensuite? Comment obtiendrait-elle un emploi? Quelle véritable liberté personnelle pouvait-il jamais y avoir pour ceux que la société étiquetait comme délinquants?

Elle était terrifiée pour miss Leaming. Où était-elle à présent? Elle n'avait jamais osé le demander à Dalgliesh. En fait, le nom de miss Leaming avait rarement été prononcé au cours de leurs entrevues. Était-elle, à ce moment même, dans une autre pièce de New Scotland Yard, en train de subir un interrogatoire similaire? Serait-elle capable de résister à pareille pression? Avaient-ils l'intention de confronter les deux femmes? La porte s'ouvrirait-elle brusquement et ferait-on entrer une miss Leaming confuse, pleine de remords, agressive? N'était-ce pas la méthode habituelle : interroger deux complices séparément jusqu'à ce que le plus faible craque? Qui serait la plus faible?

Cordélia entendit la voix du commissaire. Elle crut y percevoir une note de commisération.

« Quelqu'un nous a confirmé que vous aviez le pistolet cette nuit-là. Un automobiliste nous a dit qu'il avait vu une voiture garée au bord de la route à cinq kilomètres environ de Garforth House. Quand il s'était arrêté pour demander si l'on avait besoin de son aide, une jeune femme l'avait menacé d'un revolver. »

Cordélia se rappela cet instant : la douceur et le silence de cette nuit d'été soudain recouverts par son haleine chaude, chargée d'alcool.

« Il devait avoir bu. Je suppose que la police l'a arrêté plus tard, cette même nuit, pour lui faire subir un alcootest; cela explique qu'il ait raconté cette histoire. Je ne vois pas ce qu'il espérait gagner par là : sa version ne correspond pas à la réalité. Je n'avais pas de revolver. Sir Ronald me l'avait confisqué lors de ma première visite à Garforth House.

– La police de Londres l'a coincé dès qu'il a pénétré dans son territoire. Mais il maintiendra sa version des faits. Il était tout à fait sûr de lui. Bien entendu, il ne vous a pas identifiée, mais il a pu décrire votre voiture. D'après lui, il pensait que vous aviez des ennuis et s'est arrêté pour vous aider. Vous vous êtes mépris sur ses intentions et l'avez menacé d'un revolver.

– J'ai très bien compris ses intentions, mais je ne l'ai pas menacé d'un revolver.

– Que lui avez-vous dit, miss Gray?

– Laissez-moi tranquille ou je vous descends.

– Sans revolver, il ne pouvait s'agir que d'une vaine menace.

– Oui, mais ça l'a fait partir.

– Que s'est-il passé exactement?

– J'avais une clé à écrous dans une poche, à l'avant de la voiture. Quand le type a mis sa tête à la portière, j'ai saisi l'outil et l'en ai menacé. Aucune personne jouissant de son bon sens n'aurait pu prendre cette clé pour un revolver! »

Mais l'homme en question n'avait pas joui de son bon sens. La seule personne qui l'avait vue cette nuit-là en possession d'un revolver était un automobiliste ivre. Elle fut consciente d'avoir remporté une petite victoire. Elle avait résisté à la tentation passagère de modifier son histoire. Bernie avait eu raison. Elle se rappela son conseil; le conseil du commissaire; cette fois, elle pouvait presque l'entendre prononcé par sa voix basse, légèrement rauque : « Dussiez-vous jamais commettre un crime, tenez-vous-en à votre première déclaration. Rien n'impressionne davantage un jury que la cohérence. J'ai vu les défenses les plus faibles réussir simplement parce que l'accusé maintenait sa version des faits. Après tout, il ne s'agit jamais que de la parole de quelqu'un d'autre contre la vôtre. Avec un bon avocat, vous êtes alors sur la voie d'un “ doute bien fondé”. »

Le commissaire avait repris la parole. Cordélia aurait voulu pouvoir mieux se concentrer sur ce qu'il disait. Elle avait assez mal dormi les dix derniers jours, ce qui expliquait peut-être sa constante fatigue.

« Je crois que Chris Lunn vous a rendu visite la nuit de sa mort. Je n'ai pas pu découvrir d'autre motif à sa présence là-bas. L'un des témoins de l'accident a déclaré qu'avec sa fourgonnette Chris Lunn avait débouché de cette route latérale comme s'il avait tous les diables de l'enfer à ses trousses. Quelqu'un était à ses trousses : vous, miss Gray.

– Nous avons déjà eu cette conversation. J'étais en route pour la maison de sir Ronald.

– A cette heure? Et avec cette hâte?

– Je voulais le voir d'urgence pour lui annoncer que j'avais décidé d'abandonner l'enquête. Je ne pouvais pas attendre.

– Mais vous avez attendu tout de même, n'est-ce pas? Vous vous êtes arrêtée pour dormir dans votre voiture, au bord de la route. C'est pour cela que vous êtes arrivée à Garforth House près d'une heure après qu'on vous ait vue sur les lieux de l'accident.

– Il fallait que je m'arrête. J'étais épuisée. Je savais qu'il aurait été dangereux pour moi de continuer à conduire.

– Mais vous saviez aussi que vous pouviez dormir tranquille. Vous saviez que la personne dont vous aviez le plus à craindre était morte. »

Cordélia ne répondit pas. Un silence s'établit dans la pièce, mais elle eut l'impression que c'était un silence sympathique plutôt qu'accusateur. Si seulement elle s'était sentie moins fatiguée! Et, surtout, si seulement elle avait pu parler à quelqu'un du meurtre de Ronald Callender! Dans le cas présent, Bernie ne lui aurait été d'aucun secours. Le dilemme moral situé au cœur du crime n'aurait eu pour lui aucun intérêt, aucune consistance; il l'aurait considéré comme un embrouillement délibéré de faits parfaitement clairs. Elle pouvait imaginer les commentaires grossiers et faciles qu'il aurait fait sur les relations d'Elizabeth Leaming avec Lunn. Mais le commissaire, lui, aurait peut-être compris. Elle pouvait s'imaginer en train de lui parler. Elle se rappela les paroles de Ronald Callender : que l'amour est aussi destructeur que la haine. Dalgliesh partagerait-il cette sombre philosophie ? Elle aurait aimé pouvoir le lui demander. C'était cela le vrai danger, reconnut-elle : non pas la tentation d'avouer, mais le désir de se confier. Devinait-il ce qu'elle ressentait ? Cela faisait-il également partie de sa technique ?

Quelqu'un frappa à la porte. Un agent en uniforme entra et tendit un papier à Dalgliesh. Pendant que celui-ci le lisait, la pièce devint très silencieuse. Cordélia se força à le regarder. Il avait le visage grave, dénué d'expression. Il continua à regarder le mot, bien qu'il dût avoir assimilé son bref contenu depuis longtemps.

Cordélia se dit qu'il était en train de prendre une décision. Au bout d'une minute, il déclara :

« Ce message concerne une de vos connaissances, miss Gray : Elizabeth Leaming est morte. Elle s'est tuée il y a deux jours dans un accident. Sa voiture est tombée de la route côtière, au sud d'Amalfi. Cette note confirme son identité. »

Cordélia éprouva un soulagement si intense qu'elle en eut la nausée. Elle serra le poing et sentit de la sueur perler à son front. Elle se mit à trembler de froid. Pas un seul instant il ne lui vint à l'esprit que Dalgliesh pouvait mentir. Elle le savait impitoyable et rusé, mais elle avait toujours été convaincue qu'il ne lui mentirait pas. Elle demanda dans un murmure :

« Je peux rentrer chez moi maintenant?

– Oui, votre présence ici n'est plus nécessaire.

– Elle n'a pas tué sir Ronald. Il m'a pris mon revolver. Il m'a pris... »

Sa gorge semblait s'être bloquée. Les mots ne sortaient plus.

« C'est ce que vous m'avez dit. Je crois qu'il est inutile de le répéter.

– Quand dois-je revenir?

– Vous n'avez pas besoin de revenir, à moins que vous n'ayez quelque chose à me dire. Par cette formule consacrée, on vous a demandé d'aider la police. Vous l'avez fait. Merci. »

Elle avait gagné. Elle était libre. Elle était en sécurité et, avec la mort de miss Leaming, cette sécurité ne dépendait plus que d'elle-même. Elle n'aurait plus à revenir dans cet endroit horrible. Imprévu et incroyable, son soulagement était trop grand pour être supportable. Cordélia ne put s'empêcher d'éclater en sanglots. Elle entendit le brigadier Mannering s'exclamer d'une voix basse et inquiète, et se rendit compte que le commissaire lui tendait un mouchoir blanc plié. Elle enfouit sa figure dans le tissu qui sentait le blanchissage et exprima avec véhémence le chagrin et la colère qu'elle avait si longtemps réprimés. Étrangement – et la curiosité de ce fait la frappa malgré son angoisse – son chagrin se rapportait à Bernie. Levant un visage défiguré par les larmes et sans se préoccuper davantage de ce que Dalgliesh pouvait penser d'elle, elle lança une dernière et absurde protestation :

« Et après l'avoir foutu à la porte, vous n'avez jamais cherché à savoir ce qu'il était devenu! Et vous n'êtes même pas venu à son enterrement! »

Dalgliesh avait approché une chaise et s'était assis à côté d'elle. Il lui offrit un verre d'eau. Le verre était froid mais réconfortant. Elle fut surprise de constater qu'elle avait très soif. Après avoir bu, elle resta là, sur sa chaise, à hoqueter doucement. Cela lui donna une folle envie de rire, mais elle se maîtrisa. Au bout de quelques minutes, le commisssaire dit avec douceur :

« Je suis désolé pour votre ami. Je ne me suis pas rendu compte que votre associé, Bernie Pryde, était la même personne qui avait travaillé autrefois pour moi. En fait, c'est pire. Je l'avais complètement oublié, cet homme. Si cela peut vous consoler, cette affaire se serait peut-être terminée autrement si je m'en étais souvenu.

– Vous l'avez foutu à la porte. Or sa seule ambition dans la vie, c'était d'être détective et vous ne lui avez même pas donné une chance.

– Les règlements de la police métropolitaine en ce qui concerne les engagements et les renvois ne sont pas si simples que ça. Mais je l'admets sans moi, votre ami serait peut-être encore policier. Mais pas détective.

– Il n'était pas si mauvais que ça.

– Hum. Je ne suis pas de votre avis. Mais je commence à me demander si je ne l'ai pas sous-estimé. »

Se tournant vers le commissaire pour lui rendre le verre, elle rencontra son regard. Ils se sourirent. Dommage que Bernie n'ait pu entendre cette dernière phrase, se dit Cordélia.

Une demi-heure plus tard, Dalgliesh était assis en face de l'adjoint du préfet, dans le bureau de ce dernier. Les deux hommes se détestaient, mais seul l'un d'eux en était conscient – celui pour lequel cela n'avait pas d'importance. Dalgliesh fit son rapport avec concision, logique et sans consulter ses notes. Comme à son invariable habitude. Le sous-préfet avait toujours jugé ses manières peu orthodoxes et prétentieuses, et c'est ce qu'il faisait maintenant. Dalgliesh conclut :

« Comme vous pouvez vous en douter, monsieur, je n'ai pas l'intention de mettre tout cela par écrit. Nous n'avons aucune preuve véritable et, comme Bernie Pryde avait contume de dire : "L'intuition est un bon serviteur mais un mauvais maître." Seigneur! les platitudes que cet homme pouvait débiter! Il n'était pas bête ni entièrement dépourvu de bon sens, mais tout, y compris les idées, se désagrégeait entre ses mains. Son esprit ressemblait à un carnet de policier. Vous rappelez-vous l'affaire Clandon, un homicide par balle? C'était en 1954, je crois.

– Était-ce une affaire mémorable?

– Non, mais ç'aurait pu être utile si vous vous en étiez souvenu.

– Écoutez, Adam, je ne sais pas de quoi vous parlez. Mais, si je vous comprends bien, vous soupçonnez Ronald Callender d'avoir tué son fils. Ronald Callender est mort. Vous soupçonnez Chris Lunn d'avoir essayé de tuer Cordélia Gray. Lunn est mort. Vous suggérez que Elizabeth Leaming a tué Ronald Callender. Elizabeth Leaming est morte.

– Oui, tous ces événements s'enchaînent dans un ordre parfait.

– Eh bien, je propose que nous en restions là. A propos, le préfet a reçu un coup de fil indigné du Dr Hug Tilling, le psychiatre. Comment avait-on osé interroger son fils et sa fille au sujet de la mort de Mark Callender? Si vous le jugez nécessaire, je suis prêt à rappeler au Dr Tilling ses devoirs de citoyen – il n'est déjà que trop conscient de ses droits. Mais cela servirait-il à quelque chose de revoir les deux Tilling?

– Je ne le pense pas.

– Ou de demander à la Sûreté d'interroger cette petite Française qui, selon miss Markland, a rendu visite à Mark Callender à son cottage?

– Je crois que nous pouvons nous épargner cette démarche embarrassante. Il ne reste plus qu'une seule personne vivante qui connaisse la vérité au sujet de ces crimes, mais elle résistera à toutes les formes d'interrogatoires autorisées. La raison de cette ténacité devrait me consoler. Chez la plupart des suspects, nous avons un précieux allié qui attend dans leurs têtes le moment de les trahir. Le sens de la culpabilité. Mais, quels que soient les mensonges qu'elle a pu dire, cette fille n'en a absolument aucun.

– S'imagine-t-elle peut-être que tout ce qu'elle a raconté est vrai?

– A mon avis, cette jeune femme n'est pas du genre à s'imaginer des choses. Je me suis pris de sympathie pour elle, mais je suis content de n'avoir plus à la rencontrer. J'ai horreur qu'on me fasse sentir, pendant un interrogatoire tout à fait ordinaire, que je corromps la jeunesse.

– Nous pouvons donc dire au ministre que son copain s'est tué de sa propre main?

– Dites-lui que nous sommes convaincus qu'aucun doigt vivant n'a appuyé sur la détente. Non, il ne vaut mieux pas. Même lui serait peut-être capable de comprendre les implications de cette phrase. Dites-lui qu'il peut tranquillement accepter le verdict du coroner.

– Il nous aurait épargné une grande perte de temps – un temps qui appartient au public – s'il l'avait accepté tout de suite. »

Les deux hommes restèrent un moment silencieux. Puis Dalgliesh déclara :

« Cordélia Gray avait raison. J'aurais dû chercher à savoir ce qu'était devenu Bernie Pryde.

– Personne ne pouvait attendre cela de vous. Cela ne faisait pas partie de vos tâches.

– Bien sûr que non. Mais nos négligences les plus graves concernent rarement nos devoirs. Je trouve ironique et bizarrement satisfaisant que Pryde ait eu sa revanche. Quelles que soient les bêtises que cette gosse ait pu faire à Cambridge, elle avait travaillé sous sa direction.

– Vous devenez plus philosophe, Adam.

– Moins obsédé ou simplement plus vieux, peut-être. Il est bon de pouvoir parfois sentir qu'on a intérêt à laisser certaines énigmes irrésolues. »

Le bâtiment de Kingsley Street avait le même aspect, la même odeur que d'habitude. Il en serait toujours ainsi. Mais il y avait une différence : un homme attendait devant la porte du bureau. Un homme dans la quarantaine, avec un costume bleu cintré et des yeux porcins, perçants et durs, dans un visage charnu.

« Miss Gray? J'allais partir. Je m'appelle Fielding. J'ai vu votre plaque en bas et je suis monté à tout hasard. »

Il avait un regard avide, lubrique.

« A vrai dire, vous n'êtes pas exactement ce que j'attendais, pas le genre habituel de détective privé.

– Puis-je vous être utile, Mr. Fielding? »

L'homme regarda furtivement le palier; son aspect sordide parut le rassurer.

« Il s'agit de mon amie. J'ai l'impression qu'elle prend des petits à-côtés. Dans ce domaine, un homme aime bien savoir où il en est, vous me comprenez? »

Cordélia inséra sa clé dans la serrure.

« Je vous comprends, Mr. Fielding. Donnez-vous la peine d'entrer. »

DANS LA MÊME SÉRIE

Jakob ARJOUNI

Bonne fête, le Turc ! (Happy Birthday, Türke !).
Demi-pression (Mehr Bier).
Café turc (Ein Mann, ein Mord).
Casse-tête de Turc (Kismet).

Edgar BOX

La Mort en tenue de soirée (Death Before Bedtime).
La Mort en cinquième position (Death in the Fifth Position).
La Mort l'aime chaud (Death Likes it Hot).

Christianna BRAND

Mort dans le brouillard (London Particular).
La Mort de Jézabel (Death of Jezebel).
La Rose dans les ténèbres (The Rose in Darkness).

Bartholomew GILL

McGarr et la femme du ministre (McGarr and the Politician's Wife).
McGarr et la conjuration de Sienne (McGarr and the Sienese Conspiracy).
McGarr sur les falaises de Moher (McGarr on the Cliff of Moher).
McGarr au Concours hippique de Dublin (McGarr at the Dublin Horse Show).

McGarr et le complot du Jeu de Paume (McGarr and the P.M. of Belgrave Square).
McGarr et la méthode de Descartes (McGarr and the Method of Descartes).
McGarr et l'héritage d'une femme bafouée (McGarr and the Legacy of a Woman Scorned).
Mort d'un spécialiste de Joyce (The Death of a Joyce Scholar).
Mort d'un philanthrope (The Death of Love).

B.M. GILL

Le Douzième Juré (The Twelfth Juror).
Une mort sans tache (Victims).
Petits Jeux de massacre (Nursery Crimes).

Batya GOUR

Le Meurtre du samedi matin (The Saturday Morning Murder).
Meurtre à l'université (Literary Murder).
Meurtre au kibboutz (Murder on a Kibbutz).
Meurtre au Philharmonique (An Orchestral Case).
Meurtre sur la route de Bethléem (Murder on the Bethleem Road).

Georgette HEYER

Meurtre d'anniversaire (They Found Him Dead).
Un rayon de lune sur le pilori (Death in the Stocks).
La mort donne le la *(The Unfinished Clue).*
Tiens, voilà du poison ! (Behold, Here's Poison).
Mort sans atout (Duplicate Death).
Pas l'ombre d'un doute (No Wind of Blame).
Pékinois, policiers et polars (Detection Unlimited).
Qui a tué le Père ? (Penhallow).

Philip HOOK

Moissons troubles (The Soldier in the Wheatfield)

P.D. JAMES

À visage couvert (Cover Her Face).
Une folie meurtrière (A Mind to Murder).

Sans les mains (Unnatural Causes).
Meurtres en blouse blanche (Shroud for a Nightingale).
La Proie pour l'ombre (An Unsuitable Job for a Woman).
Meurtre dans un fauteuil (The Black Tower).
Mort d'un expert (Death of an Expert Witness).
La Meurtrière (Innocent Blood).
L'Île des Morts (The Skull Beneath the Skin).
Un certain goût pour la mort (A Taste for Death).
Par action et par omission (Devices and Desires).
Les Fils de l'homme (The Children of Men).
Les Meurtres de la Tamise (The Maul and the Pear Tree).
Péché originel (Original Sin).
Une certaine justice (A Certain Justice)
Meurtres en soutane (Death in Holy Orders).

Yoram KANIUK

Comme chiens et chats (Tiger Hill).

H.R.F. KEATING

Un cadavre dans la salle de billard (The Body in the Billiard Room).
L'Inspecteur Ghote en Californie (Go West, Inspector Ghote).
Le Meurtre du Maharajah (The Murder of the Maharajah).
L'inspecteur Ghote tire un trait (Inspector Ghote Draws a Line).
Meurtre à Malabar Hill (The Iciest Sin).
L'inspecteur Ghote mène la croisade (Inspector Ghote's Good Crusade).
Le Shérif de Bombay (The Sheriff of Bombay).
Ghote et les chauves-souris (Bats Fly Up for Inspector Ghote).
Où est le mal ? (Doing Wrong).
Temps morts (Dead on Time).
Filmi, filmi, inspecteur Ghote ! (Filmi, Filmi, Inspector Ghote).
Le Meurtre Parfait (The Perfect Murder).
La Mort en questions (Asking Questions).
L'inspecteur Ghote abat son joker (Inspector Ghote Plays a Joker).
La Corruption en héritage (Bribery, Corruption also).

Shoulamit LAPID

Notre correspondante à Beershéva (Local Paper).
Alerte à Beershéva (Bait).
Le Bijou (The Jewel).
Tempête sur Beershéva (Sand in The Eyes).

Thomas PERRY

La Danse des morts (Dance for the Dead).
Faux-Visages (The Face Changers).
Mort d'un parrain (Blood Money).
Mortelle assurance (Death Benefits)

Jennifer ROWE

Pommes de discorde (Grim Pickings).
Prière d'inhumer (Murder by the Book).
Eau trouble (The Makeover Murders).
Ondes de choc (Stranglehold).
Lagneau à l'abattoir (Lamb to the Slaughter).
Trouble Fête (Deadline).
Soumissions (Something Wicked).

Hilary WHELAN

Mort d'une peau de vache (Dead Cow).
Un été mortel (Frightening Strikes).

Achevé d'imprimer en avril 2004
sur presse Cameron
par ***Bussière Camedan Imprimeries***
à Saint-Amand-Montrond (Cher)
pour le compte des Éditions Fayard

35-17-2248-9/01

ISBN 2-213-62048-2

Dépôt légal : mai 2004.
N° d'Édition : 46416. – N° d'Impression : 041665/4.

Imprimé en France